相信阅读，勇于想象

"幻想家"世界科幻译丛

A GAME OF BATTLESHIPS
战舰游戏

[英]托比·弗罗斯特◎著
姚雅楠◎译

北京理工大学出版社
BEIJING INSTITUTE OF TECHNOLOGY PRESS

托比·弗罗斯特（Toby Frost）

英国当代科幻小说家。托比立志创作，大学期间即出版了第一部作品《大船》，2000年创作《刀锋之城》，此后，其作品累获殊荣。

托比的小说在风格和质量上与著名的已逝作家泰瑞·布里切特（《银河系漫游指南》作者）有异曲同工之妙，但是也极富个性。他创作的风趣幽默的科幻作品在科幻市场和大屏幕上都很受欢迎。

除"史密斯船长大事记"之外，托比还创作了其他多部作品，如"史揣肯"系列、《顶尖》《小恶魔》等。

中文版序言

小的时候，我渴望成为一名太空人。可遗憾的是，我很快发现，在20世纪80年代，英国太空人的工作并不好找，而且为此我必须先在学校学好大量关于宇宙空间的知识——这方面，我没有做到。结果，我成了一名律师。虽然没有实现儿时的目标并不令人兴奋，但幸运的是我不必跑到那么远的地方去工作。那时候，我还有了一个新目标——写一本科幻小说！

多年以后，我发现一位朋友在阅读H. G. 威尔斯的经典小说《世界大战》，书中描写了外星人1900年入侵伦敦，并且与人类展开大战的故事。我由此想到，如果赢得了战争胜利的维多利亚人走向宇宙，走进其他文明的星球时，会发生什么样的奇妙故事？这个想法一经产生就变得越来越精彩和丰富：我设想了一系列场景，包括人类登陆其他星球后，与当地的外星人类共同分享茶和饼干，等等！我甚至在思考，那些走向宇宙的先驱者，是否会养成拥抱世界，甚至拥抱整个银河系的习惯？

因此，我创作了《史密斯船长大事记》，它用喜剧的手法描写了一个涉及大量英国文化的科幻故事。我们的英雄伊桑巴德·史密斯是一位大胆、热情但又不是特别锋芒毕露的太空船长，而他的飞行员波莉·卡尔薇丝则是一个喜欢安静甚于冒险的模拟人。与之同行的还有"暴力狂"苏鲁克和美丽的蕾哈娜——她有着神奇的能力和对史密斯无比巨大的吸引力。几个伙伴结成小队，在银河系漫游历险。我的出版商很喜欢这部小书。而当伊桑巴德·史密斯的冒险故事第一次在英国成书出版时，我感到非常高兴。

总的来说，史密斯的世界是一个奇怪的世界。地球的各个国家都在以和平的方式在整个银河系中慢慢扩张、探索，但这种宁静却受到外星种族——巨型蚁人和凶猛的旅鼠人的威胁，他们更愿意以武力征服一切。史密斯发现自己不得不与各种奇怪的生物交锋。在此过程中，他还试图将对手侵占的星球解救出来，帮他们加入不列颠太空帝国——在这方面，他取得了不小的成就。

不久当我被问及续集的时候，我发现我有太多的设想和有趣的情节可以融到一部小说里面。在以下的每一本书中，我们都会看到更多的史密斯的冒险旅程和在此过程中遇到的奇怪的文明。

在《迪德科特的神皇》中，战争狂人在帝国种植茶叶的星球上引发了战乱——茶叶是英国士气的重要来源。在《莫洛克的祈祷》中，史密斯与一大群没有自我保护意识的大型啮齿动物进行战斗。在《战舰游戏》中，事情变得更加怪异，史密斯的船员发现自己与不列颠太空海军强大的无畏舰队并肩作战。在《最后的帝国》中，史密斯小队和对手在一个致命的丛林中发生冲突。最后，在《死亡攻势》中史密斯遇到了蚂蚁人的最高领袖。

当然，故事发生地在英国，即在不列颠太空帝国，所以能从书中看到大量奇特的英国文化的代表：比如板球、饼干、咖喱、恶劣的天气、人们喝下的巨量的茶（尤其是奶茶）。书中还能看到很多幽默的桥段，能看到类似《星球大战》和涉及外星人的科幻电影情节、老战争电影情节、间谍故事甚至是黑白电影的痕迹。

无论如何，能够在书店阅读自己的书是一种很棒的体验，而且想到能用另一种语言印刷它就感到更加兴奋。我从来没有去过太空，但我已经以另一个形式无限接近它了。我对能够创作这些作品感到无比的欣喜，我希望你们也能够喜欢它们。

托比·弗罗斯特

目 录

序幕　　　　　　　　　　　001

第一部分

01 大爆炸　　　　　　　　017
02 两个人的晚餐　　　　　032
03 伊甸野兽　　　　　　　081
04 勤杂工的传说　　　　　111
05 船长与女王　　　　　　142

第二部分

01 灵魂的会晤　　　　　　197
02 追捕托马斯·普鲁　　　228
03 土崩瓦解　　　　　　　277
04 联盟　　　　　　　　　344

打蚂蚁人，全银河就得联合起来！

序　幕

　　一座钢铁筑成的堡垒坐落在山顶上，远远看去，就像在山尖上钉了一个骷髅头。堡垒的造型是噶斯特一号的蚂蚁脑袋：大得能塞进一辆坦克的嘴巴——就是城堡的大门，它的眼睛处建造了炮台，一对触角状的巨大天线高高竖立在炮台上。

　　禁卫军突击中尉28935/H——风暴军团的指挥官对着狂风大声嚎叫，艰难地行走在雪地当中。寒冷刺痛了他脸上的一道道伤疤，但他不能退缩，退缩就意味着懦弱，而懦弱就意味着死亡。

　　948356/B船长正在一个缠绕着一圈圈生物天线的城堡门口等他。中尉跑起来时，堡垒里传出一阵低沉的爆炸声，像是有人打了个巨大的嗝。地球人埋下了许多炸弹，无人机清理队还在努力排查当中。

　　28935/H吼道："阿卡伐卡！祝伟大的一号万事如意！"

　　船长点了点头。他只比禁卫军身高的一半高一点："祝我们荣耀的领袖万事如意。人类都死了吗？"

　　28935/H艰难地咽下一口口水："他们差不多就快要死了，船长。我们把他们困在'卑鄙人文物博物馆'里了。一旦我们攻进大厅，就能把他们全部歼灭。"

　　948356/B打了个冷颤，他拉了拉皮衣，将瘦弱的身躯裹得更紧一些："你们还在等什么？带我去见他们！"

　　他们在厚厚的雪地中吃力地开出一条路来，穿过院子，博物馆赫然显现。这里看起来就像一座破败的希腊神庙。大门周围有许多柱子，门口上方的浮雕上刻着"噶斯特一号踩在地球最伟大的建筑上，用脚后跟将自由女神像的头颅碾成了灰尘"。

噶斯特军队聚集在建筑周围，仿佛苍蝇在腐肉上打转。大风刮得大衣啪啪地拍打在屁股上，一个噶斯特士兵冲出来嘶吼着向另一个士兵传达上级的恐吓和命令。一个禁卫军小队里枪毙了其中最为弱小的一名成员，现在他的尸体已经僵硬，刚好可以用来作为冲撞大门的武器。

"为了攻进博物馆，我们已经做出了一切努力，"28935/H 咆哮道，"但是这些讨厌的建筑使我们的努力功亏一篑。"

"软弱的借口。"948356/B 船长回答道。他嘶嘶地吸了口冷气说道："如果不能立刻干掉这些地球人，你们就重新回到莫洛克前线大雪覆盖的可爱高山上去吧！"

28935/H 飞快地敬了个军礼。他本可以轻而易举地将旁边这家伙的脑袋从这家伙瘦削的肩膀上摘下来，但是苦于没有命令，他没有权力这样做。"我们会加倍努力的。"他说着，举起枪击毙了一位下属，以示决心。不过，他停顿了一下，一股极少出现的好奇心突然从他坚硬的头颅中划过："船长？"

"什么事？"

"伊桑巴德·史密斯真的在里面吗？就是那个伊桑巴德·史密斯？那个把战无不胜的八号杀掉的史密斯？"

948356/B 假装什么都没有听到。

"因为，我在想……八号的基因堪称完美——所有的海报上都是这么说的——如果能杀掉一个基因堪称完美的人，那么……"

序幕

"向前一点。"948356/B 说道。28935/H 赶紧向前靠了靠。

"再近点,我够不着。"

28935/H 几乎要弯成两半了:"这样行吗,伟大的主人?"

"完美。"948356/B 拍了拍他的下巴,"不要只想着自己!"他尖叫道,"现在,给我冲进去,宰了他们!"

博物馆里伸手不见五指,恐怖极了,温斯科特少校将自己的同伴们聚集起来,在弗洛伦斯·南丁格尔的灯笼下召开了一场会议。深空作战小组将所有的武器放在一座展览品下面,展览品的名字叫作"人类·弱小的病夫"。

"大家听好了,"温斯科特摸了摸自己的胡须,"在那群丑陋的混蛋冲进来之前,我们最多只有两分钟的时间。枪已上膛,但我们需要跟那些混蛋保持一点距离。史密斯,我们的交通工具好了吗?"

伊桑巴德·史密斯将嘴从虹吸管上挪开,说道:"差不多了。"话刚说完,一股汽油喷到了他的脸上。

"好极了。我们冲出去时把枪开得猛烈点。苏珊,你和你的伙计们到巴士二层上去吧!"

随着他下达的第二道指令,苏珊从射线枪顶部给枪灌注了一波新能量。"好。"

"现在……那个该死的外星人在哪儿……"

"大家好!"杀戮者苏鲁克从暗处大步走出,从"路易斯·巴斯特研发致命病毒武器失败"的模型旁边经过时,他张开大嘴,哈哈大笑了起来,"很抱歉,我迟到了。我被'小矮个喜马拉雅的弱小刀片武器'分了心。不过,我觉得我应该没有错过什么战斗吧?"

史密斯吐出汽油,站了起来:"我们都已经准备好了。现在上车吧!我们只有半个小时的时间,半小时之内我们必须登上飞船。"

温斯科特回答道:"没错。振奋起来,伙计们!一定要坚持住!"

噶斯特军队聚集在大门处,挤成一团。"服从就是力量!"一名禁卫军大喊着口号,一头往门上撞去。"哦!"他踉跄地退了回来,头盔嗡嗡作响。

第二名禁卫军把他推到一边,像狗似的吠叫着冲向大门:"服从就是力量!哦!"

948356/B 船长站在一边微笑地看着他们。"多讽刺啊,"他嘻笑道,"可怜的人类文化已经化为碎片,而这片毫无价值的文化废墟即将成为他们的葬身之地。"

"文化?"28935/H 中尉一边不停地开枪,一边喊道,"在哪儿呢?"

948356/B 在寒风中傻乎乎地笑着:"这真是太令人愉悦了。"

大门"砰"的一声爆开,在生命的最后一秒钟里,948356/B

序幕

看到一个闪闪发光的红色物体，伴随着机器运作的吼叫声，伴着大量扭曲的钢材从博物馆中呼啸着冲了出来。他看到一扇窗户，那后面有一张人脸，他突然意识到自己看到了伊桑巴德·史密斯船长——下一秒钟，公共汽车将他撞飞，他的身体像只巨大的苍蝇一般撞上了挡风玻璃。

双层大巴车像失控的重型卡车一般，在一排排怒吼的禁卫军中开出一条路来。史密斯启动了挡风玻璃上的雨刮器，在洁白的雪地上留下了大量紫色的黏液。号角吹奏着欢快的乐曲，如暴风雪一般的噶斯特人失去了指挥，一股脑地向前冲来，然后变成了一堆肉泥。

一个噶斯特士兵跳到公共汽车上，四肢紧紧地趴在上面。他用头猛撞挡风玻璃，在凶猛地撞了四下之后，他戴着头盔的脑袋就撞穿了挡风玻璃。他透过玻璃上的破洞钻了进去，试图咬下正在转动的方向盘。"得到营养就是胜利！吃掉弱鸡！"他嚎叫道。

史密斯拿出自己的开化者手枪，塞进他的鼻孔中，将他未发育成熟的脑子炸了个稀巴烂。

当公共汽车从一堆堆灯泡似的钢盔和丰满的大屁股上颠簸着驶过时，史密斯心想：有时候责任也是一种奖励啊。

杀戮者苏鲁克在公共汽车的尾部大喊道："请上船，傻瓜们！"汽车从一名噶斯特士兵的身边驶过时，苏鲁克抓住他的大衣和头盔，将他拖到了公共汽车内部的楼梯上。苏鲁克举起一把镰刀状的大刀，手起刀落，大蚂蚁的脑袋就从楼梯上咕噜咕噜滚了下来，接着史密斯就将尸体重新扔回了雪地中。"没有地狱的门票吗？那让我带你去见见阎王吧!"

大巴车的上层,深空作战小组的五位成员正在朝外星人们疯狂开火。苏珊的射线枪来回摇摆,激光一触到禁卫军,他们的身体就四分五裂了。在暴风雨般猛烈的枪火中,噶斯特士兵们在车后追逐着,甚至还试图在汽车驶过时咬穿轮毂罩,但是致命的火力和人类坚定的作战意志又逼得他们不得不连连后退。

公共汽车逐渐把追逐者们落在了后面。噶斯特军队一定会呼叫援军,但是现在路已经清理出来了。史密斯打开无线电,对着对讲机大喊道:"克莱默呼叫约翰·公牛,克莱默呼叫约翰·公牛。约翰·公牛,快来!"

回答他的是一个女声。"这里是克莱默。"对讲机里面的声音说道。

"不,不对。你是约翰·公牛,我是克莱默。"

波莉·卡尔薇丝说道:"你知道的,要是让我选择自己的呼叫代码,这个问题本应该很容易解决。"

"我之前已经告诉过你了,呼叫代码由我来选择。"史密斯将公共汽车开到一条比较狭窄的路上。他看到前方有一个噶斯特语警示牌,上面写着"继续前进会有生命危险"。大多数用噶斯特语写的警示牌上面都是这样的信息。他无视警告,直接驶过。"我是船长。"

"但为什么我要做讨厌的约翰·公牛呢?"

"因为若是我让你自己选择名字,你就会给自己起名为'闪光的波尼',或是类似的名字。这是一场突击队的突袭,不是竞技赛。"

"不,我不会用那种名字的。我会叫自己'波莉公主'。"

"该死,卡尔薇丝,你到底接不接我们上去?"

"把公牛的名字给你自己用吧,克莱默!我正在赶来呢!"

公共汽车沿着狭窄的道路轰隆隆地驶向飞船降落场。汽车后面已经没有任何跟随的东西了。史密斯知道,他们的后方就是堡垒,噶斯特军队此时一定正在准备直升坦克,并且呼叫援军切断他们的后路以防他们逃出这个星球。苏鲁克突然"咯咯"笑了起来。

苏鲁克现在无人可杀,正斜靠在门口,吐着舌头欣赏外面缓缓飘落的雪花。

公共汽车二层的枪声停了下来。温斯科特从楼梯上一跃而下,正好停在史密斯的身边,他搓搓双手,对前方的道路露出一个得意的笑容。

他说:"我们现在的距离差不多已经安全了。"

"很好,"史密斯看了一眼用胶带贴在仪表盘上的图表,"听好了,我们撞上防护栏的时候,这里会变得比周五晚上的聚会还要热闹。所以我们最好把时间安排好。"

"没错,"温斯科特摸了摸自己的胡须。严格来说,他才是此次任务的负责人,但史密斯知道,执行任务的时候,温斯科特倾向于听从理性——并且总是尽可能地听从理性。事实上,现在温斯科特的枪还没有丢掉,靴子也还穿在脚上,这说明任务进行得很顺利。

史密斯说道:"准备好了吗?"

温斯科特越过史密斯的肩膀,看向前方的路。"准备好了。"说完,他便转身跑回了楼上。苏鲁克把砍下的最后一颗脑袋装进了自己的背包,并拉紧了拉链。史密斯加大油门,汽车开始下坡。几十辆直升坦克的助推器冻住了跑道,现在它像牛奶一样又白又滑。希望车轮上的链子能起到防滑的作用吧!

深空作战小组的技术人员尼尔森站在楼梯上,向下喊道:"后方有敌人!"

史密斯往后视镜里看了一眼,密集的车辆出现在坡顶,像一条黑色的装甲蛇一样飞快地朝他们追来。他一边加速,一边喊道:"现在我们跑到什么地方了?"

"我们已经出了爆炸范围。"这次答话的人是温斯科特,"尼尔森,让他们永远地待在里面吧!"

八千米外,钢铁堡垒突然爆炸,山顶上的巨大头盖骨被炸得四分五裂。爆炸声在山谷里回荡,山侧厚厚的积雪层都被震落了。史密斯手中的方向盘突然一震,他赶紧将它扭回原位。

"砰!"温斯科特哈哈大笑起来。

"太好了!"苏鲁克仿佛是在开玩笑,轻松地说道,"实在是太好了!"

着陆点就在前方。史密斯突然看到外星人的防护栏后面停了一排排太空战斗机。"等一下!"他一声大喊,将方向盘换了个方向,从生物天线上笔直冲了过去。公共汽车摇晃了几下,冲进一排战机之中,将战机的尾翼撞成了碎片。两个噶斯特士兵架着一台裂解炮,从着落点的另一端朝他们跑来。

车外面一片枪林弹雨。一颗子弹卡在了引擎盖上，车前方的座舱里突然开始冒黑烟。而在挡风玻璃的右上角，有个洞旁边出现了一个斑点，随着距离的拉近，斑点越来越大，最终清晰显现为史密斯那艘破旧的太空飞船——约翰·皮姆号。

苏鲁克大喊道："我们的飞船来了！"

史密斯将公共汽车的侧面转向敌人，狠狠踩下刹车，来了个帅气的漂移。他从驾驶座上被甩出来的时候，车窗玻璃被裂解炮击中，呼啸的炮火声中，车窗玻璃变为一地玻璃碎渣。他沿着公共汽车的侧面小心翼翼地前进，脚踩在玻璃碎片上发出"嘎吱嘎吱"的响声。噶斯特士兵们又发起新一轮的攻击，公共汽车的侧身砰砰作响，金属外壳在猛烈的枪击中扭曲变形。

史密斯大喊道："计划全部改变了！飞船会落在这里！"

"我想我们已经把他们激怒了。"苏鲁克说着，捡起了自己装满头颅的背包。

温斯科特瞥了一眼苏珊："都准备好了吗？"

她点了点头。"我会掩护你。克雷格，朝外面放烟雾弹！"

滚滚的白色烟雾形成一道围墙，他们在雾墙的掩护下冲了出去。空气十分寒冷，弥漫着一股焦煳的味道。苏珊抬起射线枪，激光呈拱形射出，击倒了重型裂解炮上的噶斯特士兵，但是紧接着又有两个噶斯特士兵跑过来接替他们的位置。约翰·皮姆号像流星一样从空中落下——实在是太合史密斯的心意了。在离地面几米高的地方，急速降落的飞船刮掉了车顶的油漆。刹车声、引擎轰鸣声，震耳欲聋。六个禁卫军一路小跑，前来迎战。

约翰·皮姆号在半空中转了个身,锈迹斑斑的飞船尾翼撞上公共汽车,汽车车身晃动了两下,然后侧翻在地,几吨重的车身将六个禁卫军压成了肉饼。

约翰·皮姆号的着陆架在停机坪上猛地落下。登船坡道落下后,突击队员们沿着坡道飞速冲向了货舱的舱门。

突击队员们很快冲过货舱进入了餐厅。史密斯正想要关上货舱门,手却停在了控制杆上,问道:"温斯科特呢?"

"在这儿。"温斯科特正在回头看着陆点,那里到处都是横七竖八的禁卫军尸体,他不屑地哼了一声,"精英奇袭部队,什么呀!来吧,小伙子们,我们把水烧开,准备沏茶吧!"

约翰·皮姆号猛然起飞时,史密斯艰难地稳住自己的身体,然后关上货舱门来到了走廊中。他跟在深空作战小组后面进了餐厅,四处游荡,查看其他船员是否受伤。

苏鲁克已经回到了自己的房间。他正在整理壁炉架,以便为新增的头骨腾出空间。而隔壁的小房间里,蕾哈娜正盘腿坐在一堆真正的普罗克图恩水晶垫子上,头顶挂着一个歪向一边的捕梦网。史密斯很想亲亲她,和她打个招呼,但是这样会打断她的冥想,这可不是个明智的行为。正是蕾哈娜的通灵能力让他们避开了噶斯特军队的雷达。

他蹑手蹑脚地打算离开。"伊桑巴德,事情怎么样了?"蕾哈娜突然出声问道,但眼睛依旧闭着。

"不能再好了,多谢关心。想喝点茶吗?"

"中药?"

"当然不是了。我一会儿给你把茶送进来。"

"有礼了,伊桑巴德。"

"你继续吧!"他说着,大步迈进了驾驶舱。

波莉·卡尔薇丝坐在飞行员座椅上,正百无聊赖地四处乱瞅。她穿着工作背心,将无领衬衫的袖子卷了上去。飞船上的应急护目镜戴在她小小的脸上,看起来大得有些不协调。她问道:"我们已经安全了吗?"

"差不多吧,卡尔薇丝。"

"感谢上帝。怎么样了?"

"进展顺利。"

她瞥了一眼左边的控制台,突然说道:"啊哦!头儿,我们的飞船出现了一点压力问题。"

"压力问题?怎么会这样?"

"飞船漏气了。要么是被噶斯特人击中了,要么就是某个蠢货没有关好后门。"

史密斯回答道:"我一分钟后回来。你继续开好飞船。"

他离开驾驶舱,向走廊处飞奔而去。蕾哈娜仍然恍恍惚惚地坐着,但看起来美丽迷人,身上散发着药草的清香。深空作战小组正在喝茶。史密斯猛地推开货船门,踏进了冷飕飕的货舱中。

货舱中空气十分稀薄:他们已经快要离开大气层了。史密斯穿过货舱,看见安全门大开着,狂风在门口呼啸,史密斯赶紧伸手去按关门按钮。

一个巨大的红色身影从他身旁冒了出来。

28935/H 一直躲在储藏箱后面，虽然他已经没有弹药了，但是又疯狂到不想撤退。皮大衣被狂风吹得啪啪地拍打在他丰满的大屁股上。钢盔下面，一张满是疤痕的脸龇着獠牙，黄色的眼睛闪闪发光。

他大吼道："我要揍你！好好揍你一顿。"

他弯下腰来，摇晃着头顶的巨钳朝史密斯冲来。史密斯侧身躲开，一拳打在他的腹部，将他撞得后退了几步。

"死！"28935/H 咕哝道，"弱者必须死！"

28935/H 向前冲来。史密斯闪到一边，一脚踢到他的膝盖侧边，利用惯性将其绊倒。史密斯抓住 28935/H 头盔的后缘，五指成爪状，从前面将其扣住，右手前击，左手后拉，同时发力，28935/H 身上便出现了一道令人作呕的裂缝。他蹬了蹬腿，哆嗦了几下，便静止不动了。

史密斯将尸体狠狠一推，尸体就从后门处落了下去。他看了看飞快下降的死尸，皮革大衣呼呼地拍打着尸体，就像死蝙蝠的翅膀。然后，史密斯关上了门。

劳逸结合才是正道，现在是时候度个假了。

1853 年 4 月 27 日

成功！

我很高兴地告诉大家，我第一次实验的测试对象从缺口处逃出去了，而且旅行一趟之后又毫发无损地回来了！我从院长的菜园子里偷了一只兔子，又从一个旅伴那里买来一只汤姆猫，周六晚上，我把它们一起放到了大门外。兔子看起来对这种经历习以为常，表现出一副只想尽快从入口处回来的样子。而汤姆猫，尽管不太愿意，还是跟着回来了，这给了我巨大的满足感。

但是这还不够。我现在正处于一个发现的转折点上，而这个发现可能会使我在牛津大学成为受人敬仰之人。不过，我的研究要想得出结论还需更大的实验对象。我考虑过使用猿猴，但是我怀疑它走了之后可能就不会回来了。所以我需要一个更大的生物实验体，一个大家都没见过也没有听说过的生物实验体。等等——找个小孩做实验对象怎么样？

第一部分

01

大爆炸

伊桑巴德·史密斯靠在自己的座椅中，放下手中的飞船模型，转身看向躺在自己床上的女孩儿，说："蕾哈娜，你知道吗，不列颠舰队中有许多飞船，但我认为这一艘一定是其中最好的。"

蕾哈娜环视四周，领略了一番不列颠皇家舰艇约翰·皮姆号的风范：管道都暴露在外面，螺栓上锈迹斑斑，房间里还有一股昨天晚餐的味道——虽然味道不大，但是却弥漫得到处都闻得到。"呃，是吗？"她一边说着一边理了理挡住眼睛的杂乱长发辫。

"不，我说的是这艘飞船。"他举起飞船模型说，"不列颠皇家舰艇瓦利恩特号，守门阶级的头号快速驱逐舰。你知道吗，它能射出五千克重的磁轨炮炮弹！五千克！想象一下和大蚂蚁们作战的时候，只要射出这样两枚炮弹，我们就能把他们的飞船撕出一条大缝来！砰！再也没有什么侵略战争了，你们这些肮脏的外星人……你还好吗？"

正准备让飞船模型俯冲的时候，他停了下来。蕾哈娜朝他微微笑了一下:"我没事。"

史密斯放下了不列颠皇家舰艇瓦利恩特号模型。有个女朋友实在是太麻烦了,尤其这位女朋友还是一个不赞成战争的外国素食主义者。他已经意识到女人和男人是不同的,并且他必须得体谅她们。如果说和蕾哈娜在一起他学会了些什么,那一定就是:对待女人要运用策略并尊重她们。他说:"姑娘,你看起来不大爽快,你今天是不是到了那个特殊的日子?"

"不,伊桑巴德。你不知道今天是什么日子吗?"

"我知道。今天是阿根廷战役周年纪念日的前一天。"

"还有三天我就要离开了。就算你沉迷战舰并且喜爱胶水味,我依然不想离开你。我知道我们必须分开,但是……我真希望我们能不分开。"

"我知道。"史密斯心里突然升起一阵恐慌:她又要让他说出他的感受了。对于一个得体的不列颠男人来说,他只有两种感受:正义之怒与淡淡的满意。他的愤怒通常只针对外星人、叛徒、外国人还有卡尔薇丝——他的飞行员,一个所谓的机器人下属;而他会感到满意的时候,通常是在击溃入侵者、痛打暴君、吃馅饼或者飞船通风之后。他并不确定自己能否产生蕾哈娜期望他产生的情绪:毕竟,除了猎户星座海岸边闪闪发光的海浪,外太空还有什么东西能让人觉得非常开心呢?

他说:"我也会想你的。"他的确会想她的,他知道那是事实。"我非常非常喜欢你,"他的声音听起来有些虚弱,"我认为你很完美。"他又补充道。听到他说的话,蕾哈娜笑了起来,所以他冒险继续说了下去："我第一次见到你的时候，还以为你是从新弗朗西斯科来的一只有趣的小鸟，但是现在我已经学会如何欣赏你了。你身上有许多我喜欢的地方。"他说着做了一个夸张的手势，继续说："你人特别好，又很漂亮，还喜欢粉色的飞船。"

蕾哈娜说："我喜欢听起来美好的东西。"

史密斯说："我希望能够知道你要去哪儿。"

她回答道："我也希望我能告诉你，但这是顶级机密——他们需要我帮忙调查沃尔人。"

"我知道了。一切都是为了战争能够取得胜利。"

她点点头："别紧张，再坚持坚持。"尽管蕾哈娜出生在新弗朗西斯科贫民聚居的郊区，但史密斯认为她英语掌握得非常好。但很快，他突然意识到他们还没有到达终点，他就已经要失去她了。好吧，该死的，像个倒霉鬼一样杞人忧天有什么用呢？还不如抓紧时间及时行乐。不过，他得赶紧装完飞船模型。

蕾哈娜站起来，从地上捡起一条裙子："伊桑巴德，你看起来压力很大。你怎么了？你是瞒着我什么事情吗？"

"我没有……"

"你把不列颠皇家舰艇瓦利恩特号模型粘在自己手上了？"

"有点儿。"

格林尼治标准时间三点二十五分，史密斯船长大步走进约翰·皮姆号狭窄的驾驶舱中。"船员，现状报告！"他下完命令，一屁股坐进自己的座椅中,开始抠粘在手上的胶水。飞船上的小仓鼠杰拉德在自己的笼子里快乐地窜来窜去。

波莉·卡尔薇丝查阅了一下自己的笔记。"头儿,现状非常无聊并且还有点堪忧。你可以看一下这张图表……"她举起一张破烂不堪的银河系勘测地图,"我们已经穿过了星系核心,现在正和护航队的其他成员一起逐渐接近拉瓦纳尔系统。我们要把蕾哈娜留在这里和特工处的联系人接头,然后和护航队的其他成员继续往星系外围走。按照时间表上的计划,现在我们应该找个地方吃点下午茶并小睡一会儿。"

"这计划非常好。为了能吃到下午茶,我们得打起精神来。还有什么要报告的吗?苏鲁克呢?"

杀戮者苏鲁克站在墙边,正在给他那些品相好的收集品抛光。"没什么骚乱,真有点让人失望。"他小心翼翼地为一个暗黑撕裂兽的光溜溜的头盖骨扫去灰尘,"到了太空深处,赤手空拳地肉搏恐怕就会比较困难了。"

"那样的话,你就帮我填纵横字谜游戏吧!"史密斯在座位旁摸索了一会儿,拿出一张折起来的报纸,接着说,"我们来试试吧……'捕猎的生物',七个字母。"

苏鲁克放下他的头盖骨奖杯,张开大嘴,发出一种沉思的咕噜声。过了一会儿,他说:"食肉动物,缩写。"

一个仪器突然"哗啦啦"响了起来。史密斯抬头看了一眼,想知道是什么装置出了问题。两个表盘上的指针都在向上转动,下方的沟槽中"咔哒咔哒"吐出一条白色的纸条,似乎连机器都在嘲笑他的无知。他大声喊道:"卡尔薇丝,这里发生了重要的事情!"他觉得这种琐碎的事情最好还是交给下属做比较好。

她看了看纸条:"头儿,这是油轮发来的信息,他们说一切都好。"

史密斯问道:"你确定吗?"

卡尔薇丝耸耸肩:"好吧,这取决于你认为的'好'是什么程度。当你说我们正在乘船飞越银河时,我并没有意识到我们正要护送五亿吨爆炸性燃料。"

"胡说。卡尔薇丝,护航队是全自动化的,能出什么差错呢?"

"是吗?要是把一台正在冷却的计算机组装起来会怎么样?或者你的女朋友撕下她的人造皮肤,把她的一个关节从还亮着灯的舷窗扔出去又会怎么样?我不喜欢这样的航行,我宁愿待在家里,坐在一枚手榴弹上都比这强。"

苏鲁克又神补刀了一句:"洗衣机也会爆炸。你记得吗,那次我走进……"

卡尔薇丝说:"闭嘴,苏鲁克。看窗外。"

史密斯向前倾了倾身:"让他说完,卡尔薇丝。要是洗衣机有什么问题的话,我应该知道才行。好的船长总是……"

"不,看!"卡尔薇丝指了指窗外,"那是什么?"

史密斯眯起眼睛看了看挡风玻璃。挡风玻璃的中央出现了一个小球似的亮点,并且正在逐渐变大。他说:"有什么可担心的,那要么是太阳,要么是其他的什么星球。"

卡尔薇丝说:"太阳的大小不会变化。"她解开安全带,滑到仪表板下面躲起来。"等它什么时候消失不见了,你们告诉我一声,好吗?"

史密斯伸手到导航控制台上拿出一把计量尺,说:"别担心,卡尔薇丝。它就要走了。至少一秒差距内,它都接近不了我们。"

卡尔薇丝躲在仪表板下面说道:"实际上,秒差距测算的是距离,不是时……"

世界爆炸了。

史密斯睁开眼睛,看到的却是天花板上画的星图。他感觉胸部很沉重,呼吸也非常困难。所有人都忧心忡忡地盯着他:卡尔薇丝躲在仪表板下时把脸弄得有点脏,而苏鲁克张着大嘴,露出一个巨大的笑容。

史密斯问道:"发生什么事了?"

卡尔薇丝说:"我们被爆炸的冲击波击中了。现在,系统的工作效率已经下降到了百分之二十五,主引擎则只剩一半的功率,起落架也丢了一部分。"

苏鲁克补充道:"从有利的一面看,我们正骑在太阳上呢!"

史密斯艰难地坐起来。卡尔薇丝从他胸膛上拿走仓鼠笼子,他顿时觉得呼吸顺畅了许多。他问道:"蕾哈娜怎么样了?"

"我在这儿。"蕾哈娜站在门口,一滴鲜血从她的前额流下。她将血迹擦掉,盯着手指看了看,仿佛从来没见过这种东西似的。"你还好吗?"她踏进房间问道。

史密斯眨眨眼睛:"没什么损伤。但是你的头……"

蕾哈娜伸手摸了摸自己的头皮。在她的长辫子上卡了一个圆盘形物体。她深吸一口气,猛地把那个东西拽了下来:那是一个潘梅隆的音乐存储盘,应该是从她房间的书架上掉下来的。她看了看存储盘说道:"是《放松的心情》。"她闭上双眼,头上的血迹开始凝滞,伤口突然间就消失不见了:"好了。"

史密斯说:"那好,大家都没事。我们可以继续护航……"

卡尔薇丝举起一只手:"哦,发生了一点儿小问题。再也没有什么护航队了。"

史密斯一个箭步冲到窗前。远处,五六艘幸存的油轮正在真空中缓缓地打转。远远看去,它们就像一堆破碎的蛋壳在爆炸力的作用下懒散地转动着。残余的燃料还在燃烧,因此边缘处闪闪发光。

"老天爷!"史密斯低声说道,"他们都爆炸了……卡尔薇丝,这是场灾难。"

"我知道。"

"这就产生了一个问题……"

"他们会扣我们的工资作为补偿吗?"

"这就是敌人的杰作吗?即使在这里,在太空深处,我们仍然要遭受邪恶的噶斯特帝国爪牙的威胁吗?难道就没有一个足够隐蔽、鲜为人知的地方可以免受邪恶外星暴政的折磨吗?这就是此次袭击的主要打击吗?或者我们必须……"

"事实上,是的。"卡尔薇丝坐下来摇了摇头,"我知道这是一个坏主意。但是,老天,自从苏鲁克试图给安布里奇主星那头公牛挤奶以来，我还从没有见过这么糟的事情——等等，扫描仪上有个东西……"

蕾哈娜大喊道："看！"

他们前方的空间突然开始荡漾。星星像是画在了一块橡胶上，随着橡胶的伸展开始折叠、弯曲：整个太空似乎都在向后拉扯，约翰·皮姆号的前方突然分裂出了一个东西。冷冷的蓝色闪电在烟云包裹的钢材上噼啪作响。霎时间，史密斯见到了一艘太空飞船的前端：它比约翰·皮姆号还要大，冲过来的角度似乎是想要从正面撞上来；船身上面有红色的条纹，就像抹上了鲜血；船体上焊接着冲撞杆；船体和冲撞杆之间的铁链在暴风雨般的电流中疯狂拍打着。风暴逐渐增强，整个飞船的船体都被包裹在了噼啪作响的闪电中——但是突然间，它消失了，只余下无尽的太空。

"哎呀！"史密斯说，"你们大家都看到了吗？还是我又脑震荡了？"

蕾哈娜说："刚刚的一切都是真实的。相信我，要是我们看到的是幻觉，我一定会知道的。我是说，当我看到这里不存在的东西时，我会知道它不是真实的。你们应该明白我的意思吧？"

史密斯试图避开这个问题："好吧，至少我们没人受伤。卡尔薇丝，检查仪器！"

苏鲁克站在房间的后面，摸了摸自己的肚子。他说："我觉得有点不舒服。恐怕它引发了我的生殖周期。"

卡尔薇丝朝门口处挪了挪，然后回过头来问道："你说什么？"

苏鲁克扮了个鬼脸，回答道："这真是最烦人的事儿了。我似乎要生产了。我觉得有点恶心。"

卡尔薇丝回应道:"不是只有你觉得有点儿恶心。一想到你就要生宝宝了……"

苏鲁克突然大吼道:"水桶,快!"

史密斯从座位上跳起,一把抓住装着紧急飞行记录器的盒子,倒出紧急飞行记录器之后猛地将盒子推到了苏鲁克手里,然后及时退了回去,苏鲁克已经痛得开始大吵大闹了。当他们意识到自己面对的是怎样恐怖的一件事后,他们像杀手将受害人的身体围在中间一样站在苏鲁克身边围成了一圈。

苏鲁克说:"生产是令人最不开心的事了。"

蕾哈娜第一个恢复了镇静:"好吧,苏鲁克,这真是个好消息。新生命的诞生总是值得庆祝的。你什么时候会……嗯,生产?"

苏鲁克回答道:"大概五秒钟之前已经生产了。"

卡尔薇丝一只手捂住嘴巴,蹑手蹑脚地走上前:"老天,苏鲁克,你究竟吃了多少木薯?"

"那不是木薯。木薯可不会变成活的。"苏鲁克挺直了身子说,"那是卵。"

史密斯也走上前去,面前的景象确实相当令人害怕:他突然觉得,任何一艘好的宇宙飞船上都应该有一位经过专业训练的医师或机械保姆来处理这种突发事件。"好吧,辛苦了,苏鲁克。如果你能拿开你的……呃,物质,我们还可以回到刚刚……当作什么都没有发生过。你一定非常高兴自己生了……"

苏鲁克说:"并没有多高兴。"

"……但我们确实需要继续执行任务了。即使我们护送的所有飞船都已经爆炸了……"

蕾哈娜说:"等等。"她拉了拉拖到脚底的扎染裙子,衣物因为拉动发出柔软的"嗞嗞"声。"我认为我们应该对苏鲁克的此次经历正式表示恭喜。毕竟,伊桑巴德,孩子是未来……"

"什么?现在?"史密斯跟跄跄地退回到门口处,脸部因为惊慌而有些扭曲。

卡尔薇丝使劲拽了拽他的袖子:"她说的是人类的未来。"

"哦,没错!"史密斯松了口气,整理了一下自己的制服,"没错,是的,当然。孩子——对人类来说是个好主意。总之,非常正确。"

苏鲁克撇了撇大嘴:"打扰一下,人类们。既然你们已经讨论完了繁殖的神圣性,那能帮我找个地方存放这些卵吗?"

像一位探险家在丛林中长途跋涉一样,卡尔薇丝艰难地推开一卷悬吊着的管子,然后把它压进了引擎室的中央。苏鲁克跟在她身后迷茫地四处观望。突然间,周围的一切开始隆隆作响,一股烧焦的味道在空气里弥漫开。

苏鲁克嘀咕道:"这么多灰尘,还有这令人生疑的修复工作……在我的星球上,引擎室可不是这样的。那里面没有这么多胶带,头盖骨也更多一些。"

卡尔薇丝回答道:"大爆炸之前,这里看起来要好一些。"

在她的上方有一个锅炉，此刻它正愤怒地"嗞嗞"叫喊着。她把手电筒打开，照向墙的另一端。"老天，这里怎么这么乱！主旋转器的油已经烧光，这个红色的东西原本在那里，现在已经降到了这里——几乎都不红了——看看这些东西，已经完全变成另外一副模样了。一切都变得完全不一样了！"

苏鲁克回答道："我对你的专业充满信心，你能搞定的。这个房间里没有辐射吗？"

卡尔薇丝回答道："嗯，这个房间是利用色彩编码的。如果它变成绿色，开始一闪一闪的，那我们就应当离开了——尤其是那个角落。"

"那我就把水桶放在那里吧！"苏鲁克用力将盛有卵的水桶推到角落里，摆放在一根破裂的管子下面。

"你在做什么？"

"我们那里有一种古老的习俗，必须把产下的卵放在引擎室里。因为我们莫洛克人是无性繁殖，没有基因变异，所以我们必须通过其他手段诱发基因突变。"

"所以你们出生时都受过辐射？那就说得通了。"

"我认为我们的起源星球比大多数空间更不稳定。当然了，只有最伟大的长老才知道起源星球究竟在哪儿……不过他们都已经忘得差不多了。"

卡尔薇丝环视房间，惊讶地发现约翰·皮姆号的引擎竟使用了很多胶带："那我们喂他们吃些什么呢？"

"喂？你是说，我的卵？好吧，我没打算要喂他们任何东西。"

"一点也不喂？"

"他们有彼此呢！"

"他们相互吞食对方？太可怕了！"

"那是唯一的办法。难不成你想让银河系被我一波又一波的卵给淹没吗？"

"那更可怕。老天，苏鲁克，你真恶心。"

苏鲁克耸耸肩。"这是一种非常光荣的方式。正如古人从前所说，当祖先的灵魂漫步在外太空之时，'獠牙比面包干更好'。最后幸存下来的那个卵会成为勇士，最终——除非还有一个留在水里，它最终会成长为一名先知。"

"一名什么？"

"没什么。这就要谈到我们的鳃了，这个话题不太好。"苏鲁克活动了一下自己的关节，"那么，有什么需要修理的吗？"

史密斯把托盘拿到餐桌上，在灯罩下方坐了下来。蕾哈娜把大部分杂物推到角落里，然后他们开始坐下来接收现状报告。

卡尔薇丝站起来清了清嗓子，打开了自己的飞行日志。要是上面没有装饰小马和彩虹的贴纸，这本日志看起来会更讨人喜欢一些。

她说："现状报告，修正版。"说完她合上日志坐了下来。

史密斯问道："有什么细节吗？"

"好吧。实际上，我想说我们已经度过了仅仅是有些不太方便的阶段，现在我们已经进入了烦恼透顶的境界。要是这种混乱继续下去的话，我预计我们不仅会丢掉船桨，连我们的小船也不会支撑太久，到时候我们就只能在这散发着恶臭的肮脏急流中无助地漂泊了。"

史密斯仔细考虑了一番："多谢。现在，就算你叫我老学究，我也还是要问：我们的飞船还能够穿越太空吗？"

"几乎不可能。飞船可以移动，但是速度非常缓慢。飞船只有在正常工作时速度才能超过光速。现在强行加速的话，变速器就有爆炸的危险。到时候，任何一个行动迟缓或者是领取养老金的人都能赶上我们。"

史密斯抿了一口茶。从茶壶中溢出的清香冲淡了消息给人们带来的破坏性。这种事情，男人通常不会将其解释为灾难，并且还会认为事情会有转机！史密斯不确定这件事除了有点可怕和令人沮丧之外还有什么，不过一切还是挺顺利的。

蕾哈娜说："好了，各位，咱们都乐观点吧！你们知道吗，在中国，机遇和危机中的'机'是同一个字。"

"这个字听起来挺古怪的。"史密斯回答道，"要是我创造中文的话，绝不会同意这个字出现在中文里。"

蕾哈娜说："而这个字出现在最简单不过的单词里。"

苏鲁克问道："难道是危机？"

史密斯说："我们需要来修正一下话题，那样思路才能更清晰一些。"

卡尔薇丝点点头："我们需要大修，需要找一个太空港对接。"

"没错。"史密斯在他的椅子后面摸了摸,拿出一张太空导航手册,"我想讨论的第二件事就**是袭击我们**飞船的交通工具。很明显它是敌方的军舰……把我们的**无人护**航队和运输船炸成了废品,他们应该非常高兴。不过,他们不敢和不列颠的飞船面对面对战,也实在是太懦弱了吧?"

卡尔薇丝叹了口气:"实际上,头儿,我认为他们不和我们对战是因为他们以为我们已经变成了废铁。并且我很高兴他们没有和我们对战,因为我们连枪都没有。但是不论他们是什么东西,他们都好像是冷不丁冒出来的一样。我们没有看到它,扫描仪也没有扫描到它,在所有的灯和……好吧,他们在那儿。"

"你认为他们就在附近?"

"我不知道。但是隐形装置要做到完全不露痕迹,是会耗光能量的。不出意外的话,那艘飞船应该就在不远处。"

史密斯回想起了那艘飞船的样子:它从蓝色闪电中出现,飞船的前面有血迹,装着冲撞杆和铁链,控制台周围跳动着神秘的光芒——那看起来太不寻常了——但是大部分构造从技术上来看,都像是来自国外。他打开地图,开始浏览页面,寻找合适的象限。

"如果敌人还在附近的话,伙计们,"他对着导航手册说,"我们必须小心对待。卡尔薇丝,我需要你操纵飞船把大家带到目的地,要快、安静。如果敌人发现了我们,那就要毫不迟疑,像扔出去的石头一样快点儿蹿出去。我是说,像流星一样蹿出去。我们需要找一个太空港,修好飞船后再回到太空。之后我们就会找到那些把护航队炸成废铁的混蛋,把他们炸到下一条银河里去。三十八页……"

史密斯找到对的那一页之后，将手册放在了桌子上："好，我们现在就在这一页上的某个地方，就在星星之间黑色的某一点上。我们需要去这里——'坦豪泽异常'的边缘地带。"他俯下身，使劲儿去看符号下的小字，"它看起来没什么问题，但是……好吧……"史密斯直起身来。他脸色十分阴沉，艰难地咽了口口水，开口道："绅士们，我得告诉你们几个坏消息。"

虽然这里并没有什么实际上的绅士，但是蕾哈娜、卡尔薇丝和苏鲁克都紧张地看着他。他猛地灌下一大口茶水，眼睛感到十分酸涩。

"我知道从前我对你们要求很多。我们一起来到了太空中最黑暗的角落，又遇见了一些人类所知的最奇怪、最恐怖的生物。我们在数十个星球和邪恶的噶斯特军队、疯狂的伊甸人以及旅鼠奴隶军作战过。我们见证了最不可思议的疯狂和堕落，并将它们一一克服。但是现在，我必须要求你们再一次跟随我，我们必须与坦豪泽太空站以及当地居民取得联系。我不知道在那里会遇到什么，但我确定，一定需要我们将品德与躯体、灵魂紧紧地结合。

"船员们，我们动身去欧洲。"

02

两个人的晚餐

四月阳光明媚却凉飕飕的一天，时钟敲到第十三下的时候，修理工开始修理飞船。艾瑞克·林特把领子拉得紧紧的，一直盖到下巴，双手围住香烟防止被风吹灭，在大风中骂了一句"混蛋"。他大步走过草地，朝公共场所尽头的一排帐篷走去。那里悬挂着一面旗帜，在冷风中像条死鱼似的拍来拍去，上面写着"小宾利村露天游乐会暨家庭娱乐日"。

他慢慢地参观着摊位，希望能从每个摊位上都收获一点快乐。他买了一块蛋糕、一段香肠，还有半杯苦啤酒。他没有在白象摊位发现什么值得买的东西。并且因为他长得太高以致不能开村子里的消防车。他看都不看地就从五月柱旁边走了过去，又差点在宠物动物园里被一只脾气暴躁的小猪给咬掉手指，终于来到了最后一个摊位。

站在摊位后的女孩儿问道："想猜猜蛋糕的重量吗？"她的一侧脸颊上有一些刀疤，除此之外，她看起来十分年轻，就像典型的女子学院的成员。

林特——工作人员们都称他为 W，瞅了一眼蛋糕说道："八点二七千克。"

女子点点头："他们就在后面。"

"谢谢。"W 又补充了一句，"你的运动套装很漂亮。"说完，他就大步走进了游乐会后方的帐篷里。

他打开门，一个戴眼镜的男人带着不怀好意的笑容搜了他的身。帐篷边上坐着三个男人，他们分别是：乔治·班森，军队室外娱乐活动副主任；赫里沃德·可汗，采购和运输部门的负责人；阿洛伊修斯·罗斯，殖民军海外象棋队和社交俱乐部的交易都被紧紧地握在他沾满鲜血的双手上。

班森说："W，很高兴你能加入我们。"班森长得不高，戴着眼镜，看起来一副郁郁寡欢的样子，但是嗓音却十分雄厚——不像是他这么小体格的人能发出来的声音。

W 回答道："我很荣幸。"他抿了一口苦啤，笨拙地坐到一张椅子上。

"现在出现了一个潜在的问题，"可汗抚摸着自己的胡须说，"我们需要你们部门的帮助。"

W 点点头。他的脑海里出现一张银河系最邪恶家伙的名单：无情的噶斯特军团，新伊甸民主共和国的狂热分子，来自尤尔星球的爱受虐的旅鼠人。"非常好。我很高兴能够在打击敌人的行列中找到我的身影。"他一边说，一边用手比画，做出一些解释性动作。

可汗对罗斯点了点头："我告诉过你他很厉害。"

班森倾身靠向罗斯。"我同事的那个部门，"他说着对 W 做了个手势，"虽然并没有实际的存在，但是在过去的几个月里，他们执行任务多次，而且完成得极好。还记得伊甸的宣传部长吗？你应该感谢我这位同事，就是我这位同事把他送上西天的。"

罗斯抬起眉头，浓密的白眉随之一跳："那是你的工作吗？"

"客观真理是人类自由的基石，"W 说完，翘起二郎腿，"只有保护真理，我们才有希望保住不列颠生活的高贵和庄严。"

"所以，他怎么了？"

"我们把那个混蛋吊了起来，"W 耸耸肩，"他接受了一场公平、公正的审判，之后又接受了一场很公平、但不那么公正的处决。所以，你需要我去做什么？"

班森回答道："我们与沃尔的洽谈很快就要结束了。"他摘下眼镜，开始用领带擦镜片。"差不多每个盟国都会来这里参加联盟成立大会，并对我们表示支持，其中也包括沃尔人。前来参加观礼的盟国中包括神秘的克朗加尔。如果克朗加尔人单独前来，根本就微不足道，但是他们和沃达尼太空鲸有着深远的联系，不知什么原因，这些太空鲸总会在克朗加尔人遇到危难时出面保护他们，所以我们想取得他们的支持。有那样的盟军，我们定能战无不胜。"

"我明白了。在哪里举行仪式？"

"在环气体行星西格纳斯四号周围盘旋的计量站和回收站上，为了此次活动，这颗行星将更名为'惠灵顿主星'。"

"它现在叫什么？"

"瓦斯与垃圾中心。也许在这个地方缔结国际盟约有点不大合适，不过这个地方是经过强化的——起初是为了保存里面的垃圾，而不是外面的垃圾，但是别告诉代表们——虽然像这样的重要事件不可能永远保密。"

"我明白了。"

"我们需要额外加强安保工作。"班森解释道，"坐在后面等着大蚂蚁们前来攻击，有我们就够了。但我们需要一些好伙计在外面为我们放风，并积极找出潜在的威胁因素。"

W说："听起来史密斯会很适合这个工作。他对麻烦有灵敏的嗅觉，还能很快感知到危险。"

赫里沃德·可汗向前靠了靠，塑料椅"吱嘎"响了起来。他身形巨大，像海象一样强壮多脂。他回答道："没人能做这件事，史密斯现在有一个护航任务。我们认为他应该休息休息。"

"你们有没有考虑过问一下其他的秘密组织？"

话音刚落，其他几人一起发出夸张的喷喷声，表明他们确实考虑过其他秘密组织。可汗问道："那些蠢货？"

班森的眼镜蒙上了一层雾气。他说："哦，不，不不不。他们只会偷三明治。"

"还有家具。"可汗补充道。

罗斯也凑上前来。"你知道关于其他组织我都听说了些什么吗？"他放低声音说道，"他们中甚至有些人都不是牛津大学和剑桥大学毕业的。一想到这个，一个完全秘密的组织就……"说完，他猛地抖了几下。

"拜托了，绅士们。"W眯起眼睛，嘴角稍稍翘起，像一根犀利的手指在指责着什么，"在这里最重要的是技能，不是背景。我选人都是看能力，而不是出处。是否在剑桥大学待过不重要。在这里最重要的是，"他的眼睛突然迸射出一束狂热的光芒，"维护正义和我们共同的尊严。为了这份伟大的工作，我们要用最好的工具——而我的人，就是这场游戏里最好的工具。"

空气中有片刻的寂静。"我们考虑的人是温斯科特。"班森说。

W 抿了一口啤酒，将脸上的表情收了起来。没错，温斯科特少校在寻找危险方面是个专家。这位少校在寻找危险的过程中，穿越了大半个银河系，也见过大半个银河系的居民，并且他确实在一些令人意想不到的地方发现了许多危险。但是，把温斯科特和一群外国代表放在一起，那无异于让一条鲨鱼来掌管泳池。

班森解释道："他在工作的保密性方面声誉很好。"

W 说："我有话要说……"他突然想起温斯科特曾说过的话——"保密工作"是地方哨兵所做的工作。

"你知道的，少校现在正在达特姆尔度假。"

"达特姆尔，嗯？他不是几年以前就去过那里吗？"W 皱起眉头。温斯科特最后一次去西部旅行不单单是离开的问题，而是他被抛弃了。"呃，你是说布罗德穆尔吗？那并不是度假，和这次不一样。那更应该说是……啊，休息。"

"那么，按照银河系的说法，达特姆尔就在这条路上。太好了。"

W 认为，问题不在于距离有多远，而在于温斯科特选了哪个獾洞作为他的行动基地。一个月之前，W 收到过一张明信片，上面说獾接受了少校，已经将他当作家人一样对待，他用在路上被轧死的动物的尸骨做弩,玩得非常开心。

"我们知道你在这方面是个能手。"可汗说着靠回了椅子上。他的椅子像暴风雨中的大帆船一般吱嘎吱嘎地响起,"我会确保你得到运输工具和其他供给。"

W站了起来:"我去找温斯科特,这就启程。再见,各位绅士。哦——当然了,我没有来过这里,也什么都没有说。"

班森回答道:"那是自然。你想来一块蛋糕带在路上吃吗?"

W摇了摇头:"八点二七千克,对我的胃口来说,它可能有点大了。"

"所以,"蕾哈娜把茶具放到一边说,"这是苏鲁克第一次……呃……生孩子?"

史密斯回答道:"我也不知道。你可以问问他,不过我不确定他是不是还记得。莫洛克人都不太在乎后代。"蕾哈娜将饼干罐子递给他,他伸手把它放在了书架上:"实际上,我第一次遇见苏鲁克的时候,他还以为橡胶软糖就是人类的幼虫期。"

"这太丢脸了。难道是因为他们的文化太过于父权,所以才导致他们不能与自己的孩子们好好相处吗?"

"不是。和这些东西相处,你可能会缺胳膊断腿儿。小时候的莫洛克人就像青蛙和食人鱼杂交的产物。如果你一会儿要进引擎室的话,我建议你穿些更坚固的东西,别穿人字拖了。"他皱起眉头,"希望到坦豪泽不会花太长时间。我们到达欧洲时,最不需要的就是一堆爱啃飞船的食人蛙。"

蕾哈娜说："那么,听起来我们还会在一起待一段时间。"她挑起一边的眉毛,继续说道:"你有什么特别想做的事情吗?"

史密斯一见到这个表情,立即意会:"拼字游戏?"

她回答道:"我想做一点更……成人的事情。"

"下流的拼字游戏!好主意,姑娘!"史密斯激动地搓了搓双手,"等等。其他人在哪儿呢?"

"他们都在货舱里。他们单独待一会儿不会有事的,对吧?"

史密斯耸了耸肩:"嗯,没事。只要他们别把飞船炸了,或者别喝漂白剂,那就没事。"

"啊!"苏鲁克紧紧抓住自己的喉咙,从货舱跌跌撞撞走了出来。他漱了漱口,突然双膝跪地滚到一边,静静地躺着不动了。

卡尔薇丝低头看了看他:"似乎是'死亡'。"

"就是'死亡'!"躺在地板上的苏鲁克回答道。

"所以本部电影的第一个单词应该是死亡,第二个单词是双簧。"

"没错!"苏鲁克从地上爬了起来,"就是《死亡双簧》。真的,你在猜字谜方面真的很有天赋。"

卡尔薇丝说:"我知道。但是我从未听说过《死亡双簧》这部电影。"

"真的假的?那可是我们那儿的人最喜欢的电影。它翻拍自一部地球上的老电影,名字叫《美丽的女人》。电影讲述了发生在一架巨大钢琴上的臭名昭著的刀战。"

卡尔薇丝叹了口气:"你就不能找一部我们都看过的电影吗?"

"好的。《第三类接触》怎么样?"

"好吧,那听起来——不,你刚刚告诉我电影名字了!来吧,我们再试试别的。"

苏鲁克不太擅长单词游戏,光是向他解释"光荣"不是动物,不是蔬菜,也不是矿物,就得花半个小时的时间。"非常好。和我讲讲欧洲吧!那里真的是银河系里最糟糕的地方吗?"

卡尔薇丝在货舱后面的铝制框架上坐下。"哎,很难说。我是说,噶斯特军队的老巢可能会更糟糕,尤尔也是,但是欧洲……哎,之前我还从没有见过船长对同盟军如此担忧过。假如我们的盟军包括温斯科特少校和你的家人,那可就不太妙了。"她叹了口气接着说,"我从没去过那里。但是据船长说,那里应该是一个很大的国家,但是它被分裂成了许多小国。法国和德国是其中的主要大国,还有一些其他国家。他们住在不同风格的房子里,因为他们所属的国家不同。史密斯说德国人住的房子非常现代化,而法国人住在一种叫作奶油蛋糕的城堡里。"

苏鲁克点点头:"奇怪。我听说在瑞士,人们都住在纸板盒里。欧洲真的是一个和平、有文化底蕴的地方吗?"

"哦,是的,我想……"

"好极了!我们去征服它吧!"

"哦,不行。欧洲是站在我们这一边的。应该是。"

苏鲁克的嘴巴动了动,若有所思地揉了揉自己的下巴:"真麻烦。我们得小心应对。我要去查一下我的常用语手册。"

"你有常用语手册?"

"当然。用英语挑起战争是不礼貌的。"

史密斯长叹一口气,把填字板推到了一边。"那么,"他说,"非常好。蕾哈娜,你做得很好:我没想到你用三个字就能猜出'吹毛求疵'这个词。虽然我并不确定它是不是个下流的词。"

"它不是。"蕾哈娜低头看了看填字板,又摇了摇头,"你知道吗,我说我们应该做点更适合成人做的事,我指的并不是在填字板上组出下流的词汇。"

史密斯说:"哦!"他注视着她,感觉自己就像一个参加比赛的运动员听到了哨声,却不知道这是什么比赛的指令。她给了他那么明显的暗示,但是他却没有猜出来。她显然不太高兴,可他对此全然不知。迷迷糊糊中,一个想法突然窜进他的脑海中:她本来是要把他带进她的房间,做点完全不同的事情。该死!

"抱歉,"他站起来说,"我误解了你的意思。不过没关系,我们之后还会有机会的。现在我真的需要睡一觉。"

蕾哈娜说:"好,你去睡吧。我冥想一会儿就好。"

史密斯刚刚踏出门,差点撞到卡尔薇丝身上。"我有个问题,头儿。到了法国之后,会有时间去免税店吗?"

02 两个人的晚餐

"我猜应该没有。主要是免税店里都是些巧克力和带有花边的裤子,没有什么我们需要的东西。"

"我就需要这些!拜托了,头儿,让我去吧!我会给蕾哈娜也买点东西,你可以把它当作生日礼物送给蕾哈娜。"

"哦,那好吧!"史密斯说完,便朝自己的房间走去。

史密斯回到自己的房间,屈膝跪到地上,从床底拖出了星际密码电报机。它看起来既像缝纫机,又像非常旧的收银机,里面还带了一系列的操作说明。

根据前三步的操作指示,史密斯写下一条简短的信息,信息中陈述了现状并请求支援。他从电报机的侧面把写有信息的纸条放了进去,然后拉动杠杆,一对儿滚压机把纸条拉进电报机内部的清理炉中,前面的刻度盘嘀嗒嘀嗒地旋转起来,细小的灰尘纷纷落进了清理盘中。

根据操作说明的第四条,史密斯应当把说明给吃了。他在咀嚼操作说明的时候心想:希望没有第五步。但是突然他又意识到,为什么不是把说明书放进清理炉里,而是真的吃呢?随后他把电报机推回床下,爬上床,闭上了眼睛。

史密斯正在梦中品尝着香甜的小烤饼,突然"砰"的一声巨响将他从睡梦中惊醒。他挣扎着坐起身来,双膝跪地,再次将星际密码电报机拖了出来。伴随着咔哒咔哒的声音,一条印有信息的纸带从电报机侧面的沟槽里冒了出来。

"信息已收到。你确实正处于困境之中。你可以向弗兰克·尤金斯询问和噶斯特军队有关之事,他现在正在阿登纳·普拉茨(从戴高乐大街出来就是)。他是值得信赖之人。请到免税店购买两箱便宜的储藏啤酒,这对未来的运营至关重要。完毕。"

史密斯看完纸条之后,无线电响了起来。史密斯跟跟跄跄地走到驾驶舱,摆弄了一阵儿控制装置。

"嘿!"电话另一头的人说道。

"你好?"

"是皇家海军舰艇约翰·皮姆号吗?"

史密斯谨慎地回答道:"对。"

"一小时前,我收到了你们的呼救信号,"那个声音说道,"我这里是坦豪泽·盖特轨道站。听说你们的飞船坏了,我感到十分抱歉。"

"多谢。"史密斯回答道,"不过,不能抱怨——"

"也许你们应该换一艘德国产的舰艇。你知道的,他们的品质值得信赖。我朋友现在正遭受着和你同样的麻烦。他买了一台胜利·多洛迈特号汽车,行驶在高速公路上时,引擎掉了出来。他说那是工会干的。"

"好吧,对你朋友的遭遇我感到十分抱歉,但是现在我们可以着陆了吗?"

"当然!对接程序将于十分钟后启动。但是,啊……你可能想自己搬运行李。搬运工,你懂的。"

02 两个人的晚餐

"烧死他们!"爱兹伦勋爵——一只巨大的鹿角兔,站在高处大吼道,"把他们的眼珠子从脑袋上摘下来,哦,伟大的歼灭者,将他们会撒谎的舌头扯下来,让他们的尸体被饿狼吞噬,消散在四面八方!同时,我宣布,新伊甸民主共和国第一次女权大会开幕!"

爱兹伦勋爵坐下来顺了顺气,另外二十六个主教站出来对外面的节日欢呼不停地表示感谢。

"议程第一项——女性是否应该拥有权力?各位,答案仍旧是'不'。与此同时,我宣布大会开始。"爱兹伦勋爵继续说道。

今天,是拯救行星的启蒙日,街上悬挂了数十亿的旗帜庆祝,许多人都被节日的热情点燃。街上的"砰砰"声很可能是在燃放烟花爆竹,不过这很难说:伊甸民主共和国每天都会发生许多枪杀案,以及砖打斧劈案,等等。

伊甸民主共和国正在召开国家最高会议,参会代表们围坐在桌旁,头上都戴着举行神圣仪式时才会佩戴的头盔,看起来就像一个巫师组织。桌子的最顶头坐着一只巨大的狒狒,他是火焰的持有者,也是不信奉他的人的焚化炉。他的名字是海尔尼莫司·普朗勋爵,搭扣与骷髅的古老标记就是从他头上戴的黑色宽边帽上诞生出来的。此时,他在座位上睡得正香。

"现在,"爱兹伦说,"若是无人反对,我就要开始讲今天的议程安排啦!首先,我们收到了一份请求,猖狂的野鸡兄弟会发现了一个新事物,这可能会影响到他们的信仰,因此他们请求允许他们杀戮一切可能的肇事之人。"

有一名主教一直在嚼自己的胡子。"他们的信仰是什么?"

他满嘴胡子地说道。

"他们相信……"爱兹伦看了一眼日程表,"他们发现了违背他们信仰的事物。"

"非常合理,"那位主教说完,又开始吸吮自己的胡子。

爱兹伦将行动要点列了一个表:"现在我们来讨论一下议程二。大毒蛇贝利亚斯勋爵向我上书,说他发现了一个解决欲望之罪的新方法。别告诉我这需要用到一把园艺大剪刀。"

贝利亚斯从座位上站起来,假意咳了两声。"一直以来,欲望之罪都是个棘手的问题,"他用粗厉的声音说道,"自从我们万能的祖先使大歼灭者成长起来,男人们就以他的形象存在。而女人们,除了释放欲望的潮流,污染我们曾经纯洁的内心,还为这个世界奉献过什么呢?看!"他一声大喊,从自己的白色长袍中掏出一张照片,"我看到了一张女人的照片,看看我身上发生了什么变化!要是这都不能算作罪恶的话,我不知道什么才能算作罪恶!"

照片围绕着桌子,从一个人手中静静传递到另一个人手中。主教们沮丧地摇了摇头。"太可怕了。"奥瑟德勋爵说。

照片一一经过战事局的二十六位主教之手,又传到了自由事务局的主教手中,他现在正想方设法解散自己的办公室以逃避政府过度干预的暴政,而普朗已经鼾声震天了。

一位主教用力一推,桌子上的照片就滑到了普朗的面前。"大狒狒?"他停了一下,轻轻推了推这位老人的胳膊,"普朗勋爵?"

普朗的眼皮动了动,艰难地睁开了眼睛。他摇摇晃晃地摆正身体,大喊道:"信仰就是纯洁!用火焰来净化信仰!刚才发生什么了?"

那位主教轻轻拍了拍桌子,普朗勋爵低头看向照片。

"啊!"他一声大喊,"嗖"的一下退回到自己的椅子中,"这是什么鬼东西?谁来救我们远离这个——这个——这是谁的?"

贝利亚斯鼓起勇气,给了大狒狒一个严厉的表情:"普朗勋爵,我正在谈论女人的放荡。稍后我还会播放一个幻灯片。但是现在,我认为只有一种方法可以清除新伊甸人放荡好色这一污点——我们必须杀光所有的女人!"

主教们之间突然爆发出一阵欢呼。"圣战!"一个气喘吁吁的声音呱呱喊道。

普朗感觉到自己的太阳穴有轻柔的旋转,他的额叶加速器要开始工作了。他在身上装备了仿生物来强化自己,主要是为了弥补他已经二百八十三岁的身体。他坐在自己的金属王座上,一束天线从他的头部侧面伸出,看起来就像一台坏了的电视机,他突然想到,这个伟大的计划可能还有一个小小的瑕疵。

普朗气急败坏地说道:"愚蠢!"嗓子里的麦克风把他的声音放大成了来自地狱的怒吼。"你真是了不得呀,贝利亚斯。你考虑过把伊甸共和国所有女人都杀光的后果吗?我们以后该跟谁找麻烦呢,嗯?"

"哦……"贝利亚斯开始感到愧疚。

"没错。并且我们也没办法繁殖后代了。"

"噶斯特军队有克隆机,"格鲁姆插话道,"他们可以把克隆机借给我们。他们毕竟是我们的盟军,一定会借给我们的。"

"哦,他们很忙,才没有时间做那种事呢!"贝利亚斯用一种尖刻的讽刺语调回答道,"他们现在考虑的是他们的新朋友旅鼠人。很明显,旅鼠人是真的很狂热。"

"他们怎么会比我们更狂热呢?"爱兹伦说,"我们是神权政治,由于大歼灭者的原因——他神圣的慈悲可以屠宰一切。没什么能比那更狂热!"他沮丧地摇摇头,继续说道,"我们已经决定和噶斯特军队合作。我记得当时……他们对银河系的低等生命形式进行大清除,我们正准备开始宗教大灭绝行动。"他叹了口气,"在某些特别之处上,我们英雄所见略同。"

普朗说:"我们可以让他们回来。"

主教们都转过身来,充满野性的眼睛还有一顶顶圆锥形帽子在普朗的王座前晃来晃去。"什么?"格鲁姆一张口,一口唾沫星子画出一道完美的弧线,飞到了桌子的另一头。

普朗笑了起来:"议程三,我的下属们一直在忙一个小项目,你们可以把它当成是一个秘密武器。"

"一把枪?"格鲁姆非常崇尚火力。

"当然不是!"贝利亚斯说道,"普朗爵士是位非常好的火力崇尚者。他说的只是一个火焰推进器罢了,可以用来炙烤那些不信奉火力的人,以示庄严。"

"解释得好,年轻人,"普朗回答道,"但是你说错了。禁止科学部一直在探究非欧几里得几何学。当然,我指的是,维度间旅行。"

"亵渎神灵!"会议进行到目前为止,主教中最为弱小的一

02 两个人的晚餐

位——尊贵的空棘鱼,一直沉默不语,脑袋低垂,似乎在做祈祷,不过也有可能是在打瞌睡。现在他挣扎着站了起来,握紧小拳头在空中摇晃着,说道:"这是对所有伊甸人的侮辱。我们必须努力找出所有维度间旅行者,然后把他们全部杀光!"

普朗叹了口气:"不,要旅行的人是我们。坐下,傻瓜!"

"哦,好吧!"空棘鱼再次坐下,乖乖回到自己的椅子中不动了。

"那么,"普朗笑着对全桌人说,"七十二小时之前,我们的一个原型测试取得成功。过不了几天,我们的盟军就会派遣代表团来参观我们的军演。他们之中会有噶斯特帝国的高等代表。我们会在向他们揭开维度转换太空飞船时,就能看出他们当中谁是重要人物,谁是不重要人物。"他低头觑了一眼桌子,"所以,把你们的长袍洗干净了再穿去,懂吗?"

气闸缓缓滑开,史密斯发现自己视野所及之处是坦豪泽大门的法国部。太空站的穹顶上悬挂着许多旗帜,空气中飘荡着手风琴的乐声。前方的海报上画着一个身穿铠甲的女孩儿,她的发型看起来就像是把碗扣在了头上,她的头顶上有一个星星光环。装饰性灯罩上甚至有旋涡型纹饰,不过它看起来要比其它灯罩更容易损坏。不过,史密斯在踏进坦豪泽大门时心想:"欧洲的空气闻起来并不是一股奶酪味儿,也没有人来强制我们去阅读他们的文件!"

实际上,似乎根本就没有人注意到他们。两个老年人坐在一块咖啡馆的招牌下方,史密斯朝他们走去时,他们故意把脸转到了别的方向。

卡尔薇丝说:"这里有家咖啡馆!那么,有人想吃点儿培根三明治吗?"

史密斯赶紧伸出胳膊把她拦下。"小心点,卡尔薇丝。这里的人都喜欢奇怪的食物,"他又在卡尔薇丝耳边恐吓道,"就连他们的国歌都跟蛋黄酱有关。"

他们沿着街道小心前行,就像枪手进了一个废弃的小镇,发现一切都是那么可疑。

史密斯很想知道所有奇怪的标志都是什么意思。宣传海报上打广告的名字都很奇怪,Le Chat Noir(黑色聊天),他想:"这应该是个公共厕所吧。"街上的一家店铺飘出面包的香味,店名叫作 Le Maison de Pain(疼痛大楼),史密斯记得 Maison 是房子的意思,心想:"这里可能是牙医的家,或者是一个奇怪的娱乐场所吧!"

蕾哈娜从包里拿出自己的烟嘴:"我们现在是到了阿姆斯特丹吗?"

"我觉得不是,"史密斯回答道。听到史密斯这么说,蕾哈娜感到十分失望。"如果我没记错,欧洲人根据他们那些小国的国名,把地域分成了四个区。至少……我们在哪儿呢?"史密斯深吸一口气,一边在脑子里极力回忆他从 3B 表格中记下的那些欧洲人的特征,一边慢慢向咖啡馆外的两位老人走去。

"你们两位,"史密斯说完,其中一位老人缓缓将一只眼睛瞄了过来，"能告诉我戴高乐大街怎么走吗，两位大爷？"

另一位老人说道："哦。"说完，他便耸了耸肩。很明显，他正在搜寻自己的记忆寻找答案。过了一会儿，史密斯意识到"这个人应该是不明白他说的话"。

"噢，不，"史密斯提高音量，放慢语速，就好像在和一位耳朵不大好使的高龄亲属讲话，"我……是……英国人。我……正在……寻找，"他模仿了一下水手寻找地平线的动作，"戴高乐大街，"他不知道这个要怎么模仿，所以指了指自己的胡须："哦……你会说拉丁语吗？整个法国被分为了三部分，是吗？"

"不是。"另一位老人说道。

苏鲁克凑到史密斯身边："马祖兰，这两个老家伙可能需要点特殊对待。"说完他恐怖地笑起来，把关节掰得咔咔作响。

"我不确定那真的……"史密斯刚刚开口，苏鲁克的影子就落到了桌子上。

苏鲁克清了清嗓子，发出一种汽车发动机加力的声音。老人们抬起头来。

"祝贺你，人类，"苏鲁克说，"请问戴高乐大街在哪儿？我们要去参加一场现代爵士音乐会。"

"现代爵士？"两位老人中离他较近的那位说道。

"是，"苏鲁克回答道，"塞吉甘斯布专场。"

"我知道了！"那位老人一跃而起，张开双臂看着苏鲁克，仔细考虑了一会儿之后指了指另一头的路。苏鲁克点点头，开始仔细地倾听。

史密斯转向卡尔薇丝，问道："他在干嘛？辨别方向？"

苏鲁克走了回来，仍旧满面笑容。"老天，"他走过来的时候史密斯说道，"你究竟是怎么搞定的？"

"非常简单，"苏鲁克回答道，"要让他们合作，只需要用他们独特的腔调讲话就行。现在，跟我来，老兄。快点快点。"

"这就来！"史密斯大喊道。

阿登纳·普拉茨就坐落在德国区的最边上，它的前方是戴高乐大街，附近有戴高乐广场、拿破仑大道和戴高乐大道。史密斯他们转过一个拐角，一个如整齐排放的方球桌一样的广场忽然映入眼帘，广场上有一排排的房子，房子的正面都是玻璃。在广场的尽头，立着一座三层楼高的亮白色立方体建筑。

史密斯转身看向自己的伙伴们。"看，"他说，"我要试试和这些家伙交流。我和他们谈话的时候，你们去周围转转吧？"

"我觉得我应该评估一下当地商店里的……啊，工具，"苏鲁克说，"我一会儿再来找你。你可不要让我们太难找。"

"好计划。女士们，你们呢？我确信，这次会议不会有任何你们感兴趣的内容。"

"除了我驾驶的那艘飞船？"卡尔薇丝耸耸肩，"不，你可以自己解决这件事的。我要去喝一杯了，还要再吃个肉馅饼。"

蕾哈娜又拿出了她思考事情时的表情。"一方面，"她若有所思地说，"我认为任何商讨都应该由有关各方共同决定。但是另一方面，我需要找一家荷兰咖啡馆买点东西。"

史密斯决定不再多问，他转身朝亮白色的立方体建筑走去。

02 两个人的晚餐

建筑内部有一张大桌子，桌后坐着一个头戴耳机的年轻人，他正在一个小小的键盘上噼里啪啦地打字，史密斯从未见过这么小的键盘。史密斯慢慢走到桌边，年轻人停下工作，说："史密斯船长？早上好。尤根思老大现在就要见你。"他指了指一道空无一物的墙补充道："请从这扇门直接进去。"

一块墙缓缓向内滑开，空气里传来"吱呀"的声音。门后站着一个中年男子，他个子不高，穿着高翻领衬衫和蓝色外套。"早上好！"他说着又退了回去，"请进吧。我是副处长弗兰克·尤根思。他们应该已经告诉你了，我一直在等你来。"

史密斯说："多谢。"

尤根思的房间看起来和普通房间差不多，只是更明亮、更整齐。史密斯环顾四周，心想："这里的家具是为解决几何学问题而设的吧？除此之外，还真没有什么特别之处。几乎可以让人把这里当作是不列颠——等等！"

他在一幅裱框海报前停了下来。红色的地面上，四个身穿统一制服、面色严肃的男人站成一排，对着地平线怒目而视。制服、对着地平线怒目而视、不确定性别偏好的凶恶的年轻人？这些都只能说明一件事——外国政治世界并不平静！尤根思看起来是个不错的家伙。但是，欧洲是外国的一部分。让人永远也不知道……

"啊，发电站乐队，"尤根思注意到了史密斯的兴趣所在，说道，"他们来自德国，是一群非常伟大的音乐家。"

"音乐？"史密斯突然想到，这些人可能是一个受欢迎的小型打击爵士乐队，"来自德国？那大号在哪儿？"

"发电站乐队在他们那个时代有些特立独行，"尤根思解释道。他挑了挑一边的眉毛，说："他们既没有大号也不穿皮短裤。"

"裸体主义者，嗯？"史密斯还以为对方是在跟他开玩笑，"我更喜欢粉色齐柏林。"尤根思露出一个非常好奇的表情，然后坐了下来。

"那么，"尤根思抬起二郎腿，开口说道，"我听说，在欧洲太空的边缘地带，你的飞船遭到了不明人士的袭击。"

"没错。我们正在与一个无人的自动化护航队一起押运运输船。突然间，敌人就凭空出现了。一道闪电之后，他们又突然间消失了，就这样。"

尤根思皱起眉："听起来他们应用的技术十分先进。我申请了对接港摄像头的查看权限，从摄像记录中观察了一下你们的飞船。从飞船的外观看来，攻击者一定在你们的船体上使用了某种锈蚀光束。真是太不幸了！"

"哦……对，"史密斯回答道，"锈蚀激光。就是这个。我能喝杯茶吗？"

"当然。"

史密斯小心地接过茶，望了望白如雪花的茶杯。看起来还是很不错的，他一边想着一边抿了一口茶。"唔，非常不赖。"

尤根思点点头："那么，史密斯船长，对于攻击者你有什么怀疑对象吗？"

"哎，没有。我是说，我们有很多敌人，他们都有可能是攻击者，你知道的。太空里有各种各样古怪的生物类型，"他刚说完这句话，突然想起没有提古怪的类型都包括哪些,"外星人嫉妒不列颠太空帝国的地位。一边是噶斯特军队,一边是凶残的旅鼠人,看起来我们的敌人还真不少。而且,我们的敌人还有为大蚂蚁们效力的低等生物——如火星人、伊甸人这样的乌合之众。毫无疑问,还有充满嫉妒心的外国势力。"

"嗯,当然——我是说,不,我们一点也不嫉妒,除了那个掌管着俄国的疯子。你知道那个家伙吧,就是疯狂的国王鲍里斯。另外,我确定你的伙计们一定会平安无事。"尤根思说,"鲍里斯国王能对自己宣战真是件幸运的事。欧洲联邦也存在同样的问题,史密斯船长。它会永远护卫自己的边界,并且永远抵抗那些试图将自己的法律和习俗强加在我们身上的人。"

"我相信你们一定会的。我想再来杯茶,谢谢。"

"作为盟国的代表,你们的飞船一定会得到修理的,"尤根思一边说着一边给史密斯重新添了一杯茶,"不过,你的飞船恐怕要在停靠港多待一会儿了。另外,我一定会找欧洲最好的技术人员为你们修理飞船。"

史密斯在脑海中重构了一下约翰·皮姆号的形象,它可能会被建成姜饼屋风格?那样的话,卡尔薇丝把整艘船吃掉,或者苏鲁克这只大青蛙嚼穿船身就都不值一提了。"你们真是太好了。"

"现在……我听说,你有位同事需要护送,是吗?"

史密斯的椅子好像变得不太舒服了:"没错。他告诉我要提一下幽灵。"

尤根思找了个舒服的姿势,靠回椅子上:"我明白了。我觉得你的任务可能有点儿……神秘。我们共同的好友 W 先生,已经做好了安排。所以不必担心护送问题。"

"多谢,你们真的太好了。"

"不用谢。毕竟,我们是真诚地想要帮助我们的邻居。正如席勒所说,人类皆兄弟。你知道贝多芬第九交响曲吗?"

"真的吗?贝多芬第九个什么?"

"啊……你就当我没说。现在,一艘可以躲过常规探测的飞船是个极大的威胁。不过,我有个计划。"他举起一个盘子问道,"来一杯维也纳回旋?"

"不了,多谢。你继续说吧!"

"停在坦豪泽大门前的那艘飞船是 EU-571,它是一艘欧盟军用侦查飞船,由拉姆斯卡皮坦·施密特指挥。虽然这样做有点不大符合规定,但我还是把它扣下了。"

"好。"史密斯说完,默默在心里记下了尤根思说的"贝多芬第九交响曲",他准备回去查一下那是什么意思。

"在约翰·皮姆号修理期间,你可以用我们的飞船追踪猎物。追踪到之后再向你们的舰队发送一个准确的位置就行了。"

"好极了!那么,"史密斯说,"我认为这是一个极好的计划。你的人要花多久才能准备好?"

尤根思看上去稍稍有点疲倦。他回答道:"史密斯船长,他们已经准备好了。"

"棒极了。"史密斯站起身,伸出一只手来,"尤根思长官,和您的谈话非常愉快。我不知道欧洲会是一个这样讲道理的地方。"

02 两个人的晚餐

尤根思露出笑容,和史密斯握了握手:"我必须承认,我也感到十分惊喜。我必须得坦白,不列颠人在欧洲非常有名——怎么说来着?酒鬼,喝醉了之后便目无法纪。我感到非常开心,你向我证明了这只是个传言而已。"

房间门突然被"砰"的一声撞开,卡尔薇丝一只手紧握着瓶子,一只手抓着一个免税店的包,飞一般地冲了进来。"哦,我的老天,"她大喊道,"你说得对!这地方太可怕了!警察在后面追我们!"

尤根思挑了一下眉头,说:"……也许不只是个传言。"

"别担心,"史密斯说,"我保证一切都会很好的,"他盯着卡尔薇丝又补充道:"对吧,嗯?"

"不,不对。"她回答道,"他们要把蕾哈娜逮到监狱里去。"

一根树枝在 W 脚下"啪"的一声折断。他低头一瞥,余光发现一条绳子像蛇一样嘶嘶穿过树丛,然后向后飞起,绕上了他的脚踝。绳索紧紧扣死,猛地甩到了一边。他面前的地面似乎即将要爆炸。温斯科特少校的上半身却突然间映入了眼帘,他戴着一顶无檐小便帽,手中拿着一把脏兮兮的武器——W 从未见过这么不卫生的武器。

"停,"温斯科特说,"你能给我推荐个花农吗?"

"在这该死的达特姆尔,我不认识什么花农。"

温斯科特责备地瞪了他一眼。

W 叹了口气:"在基辅大街上有许多不错的花农。"

"早上好,"温斯科特说着放下了武器——那似乎是用几块碎骨头做成的弓,"想不到能在这儿见到你。"

"确实。你一定感到很惊讶,我竟然没在度假。我有点事儿要和你谈一谈。"

"好吧!"温斯科特笑了起来。W注意到他的牙齿保护得很好。"你最好进来说。快来——你现在这样会显得非常不合群。"他像只土拨鼠一样,一跃便从视野中消失不见了。W感觉有个看不到的袭击者拽了拽他的腿,低头一看,温斯科特在泥地里朝他扮了个鬼脸,然后向洞里爬了下去。

W跟着温斯科特跳进一个从土地中辟出来的小房间,房间里面非常干燥。他注意到的第一件事就是这里的整洁度:温斯科特可能有点疯疯癫癫,但至少很爱干净。他注意到的第二件事情就是獾:在通往更小隧道的入口处,有三只獾正防范地注视着他。

"没事,他是我的一位朋友。"温斯科特在房间后面对獾说,接着又转向W,"獾都是些非常有趣的小家伙,不过它们的忠诚度令人可怕。"他拉起两把帆布躺椅,把它们摆弄着展开,"请坐。"

"多谢。"W小心翼翼地坐到躺椅上面。他把双腿叠到一起,谨慎得像是膝盖上放了个炸弹。

"那么,你觉得温斯科特之家如何?很有意思,对吧?"

"确实挺有意思的。"W心里默默想着,有意思得就像把一个巨大的烤土豆挖空,只剩下一层外壳,闻起来还有股香肠味儿呢!

温斯科特把弓放在椅子边上,说:"这是我自己做的。当然,用的都是回收物。我回收了很多好东西。"他伸手去拿放在椅子边上的一个大烧瓶,"喝苹果烈酒吗?"

"我,嗯,之前喝过了。"

"这就是你的损失了,老兄。"温斯科特喝下一大口酒,终于坐定。他穿着自己的搏斗短裤,脸上隐约可见的伤疤向人们展示着一个生命要在草原上生活下去确实很难,等了一会儿,他接着说:"那么,我们今天要杀谁?你们找到了一支想干掉的装甲部队?"

"并不是。"

"啊,那一定就是痛打了旅鼠人一顿,对吧?那群王八羔子,真该教教他们礼仪,是吧?你知道的,我早就想给他们来点儿教训了。苏珊也是,"他又喝了一大口酒,"她也忍不了他们。"

W四处观察了一下房间,这里并未见到深空作战小组的其他成员。这有点不太寻常,苏珊作为第二指挥官以及射线枪操作员,对于温斯科特来说,她既像一个口译员又像一个精神科护士,是必不可少的存在。也许,其他人也挖了自己的隧道,正在训练他们自己的獾吧!

"他们去巴特林了。"温斯科特说,"他们想去那里看看水上滑梯。他们把钢铁城堡给炸了,出去玩玩倒也没什么。"

"当然。但是我需要他们重新登上飞船。"

温斯科特凑到W跟前,帆布躺椅随之发出"吱嘎"的声音,他搓了搓双手,"那么,是什么工作?旅鼠,噶斯特军队,还是通敌的叛徒?"

"是一场和平会议。"

"什么?"

W仔细地描述了一下形势。他想要极力巧妙地讲清楚会议的重要性以及潜在的好处,但是温斯科特开始的时候有点困惑,后来不大服气,再后来甚至泛起了杀意,现在已经气得吹胡子瞪眼了。

"很好,"温斯科特说,"但是我们真的想要与外国人和外星人结盟吗?"

"总部是这样认为的。显然,大国之间需要更好的合作来实施更有效的战斗。并且,我们还要考虑一下帝国和沃尔之间签订的条约。我们得尽快将条约正式化。"

"哦,我不喜欢这个计划。我是说,外星人是一回事,但是外国人呢?我们真需要他们吗?地球上有那么多人说不出愚蠢的军国主义和军事效能有什么区别。他们并不知道,要想打败大蚂蚁们,要做的不是更像他,而是不像他。"

"嗯,确实。我们不能容忍任何兽性……"

"以及任何外国的东西。"温斯科特凑上前,压低了声音说道,"他们就是一群废物。去年上映过一部电影《不列颠之战》,你看过吗?故事背景是在血腥的尤他。你总是在喋喋不休地讨论客观真理——你知道我是什么意思。但是我们也许应该把这些外国的家伙都拖进来,让他们喝杯茶,吃点小饼干,告诉他们别给我们添麻烦,或者他们来访问时,我们用莫洛克步枪的枪林弹雨来迎接他们。"

"那就有点过分了，温斯科特。你放轻松点。"

"好吧，那就不上小饼干了。"

W尽量控制住自己不做鬼脸："你看，温斯科特，你就把它想成是一个假日，一个有点儿特殊的假日。在这个特殊的假日里，你不用杀任何人，也不用吃腐肉，我们只需要保证事情顺利进行就行。来访者需要来参加大会，签署我们要求他们签署的协议，然后留下一个备份。很简单。要是有任何问题的话……"

温斯科特一拳怼进另一只脏兮兮的手掌里："没问题。我知道如何揪出叛徒。还记得吗，我在伦敦的时候，曾摧毁了那些恶棍们试图绑架儿童和修女的阴谋？"

"你摧毁的是一场《音乐之声》的盛装彩排。你用一个棕色的纸包裹将特拉普男爵打昏，剩下的一半演员都被你用绳子绑了起来。"

"所以呢？有什么问题吗？"

"好吧，你需要多久到岗？说了半天，简单来说，你并不是特工处最喜欢的人物之一。"

温斯科特坐回躺椅中："所以，你是想叫我和獾住在一起，来换取一场外交盛宴吗？你最好给我准备好酒吧。"

"那里现在就有酒吧。"

"好的，我加入。"温斯科特站起身来，灵巧地踢了一脚，躺椅就自动折叠起来靠在了墙边，"前面带路。"

"太糟糕了。"卡尔薇丝急匆匆地跟在史密斯身旁说道。史密斯大步流星地穿过宽阔整洁的街道,她必须小跑才能跟上他。"我去了免税店,因为苏鲁克上个月吃光了我所有的化妆品。"她举起一个"A 线大玩家"标记的背包,"然后我想我要去买一个馅饼、五六罐内斯特拉·阿图瓦啤酒,所以我把其他人留在外边,自己进去了。但是他们没有任何馅饼,所以给了我这些甘草饮料——现在我知道这应该是些酒——我从里面出来的时候,他们都已经离开了。但是蕾哈娜进了一家咖啡馆,现在她已经因为违禁药物被捕了,我感觉我的腿都要跑掉了。"

他们渐渐走进太空站深处:沿着狭窄的街道,从一根晾着太空服的晾衣绳下面走过,又经过了一辆两气缸雪铁龙月球车。然后,卡尔薇丝指了指一扇上方有艺术装饰标志的门,史密斯昂首阔步地走了进去。蕾哈娜正坐在门边的一张桌子旁,身边站了一个身穿蓝色制服的男人。

"这是什么鬼东西?"史密斯一边说着一边朝那个男人走去,"放开那个女人,回去送你的快递去。"

"够了,先生。"那个男人回答道,"我是警官队的军官。用你们的话说,就是警察,对吧?这个女人试图从该企业业主那里购买非法药物。"

史密斯看向蕾哈娜:"哦,真的吗,蕾哈娜?"

蕾哈娜看起来非常沮丧。"我以为荷兰在法国,"她解释道,"这里是欧洲,对吗?"

下一秒史密斯就意识到，警官所说的都是事实。作为新弗朗西斯科的市民，蕾哈娜认为所有欧洲国家对于草本药物都态度一致。他想，这真是太糟糕了，不过还有回转的余地，用点外交手段就能把事情理清。"看，"他说，"她确实犯了错。我知道她做了些蠢事，但她是个外国人，你懂的。"

"那我可能需要提醒你一下，"警察说道，"你也是外国人。"

"什么？我当然不是。"

卡尔薇丝叹了口气，在一张桌子旁边坐下。

蕾哈娜说："也许我们可以，你懂的，再谈谈？"

大门"砰"的一声打开，苏鲁克像狂风一般冲了进来。他说："这是什么？"他拿起一张菜单，紧紧盯着上面，就好像上面有什么侮辱人的话一样，"我就离开一会儿，去买明信片和弹簧刀，怎么就发生这么多事？我警告你和你的恶棍厨师……离我的青蛙们远点儿！"

门口处又出现一名警官。史密斯心想："糟了，得快点把事解决。"尤根思的飞船很快就要起飞，但是他已经搞明白了欧洲的司法制度。

史密斯认为是时候施加点压力了。史密斯鼓起勇气，双眼紧紧凝视着眼前的这位警察。"现在你看着我，我的好伙伴……"他说着向前踏出一步，"这个女人受我保护。立刻把她放了，先生。"

警官扮了个鬼脸。"你觉得你能在我身上——施压？"他倒抽一口冷气，耸了耸双肩，举起双手，摆出一副投降的姿势，然后哈哈大笑，"不错的尝试嘛，不列颠大蚂蚁们！但是我对你的要求不屑一顾，"他张开双手，"哈？就不答应你。"

"该死！"这个狂傲自大的家伙竟把缺少教养当作自己的挡箭牌。站在史密斯右边的苏鲁克悄悄放下了菜单。史密斯的手摸向自己的臀部。这样可能会闹得不太愉快，但是他已经没有别的选择了。

史密斯说："现在，我们来结案吧！"他的右手在大衣里迅速一摸，再出来时，手中已经多了一个钱包。"我们该走了。"

警官低头看了看史密斯手中的钱包："你这堕落的不列颠人！你以为用这个就能把我们收买吗？"

"嗯，"史密斯说，"是的。"

"你是吃了熊心豹子胆！我要以行贿法官未遂的罪名逮捕你。"

"但这里是国外，伙计。要是在法国，你一定会收取贿赂的。"

"呸！你对法国才了解多少？我敢说你连查尔斯·戴高乐都没有听说过。"

"我当然听说过。不就是一个留着大胡子、不喜欢凯撒的小家伙！"

"那是高卢人阿斯泰里！别废话，你们所有人被捕了！"

"所以，"卡尔薇丝在监狱里环顾了一圈，说道，"现在是什么情况？"

"好吧，"史密斯回答道，"如果我所了解的法国历史都是真的，那我们可能要被砍头了。"

苏鲁克吼道:"他们不会砍我的头。"

他蹲在长椅的另一头,脸上的表情冷酷而严肃:"我看了他们的菜单,我知道他们用烹饪的名义对两栖动物做了些什么。要是他们敢抢劫我们的飞船、擅自动我的卵,他们就死定了。"

卡尔薇丝回答道:"我们现在的处境什么也做不了。"

"我的卵能做。它们会把他们啃得只剩下骨头。"

蕾哈娜站在门口,透过铁栅栏向外看。她说:"真不敢相信,阿姆斯特丹竟然在法国,我怎么会不知道呢?"

卡尔薇丝叹了口气:"你太笨了,所以才想不到?"

"哦,没错。"

史密斯扮了个鬼脸。他觉得自己现在很难静心思考。监狱外的空房间里有一台正在播放音乐的收音机,但这并没有什么用。歌声听起来像是一个女人溺水了,但她仍然在唱歌,说她不后悔认识里安。史密斯很想知道里安是谁,是不是里安让她溺水的,如果是的话,能不能继续让她溺水,别再唱歌了。

"好了,伙计们,"他说着站了起来,"我有个计划。现在除了越狱,我们别无选择。我来伏击守卫人员,如果他不同意释放我们,我们就把坦豪泽大门变成不列颠太空帝国的属地。"

卡尔薇丝说:"怎么做?"

"我们先一步步来。第一步,制服守卫。"史密斯挪到栅栏边上,喊道,"我说,守卫!《自由》还有诸如此类的书怎么样?"

外面的房间仍旧空无一人。无线电还在嘎嘎地响着。

史密斯极力回想,试图想起几个不涉及骂人的法语单词:"我是不列颠人,该死!让我出去!"

外面的走廊里突然出现一个身影,朝他们慢慢走近。史密斯停了下来。那家伙穿着很像潜水服的黑色紧身衣,一件条纹衬衫,还戴了一张小小的白色面具。史密斯看过去时吃了一惊。这个新来的家伙转身看了看身后的走廊,然后迈着夸张的大步偷偷摸摸朝他们的小单间走来。

"有人来了,"史密斯对他的船员们说,"奇怪的兄弟……"

穿着黑色紧身衣的男人在门外停了下来。他在唇边竖起一根手指,示意他们不要说话,然后蹲下来开始撬锁。苏鲁克弯弯手指站起身来。

"咔哒"一声,锁落了地,监狱门晃到了一边。穿黑色衣服的男人站起来朝他们深深鞠了一躬。

史密斯说:"你好,多谢了。"

那个男人仰身向后,摸着下巴扫视了他几眼,然后才放松下来:"先生们,女士们,还有可怕的大怪物,大家晚上好。我是凡多姆。"

"哦,"史密斯说,"你是什么,间谍吗?"

"不!"凡多姆面具后的脸哈哈大笑,"我是来救你们的。我们有共同的敌人。现在你们必须立即登船,跟我来。"他又补充了一句道:"是时候逃离这个……"他戴着手套的双手在身体周围比画了几下,像是在拍打一堵看不见的墙,"监狱了。"

"不错,"蕾哈娜说,"这是真正的部落舞蹈。"虽然他们把她关了起来，但这似乎一点也没有削弱她对他们文化的兴趣。

"我们必须得快点儿，"凡多姆回答道，"我用了古老的法国艺术，才悄悄找到你们。现在我们必须离开这里。"

史密斯说："老天爷，你是个哑剧演员。"

凡多姆点了点头："但我不仅仅是个哑剧演员，我还是位大师。"

卡尔薇丝说："我们还是去太空吧！怎么会在这里遇到一个疯子？真是个惊喜。不过，门开了。"

凡多姆带他们进入走廊，一伙人蹑手蹑脚地从嘎嘎作响的立体声音响旁边经过，沿着门厅向外走。史密斯向左瞥了一眼，看见办公室里有一个戴眼镜的侦探正在忙着装烟斗。

"你们应该庆幸是我找到了你们，"凡多姆悄声说，"这里有许多人还记得你们这个秘密组织在罢免法国王子时扮演的角色。"他摇了摇头，继续说道："流放到一个小小的星球上去，只有一朵小花陪伴……来吧。用我们法国人的话来说，我们必须赶紧。"

他们穿过一扇窄门，又回到了黑漆漆的太空站。现在正好轮到了太空站的夜晚作息，酒吧和德国式小酒店里溢出的灯光撒在人造林荫道上。远处，两只流浪猫、一架手风琴以及一个钢管乐队正在争夺夜晚的归属权。

在这个假造的夜晚里，空气温暖而干燥，卖烤饼和小烤肠的小摊上飘出阵阵诱人的烟火气，还来不及引发自动灭火装置，就已经被微风吹得无影无踪。他们从住宅区走过，尽量让自己看起来与常人无异。"别担心,"凡多姆说,"一旦人们看到哑剧演员与他人同行,他们就知道不会出什么乱子。用法语来说就是'不可避免'。"

史密斯对这条街道感到非常陌生。红色电话亭、油炸薯条店,还有酒吧外喝得不省人事的人都去哪儿了?他们从一群衣着非常整洁的朋克迷身旁经过,这些人正在互道晚安。过不了多久,他们身后满是涂鸦的墙壁又会被漆得雪白。

"你们看到那里的那些门了吗?"凡多姆指了指前方说道,"你们要找的气闸在那条通道的尽头,穿过夜总会大厅就到了。"他又转身对蕾哈娜说:"拉姆斯卡皮坦·施密特是个好人。你可以放心让他送你到我们共同的朋友那里。"

史密斯朝街头望了望:"先生,谢谢你的帮助。不过,现在,我们要赶着上飞船了。"

"用我们法语来说就是'我很荣幸能够帮助你们'。"凡多姆回答道,"不过下次见面时,我可能会找你帮忙。"

"按理说,我会帮你的,"史密斯说,"只要,不是什么危险的事。"

"先生,"凡多姆的声音里明显带了些受伤,"法国的秘密机构没有什么危险的。哪里有可疑的选举,哪里有危险的和平抗议者以及收受贿赂的指控——请放心,我们一定在那里。那么,我看你们也没有什么大的行李要带,不过我还是可以假装你们有。再见了,女士们!"他鞠了个躬,"希望我们很快能再次见面。"

凡多姆悄悄走开时,苏鲁克发表评论道:"好吧,从我上次出国访问之后，国外确实发生了改变。一切都比我印象中的样子要好上许多，坏蛋也变少了，人们似乎也更加友好了。"

蕾哈娜问道："你印象中的欧洲是什么样子？"

史密斯说："当然不同了，苏鲁克。那都是十年前的事了，当时你还想成为拿破仑国王来着。别问了，蕾哈娜，你越问他会越来劲。"

EU-571 静静停在几十米外的栈桥上。一个身材高大的男人正站在气闸门口等着他们。

拉姆斯卡皮坦·施密特说道："你好！"他胡子剪得很短，身上穿了一件翻领无袖针织衫，头上戴了一顶蓝色的帽子，帽子前面还有一个锚图案的装饰。史密斯心想："这位太空船长看起来友好而热情，就是穿着有点不大起眼。在不列颠太空舰队，绝不会允许这种事情发生。"

史密斯回答道："你好！"

施密特指着 EU-571 宽敞明亮的船舱说："进来吧。"一位娇小玲珑的金发女郎戴着和施密特相似的帽子朝大家走来，一边走一边挥手示意。施密特介绍说："这是佩特拉·克莱因，飞船上的机器人，同时也是我的第二指挥官。"

佩特拉说："欢迎大家来到船上。有人喜欢杜松子酒吗？"

一扇气闸门悄无声息地打开，又一位女郎走了进来。她穿着制服，不过身上的翻领无袖针织衫比史密斯的要宽松一些，长长的辫子已经快要长到腰部。

施密特指着这位身材高挑的女郎介绍道:"这是英格丽德,她负责处理飞船上的其他重要事务。"

史密斯鞠了个躬问道:"负责战略和武器吗?"

英格丽德回答道:"负责回收利用。EU-571 完全符合《和谐去除植物性物质》的第 683/76 条方针。"

"我们也有一个回收利用装置,"史密斯赶紧补充了一句,诚恳地表明不列颠没有落后于他们,"我会把老黄瓜和土豆皮放进去。你知道的,喂鲸鱼。"

蕾哈娜对施密特说:"你们有自己的回收利用专员?我觉得这做法非常棒。伊桑巴德,我一直在想,我们应该为保护环境多做点贡献。"

史密斯说:"好呀,我一直都很乐意清除几个肮脏的外星人,嗯?"他用一种非常男子汉的架势拍了拍自己的剑。施密特船长朝史密斯的腰带投去一个担忧的表情。

英格丽德说:"我还负责帮船员们放松和按摩。"

史密斯不喜欢听到按摩这种话题。按摩会让他的肩膀紧张起来。

施密特说:"好了,也许我们该进去了。英格丽德,既然这位年轻的小姐对你的工作有兴趣,你为什么不带她去桑拿舱参观参观呢?"

英格丽德拉起蕾哈娜的手臂,史密斯看着她们挽着胳膊朝桑拿舱门口走去。门关上时,他突然想起曾经看过的一部有趣的戏剧,讲的是年轻姑娘们之间的友谊,戏剧的名字叫作《德拉库拉教养院的淫荡女仆》。

卡尔薇丝轻轻推了他一下:"你知道吗,按摩能让你的身体不那么僵硬。"

史密斯眨眨眼睛,从神游中清醒过来:"走开。"

引擎发动的声音缓缓增强,轻柔的嗡嗡声透过奶油色的墙壁传到史密斯耳中。EU-571 正在离开栈桥。施密特做了个谦让的姿势,说:"你先请。我跟在你后面。"

餐厅宽敞又明亮。不知藏在哪里的扬声器播放着欢快的华尔兹。"请坐。"施密特说着为卡尔薇丝向后拉了拉椅子,然后自己从桌子前头拉出一张椅子坐下。他的头顶上方恰好挂了一幅画,画中是一扇画了战车的大门,看起来甚是好笑。史密斯觉得他现在看起来就像冻鱼条广告上的那个小家伙,不过为了国际和平,还是不要告诉他好了。

佩特拉打开一个柜子,拿出一瓶酒。她倒出几小杯杜松子酒,把其中两杯分别留给了英格丽德和蕾哈娜。

施密特说:"请随意,就当这里是自己家。任何你们想要的食物,只要是香肠形状的,食物分配器都能合成。"

卡尔薇丝盯着食物分配器研究了一会儿。这台食物机是白色的,上面只有一个开关:"所以我可以要一根香蕉吗?"

"香蕉味香肠?当然可以了!按两下开关,还能加一点咖喱沙司。"

"实际上,我早餐已经吃过加了咖喱的香蕉香肠了。"卡尔薇丝说完急匆匆地坐了下来。

"你也来一杯吗?"佩特拉说着把一杯酒推到了苏鲁克面前。他小心地嗅了嗅。

"说个祝酒词吧!"史密斯说,"或者你们应该说'干杯'!"

大家碰了杯,卡尔薇丝一口将杯中的酒干掉,然后迅速地拿过来蕾哈娜的杯子,也一口喝光。她把杯子放下,抬头时却惊讶地发现佩特拉用英格丽德的杯子完成了和她一样的戏法。

苏鲁克指着合成食物说:"这根香肠让我很迷惑。这里面是什么动物的肉?"

史密斯对施密特说:"恐怕我们得说英文,或者你拉丁文说得比较流利也行。如果你想和我讨论一下整个高卢是怎么四分五裂的,可算找对人了。"说完,他开始觉得有点眩晕。空调、烈酒以及施特劳斯的音乐混合在一起,让一切都变得模糊不清了。

"那你可能要忍忍我差劲的英语了,"刚说完,施密特又赶紧补充了一句,"希望你能忍受我差劲的英语,因为用得不多,恐怕我已经不太会说英语了。"

史密斯回答道:"恐怕是你说的话,我一个字也没听懂。"

"那你的德语怎么样?"

"我不会说德语。哦,我想起来了!我也许会一些最基础的单词。例如,是,好。"

施密特瞅了佩特拉一眼,她迅速地给史密斯的酒杯满上酒。

"敬不在场的朋友们!"施密特朝所有人敬酒,他们又喝了起来。卡尔薇丝先放下自己的酒杯,又放下蕾哈娜的酒杯,然后突然发现史密斯正隔着桌子盯着她看。

他小声说:"那是蕾哈娜的酒。"

"所以呢?"卡尔薇丝说,"我很尊重敬酒。她是我们的朋友并且还缺席了,所以……"

施密特见势不妙,赶紧插嘴道:"现在,和我讲讲我们要找的那艘飞船吧!"

史密斯皱起眉头:"好吧,它有点像战舰。我就看到过它一眼,但是我清晰地看到,它的武装十分精良。上面可能还有磁轨炮炮塔和导弹。"

施密特喝完杯中的酒,佩特拉盯着他的眼睛问道:"还和上次一样?"

施密特点点头:"当然。打开一瓶'维也纳回旋'吧!这可是个重大新闻。"

卡尔薇丝发现高含糖量的小饼与香肠搭配起来特别美味,所以她今天感到特别兴奋。当然,这可能也意味着她会爬墙爬到一半,然后一屁股摔到地上,但是为了免费的酒品和小饼干,她愿意冒险一试。

史密斯说:"它几乎没有在勘探仪上出现过。这真是太奇怪了……它就像是凭空出现的一样。一道闪电之后,我们周围的飞船就突然都变成了碎片。"

"你确定不是你们自己的飞船……坠落了?"

"当然了。像我的飞船一样的船只世世代代都是不列颠太空舰队的脊柱。诚然，约翰·皮姆号是个比较低级的脊柱，但是说实话……"

"就在屁股上面，"卡尔薇丝神助攻了一句话后，又给自己灌下一大杯酒，"就在尾巴旁边。"

"有条尾巴不是什么奇怪的事，"苏鲁克说，"我们莫洛克人都有小尾巴。就连《地球英雄》里的小猫托马斯和《双城记》里的亚拉伯罕·狄更斯都有尾巴呢！"

史密斯停下来想了想，在迷宫一样的大脑里努力追寻苏鲁克的逻辑。卡尔薇丝举起一只颤巍巍的小手，问道："你的其他外星人同伴都在哪儿呢？"

"外星人？"施密特摇摇头，"欧洲没有外星人。至少，它不像你们不列颠太空帝国那样喜欢统治其他民族。"

苏鲁克补充道："确实是。"

"你们看，在欧洲，所有的民族都是平等的。除了意大利，不过那是因为意大利首相在无人统领国家之时才将它卖给了法国。细致的谈判之后，他们最终在里昂附近的一个停车场里达成了这场交易。"他叹了口气，"一想到这个国家……文艺复兴的摇篮，却像个足球俱乐部一样被卖给了一个服务站……那些日子真是太可怕了，我的朋友们。干杯！"

史密斯举起酒杯时，灯突然熄灭了。精妙的地板灯褪去了光芒，施密特椅子后面的一盏红色灯泡一闪一闪亮了起来。EU-571 的最深处，传来叮铃铃的报警声。

苏鲁克大声吼道："这是什么？"

02 两个人的晚餐

卡尔薇丝指着灯泡说:"漂亮!"说完便晕了过去。

他们匆忙走下钢制楼梯,蕾哈娜和英格丽德正站在楼梯下面。"嘿,伊桑巴德,"蕾哈娜说,"我刚刚去参观了风力发电场。"

卡尔薇丝此时靠着强大的意志力扶住墙壁站了起来,她不明所以地眨眨眼睛,问道:"发生什么事了?"

红色的灯光下,EU-571 的指挥舱就像地狱里一个整洁的单间。实际上,施密特带他们从一排排电脑中间穿过时,史密斯觉得这里更像是一条走廊,而不是一个房间。指挥舱里的人们相互点着头,对着电脑屏幕指手画脚,还有一个军官在朝着纸袋打喷嚏。房间里一片繁忙,只有电脑轻柔的嗡嗡声和引擎的运行声偶尔打破沉默的空气。

苏鲁克轻轻拍了拍史密斯的肩膀,小声说:"这些红色的灯,马祖兰,我以前在荷兰区听说过这样的地方。你要小心一点,免得过会儿有个家伙过来找你麻烦。"

施密特转身凑到史密斯身边,压低声音道:"史密斯船长,我们的远程扫描仪扫描到了一艘飞船。到目前为止还没有亲眼确认,但它还在可探测范围内。很有可能就是你们的敌人。"

"可能吧!"

施密特说:"我们会接近它们。但是会保持绝对安静地接近。恐怕,我们的能力比较有限。"

史密斯说:"好。船员们,密切注意,保持安静。"

施密特说:"对,安静。"

施密特盯着电脑屏幕整理了一下自己的针织衫,又把帽子往下压了压。他皱起眉毛——和广告里那个男人看到不满意的冷冻鳕鱼时的表情一模一样。

蕾哈娜拽起史密斯的胳膊,指着墙上挂着的一个较大的仪表盘说:"看,那个是意外吗?"

史密斯看向仪表盘。那让他想起了约翰·皮姆号上的几个控制台,尽管这个仪表盘上写的是外国字——也许它和 EU-571 上的隐形系统有什么关联吧!

施密特站起来,大步走到他们中间。

"嗯,"他摸了摸自己的胡子,若有所思,"弗朗茨?"

一个胖的像水桶一样的男人从控制台右边探出身体。他看了眼仪表盘,搔了搔脑袋。接着,表盘上的指针开始极慢极慢地上升。他们看着指针一点点爬上了八百,然后又升到了一千。史密斯向左瞥了一眼:施密特艰难地吞了一口口水,针织衫的领子鼓得老高。

卡尔薇丝说:"它超过一千了。"

弗朗茨小声说:"一千一百了。"

指针以稳定的速度攀升,慢慢接近了红色警示线。史密斯紧张地屏住了呼吸。一滴汗珠从施密特的发迹线上滚落下来。

弗朗茨说:"一千三百。"

苏鲁克说:"情况不妙。我觉得我们应该把指针挪走。"

卡尔薇丝问道:"我们为什么要看仪表盘呢?"

史密斯四处看了看,说:"好吧,我在看仪表盘是因为——嗯,因为施密特船长在看它,所以它应该很重要。"

"真的吗?"施密特把注意力从仪表盘上挪开,似乎突然惊醒,发现自己处在了一个不熟悉的环境中,"作为船长,理应保证飞船的顺利运行,我来检查仪表盘是因为你让它吸引了我的注意力。"

史密斯有点儿恼火地回答道:"因为你在看仪表盘,我才看的。"

"我?是你先盯着仪表盘的。"

"不是我先看的!"

"就是你先看的。你……"

一位女士从他们身旁经过,在剪贴板上划掉了一个项目。她经过时,看也不看地伸手在仪表盘顶部敲了一下,指针就落回了零。"卡普特·谢塞尔航班,"她一边嘀咕着一边继续向前走去。而仪表盘下方,一扇小门突然打开,一个小小的铜人从里面滑出,打了个铃之后又退了回去。

佩特拉一直在盯着另一个探测仪。她轻轻拍了拍屏幕,喊道:"嘿!看这儿。"

施密特问道:"那是什么?"

她回答道:"外部传感器。如果我们要定位的话,就得相互参照向量和……"

卡尔薇丝插话进来说:"这不是本来应该我做的工作嘛!"话刚说完,她就"砰"的一声撞到了墙上。

"我们发现传感器在这里准确定位了一块区域。"佩特拉的手在屏幕上轻轻敲了两下,敲动的地方就放大成了一块空白的区域。史密斯心想,那里看起来什么都没有,也许 EU-571 缺少约翰·皮姆号上的精密探测设备。

电脑显示屏突然变成了一片蓝色。监视器中央划过一道闪电，指针疯狂敲击着仪表盘，就像鸟儿惊恐的翅膀。突然间，他们见到了那艘伏击了史密斯他们的飞船——并且它似乎还没有探测到他们。

史密斯喊道："就是它！我们得干掉它！锁定目标，给它点儿颜色瞧瞧。"

施密特说："什么？"

"就是那艘飞船炸毁了我们的护航队！"史密斯对着电脑显示屏咧嘴笑道，"现在我们找到你了！施密特，给它来个火箭。"

"火箭？"施密特和佩特拉迷惑地交换了一下眼神，"史密斯船长，我们没有火箭。"

"那就用激光。把它的船头切下来。"

"抱歉！"施密特看起来非常震惊，"史密斯船长，请冷静一点。第一，这艘飞船属于欧盟，不属于不列颠太空帝国；第二，你知道这会涉及文书工作吗？"

"文书工作？"

"第三还是不要提了……我们根本就没有枪。"

"什么？"

苏鲁克说："我认为，我们可以迅速撞上去。"

"欧洲是个和平的地方。这艘飞船的作用是侦查，一旦找到足够的敌人实施攻击的证据，就可以顺利通过处罚决议。别像《虎豹小霸王》中一样动不动就开枪，好吗？"

史密斯凝视着显示器上的影像，那艘丑陋的改装飞船——他的猎物——现在就在射程之内:"但是……但是……"

蕾哈娜抬起一只手放到史密斯肩膀上。"伊桑巴德,他说得对。我们无权告诉他们应该怎么做。"她转身对施密特说,"会有一项措辞严厉的决议吧,拉姆斯卡皮坦先生?"

"哦,一定会的。"

"那就行。"

"哼!"史密斯挪了挪,离蕾哈娜远一些,"通过一项决议?我还通过了比那更可怕的河水呢!"

施密特严厉地看了他一眼,史密斯也不甘示弱地瞪了回去。两人用眼神交锋,僵持了好几秒钟。

佩特拉将眼神从电脑上移开,抬起头来。"我知道了,"她说,"前皇家邮轮 RMS·格林代尔号六年前消失在太空中,人们都以为它被海盗劫持了。三个月前,这艘飞船更名为'圣恶之拳'重现太空,并且还被改装成了一艘新伊甸共和国的轻型驱逐舰。绅士们,你们现在看到的就是新伊甸的飞船。"

"伊甸?"史密斯摇了摇头。显示器上,飞船上为数不多的窗户里射出蓝色的光芒。飞船的防弹钢板上有伤口一样的红色条纹,气闸周围画了许多奇奇怪怪的符号。钩在一起的锚链懒散地漂浮在飞船周围,像是死章鱼的触角。"但他们都是疯狂的教徒。那艘飞船看起来还,嗯,看起来……"

卡尔薇丝小声接话道:"看起来像是来自地狱。"

苏鲁克仰起脑袋哈哈大笑,笑声穿过金属的走廊,传出很远。"那就只有一件事情要做了,"他说,"我们必须追踪这艘飞船到它安营扎寨的地方，把它揪出来然后打进去，直通它黑暗的心脏！无论它的藏身之地是怎样的刀山火海，我苏鲁克，阿格沙的儿子，一定要毁掉这艘飞船。因为在地狱里当权总好过……"苏鲁克抬起一只手搔了搔头，"哦……"

卡尔薇丝提议道："仍然待在飞船里？"

史密斯说："天堂里下毛毛雨？"

"不……我记起来了！"苏鲁克说，"因为在地狱里当权比在任何地方都好！"

"不错，"史密斯赞赏地看着约翰·皮姆号说，"他们已经修好了。"

施密特摸了摸自己的胡子。一只机械臂在他们上方晃来晃去，像木偶的手臂一样僵硬地弯曲着工作。"你确定吗？"他问道。

史密斯回答道："它看起来比之前还要好一些。"他伸出一只手，继续说："之前朝你发火，真是十分抱歉，拉姆斯卡皮坦·施密特。你帮了我们很大的忙。多亏有你，我们才能拥有需要的武器。"

卡尔薇丝补充道："我还喝醉了。"

蕾哈娜也插话道："我得到了一些有趣的种子。"英格丽德眨了眨眼睛。

史密斯说："为了报答你，我送你一些茶叶吧！在未来的航行中，我们恐怕要面临空前的压力了。"

蕾哈娜拿出一个较小的午餐罐头，补充道："我做了一个蛋糕。"

施密特回答道："谢谢。你们太好了。但是，嘿——你们必须离开了。四点钟后，太空交通管制会再一次来袭，他们一定听说过有些不列颠人试图离开这里的事。"

"那好吧，"史密斯转身看向蕾哈娜，"我想就这样了。"

"直到我们再次见面，"她说，"伊桑巴德，照顾好自己。别试图去做太过英雄主义的事情，也别做愚蠢的事情。"

"你也要照顾好自己，尤其是洗衣服的时候。"

蕾哈娜走上前来，史密斯能闻到她身上散发出的广藿香油味。"记住，伊桑巴德……这是再见，不是永别。"

"那我们要来个'暂时分别'吗？既不永久分别，也不法式分别。"

"可以。"她送上一个香吻，"我会在梦中想你的。"

"我也会想你。你会穿那件有点透的睡裙吗？"

"条件允许的话，我一定会穿。再见。"

"我们很快就会再见的！"

他们再次吻了对方，然后蕾哈娜走到了英格丽德和拉姆斯卡皮坦·施密特的身边站定。史密斯对拉姆斯卡皮坦微笑辞别，他知道施密特一定会满足蕾哈娜的大多数需求——除了那一个。他回头看去，发现卡尔薇丝正在和佩特拉交换酒杯。

施密特说："离此处最近又能保养维修这样一艘飞船的伊甸太空港叫作'拯救'。从这里出发，大概三天才能到达——不过你们的引擎比较快，如果走直线的话，两天就能到。根据我以前听说的一些传言，你们可以想象一下他们给你们提供的'热情'接待——也许会把你们绑在柱子上烧死。"

"听起来很有可能如此。好吧，多谢你的帮忙。"

"很荣幸能够帮到你们。不过唯一能进入'拯救'并安全出来的人，只有十字军战士和雇佣军。一看到你们，他们就会开火。"

"我们会抓住机会的。"

他们握了握手。施密特迈出三步又回过身来说道："哦，史密斯船长？还有一件事，祝你们好运！"

史密斯刚走到约翰·皮姆号的舱门，又转回身来大声回道："当然！我是说，多谢！"

03

伊甸野兽

"那么，"卡尔薇丝边说边慢慢把小饼干放到茶里，"我们要飞去伊甸共和国，找到那艘炸毁了我们护航队的飞船，然后——假设之后我们没死——然后，再干点啥？"

"让它再也不能运行，"史密斯回答道，"找到敌军飞船的位置，要么完全毁了它，要么就想办法给它做个标记，这样我们的飞船就能发现它的位置，然后消灭它们。"

"然后就回家吃咖喱、喝啤酒？"

"没错，"史密斯回答道，"当然了，还有一些细节我们必须巧妙处理，不过你已经抓住大意了。"

卡尔薇丝把饼干从茶水中拿出，在浸湿的地方咬了一小口："哎！我们刚从'太空巴士底狱'逃了出来，现在又要进入一个警察国家。我们就不能避免损失，直接回家吗？这件事对我来说，就像是'刚出狼窝，又入虎穴'。"

"别担心，苏鲁克和我已经想出了一个计划。"史密斯站起来，拿着杯子走到了通往货舱的门前面,"苏鲁克,你在里面吗?"

"这就来。"苏鲁克回答道。

苏鲁克拿着飞船上的战术展示板和笔费劲地从门口钻进来,把展示板放在了桌子的最边上。

苏鲁克说:"看,为了解决这个谜题,我用上了自己打猎的所有技巧。在这里,隐身是个至关重要的问题。如果我们想为被毁的飞船报仇,就必须在敌军毫无察觉的情况下接近他们。因此,我们需要把我们的飞船涂成红色。"

卡尔薇丝站在桌子的另一边,盯着展示板认真地看。

"施密特说,伊甸人会攻击所有不站在他们那一边的东西。"苏鲁克解释道,"众所周知,伊甸人雇佣了许多雇佣兵和行为不端的战士,我们可以通过装饰飞船来混淆视听,让他们误以为我们就是他们雇佣的那些人。"

史密斯说:"实际上是伪装飞船。"

卡尔薇丝点点头:"也许这不像我以为的那么疯狂。尽管我们还是会去伊甸附近,那里还是会有一群疯子,不过,他们应该看不到我们。"

"隐形只是相对的,"苏鲁克说,"在地球的城市里,要是你想隐身穿过人群,需要在自己身上画上条纹,然后赤身裸体、四肢着地、到处乱爬吗?当然不会。但是如果你想猎取一匹斑马,这就得另说了……明白了吗?"

"所以如果想要猎取一匹斑马,就得把自己身上画上条纹,然后赤身裸体地四处乱跑?"

"这只是打个比方。不过这群危险的海盗就和斑马类似，我们可以通过这种办法悄悄潜入他们的堡垒。"

卡尔薇丝说："和成千上万的其他危险海盗待在一起，好吧……那么太空海盗飞船的船长长什么模样？"

苏鲁克若有所思地动了动下巴。"实际上，它们的样子会发生变化，"苏鲁克说，"但是这个季节的颜色，是一种很深的血红色。锚链和螺钉都是流行的配件，并且还有冲撞杆和登船设备。所以外观设计可以以几处关键点为基础，要设计大胆而且便于改动。"

苏鲁克从桌子上拿起一块小饼干，继续补充道："至于独行的太空海盗，这个季节应该头发很长，身上衣服打着补丁。他们分为几种类型，不过身上都有伤疤和图腾。"

"真见鬼。"卡尔薇丝竟然愿意帮忙出谋划策，这让史密斯感到十分惊讶，"我们可以自己做一套服装。蕾哈娜那里有一些白色的大衬衫，我们可以拿来用用。"

史密斯抿了一口茶："干得好，苏鲁克。计划非常完美。我们在航行过程中会把飞船涂上伪装色。在你的奖杯架子上，还有一面从死亡暴风军团那里得来的旗帜，那上面摆着一个带着触角的骷髅头。不过，插上大蚂蚁们的旗帜飞行，可能会让我们的内心受到道德的谴责。"

"那我们就算达成一致意见了。"苏鲁克退回原地，指着小黑板说，"这是一些我们应当执行的修改。"他先是画出约翰·皮姆号，又用粉笔画了自己的样子，画中的苏鲁克手中摇晃着一只人腿一样的东西。他在图上圈出一些地方，做了详细的注释："祖先""血""愚蠢的胡须""成堆的人头",以及一个不出所料一定会出现的单词——"投机分子"。

"如图所示,我们要把飞船外部涂成红色。我们现在只需要找到血,很多很多血。没有血,我们就没办法把飞船涂成红色。"

卡尔薇丝说:"很好,这真是个好计划,我来助你一臂之力。"

"你太善良了,"苏鲁克说着伸手去拿别在腰上的弯刀,"左边还是右边?"

"关闭舱门!"随着一声大喊,卡尔薇丝"砰"的一声关上了气闸仓内门。史密斯正站在气闸边上,险些挤在两扇门之间。铜制仪表盘中的小计数器一直在不停地旋转,直到密封提示符出现才停下。史密斯转身打开气闸舱外门:太空还是一如既往的广阔与黑暗;星星从眼前一闪而过,快得就像飞蝇。他想:"真奇怪,这么多年以来,人们怎么会对这一类的东西如此着迷呢?"

他检查完靴子上的磁条,大步踏进了真空,发现自己恰好站在约翰·皮姆号的一个直角上,突兀得就像是飞船上伸出了一个畸形的新翅膀。他朝船体上方爬去,在看到一块块更大的锈斑时摇了摇头,这些锈迹虽然令人惋惜,但却并不令人意外。这些锈斑既不是禽类粪便,也不是凹坑,似乎是被武器击中留下的。不过他们在乌恩星球停留时,那些比鸟还大的生物就是在这上面解决排便问题的。因此,就算发现船上的缆绳绑在某些太空生物的身上,拖着已经成为尸体的太空生物在空中飘荡,他也不会觉得有什么可吃惊的。

苏鲁克已经爬到了飞船顶部。他穿了一件改良版太空服,改良后的太空服既可以安放他的大脑袋,还能挂一些小一点儿的奖杯。史密斯抬头去看时,苏鲁克正一手拿着电动螺丝刀,一手拿着装满头盖骨的背包从船身上往下跳,他每跳一次就会停一停,把一个头盖骨装在约翰·皮姆号的船身上,接着又会像一只恶魔版的复活节小兔子一般跳开。

苏鲁克一个帅气的跳跃,优雅地落在了史密斯身旁。苏鲁克举起带着手套的手摇了摇,于是史密斯凑到近前和他讲话——无线信号噼啪作响,哪怕小声说应该也能听得到——不过他们都忘了自己还戴着太空头盔。史密斯的头一靠过来,苏鲁克就被撞得踉跄后退,差点飘了出去,还好史密斯眼疾手快地抓住了他。他们身穿宇航服,四肢戴着护垫,头上顶着铜制头盔,看起来就像是两个准备玩板球的深海潜水员。

史密斯说:"天哪,它看起来真不错——我是说,很容易让人相信。"

"谢谢你,马祖兰。对这种装饰,我确实有过一些经验。以前在家里,我常常和祖先们一起装饰家里。当然了,我只会把不喜欢的物件拿出来做装饰。"

"干得好,老兄。"

"我的荣幸。"苏鲁克对着对讲机笑了笑,"对于这艘命运之舟来说,骷髅头是不是有点多?要是我们的小预言家蕾哈娜在这儿就好了,我觉得她一定会感激我做出的努力的。"

"我觉得她应该会想要一些更——怎么说来着……冷硬的东西。"

"我就很冷硬。"

"那不一样。"

苏鲁克朝气闸轻盈地跃出一步,优雅地落地之后转过头看向史密斯,这让史密斯想起了小时候去看的《冰上的彼得兔》。苏鲁克说:"这是份好工作。整个飞船的造型时尚得就像美女的胸部——假如敌军的飞船外形看起来像是死神之鹰,那我们的飞船就是头颅收集器。想想这个画面吧,几年以前你就应该这么装饰它了。"

史密斯跟在苏鲁克后面进入了飞船。苏鲁克帮他摘下了宇航头盔,并且在这个过程中没有使劲拧他的头。史密斯心想:"苏鲁克这家伙今天有点不大一样。"为了制造出一个致命、凶残的太空海盗形象,苏鲁克特意梳了头发,笑容也比平时多了不少。

史密斯说:"听着,我会把我的宇航夹克借给你。你就说这是你的战利品。"

"这个计划太巧妙了,马祖兰。作为回报,我把我最喜欢的T恤借给你吧。它的意义是:杀戮者!"

"还是算了吧!我有一件旧的粗花呢夹克可以担当此项重任。"

"粗花呢?"苏鲁克摸摸自己的下巴,做出一副沉思状,"一个海盗穿粗花呢的衣服?"

"我在彭赞斯买的。"

"好极了。"

他们进入驾驶舱时,无线电突然发出刺耳的吼声。卡尔薇丝蹭地跳上飞行员座驾,小仓鼠杰拉德也躲进了自己的锯末里。一只蜘蛛像死了一般从蛛网上掉了下来。整个房间里充满了咯咯的笑声和刺耳的咆哮声。

无线电在他们周围尖叫时,所有人都静静地站在原地。

史密斯说:"苏鲁克,关掉它!"

苏鲁克侧身过去,按了一下无线电开关。

"抱歉,朋友们。我擅自将收音机调到了我家乡的频道,刚才播放的那首歌叫《今天的想法》,而我们今天的想法是发动攻击!"

飞船挡风玻璃的中央突然出现一个嗞嗞作响的火球。很有可能,伊甸人把他们的基地建在了一个火山小行星上。

史密斯在无线电前面按下一个按钮,从打印机里出来一份《太空视觉时代》的复印件。他蹲下身拨弄了一下仪表盘,无线电的指针从"理智与得体"挪到了为外星人、独裁者和车评解说员而设的红色区域。

"你想知道生命中关键问题的答案吗?"无线电突然问道。那个声音似乎是在捏紧了嗓子说话,极力想要表现得友好一些,"你渴望地球和平、人人善良,渴望物质财富与精神财富双丰收吗?你认为温驯的人能够将地球传承下去吗?如果是的话,就快点从我面前滚开,你们这些娘炮,再不滚开我就开枪射死你!你们这些变态,要是想拯救自己的灵魂不被该死的巫术烧成灰烬,现在也许还有机会。把你们所有的世俗财产都交给我们吧！作为回报，我们会给你一把连射枪和一顶特制的帽子……"

史密斯轻轻按下电源键。"欢迎来到伊甸。"他说。

从飞船的挡风玻璃向外看去，伊甸的堡垒港口越来越近了。整体上看它就是一个燃烧的液体火球，看起来就像一只充血的眼睛。伊甸人将一根巨大的塔柱沉到岩浆中，深达星球的中心，然后在火焰之上建起了一座城市，他们把它叫作"拯救"。

温斯科特醒来时，发现自己面前站了一个戴着锥形帽子的女人。"起来吧，哦，亚瑟，"她喊道，"你是真正为整个不列颠而生的国王。"

"我知道！"温斯科特迅速坐了起来，"我一直都知道——哦，是你。"温斯科特朝四周望了望，一排排催眠室像盒子里的香烟一样冒了出来。"真是太有趣了，苏珊。把那张愚蠢的报纸从你头顶上拿下来，不然我就要亲自动手了。"他看到深空作战小组的其他成员都穿戴完整，而自己身上，唯一的遮羞布便是内裤。

温斯科特从厚木板上爬起来，低头瞄了一眼房间的长度。"该死，你这女人，这地面冻死我了！"

"哈！你还想让我怎么做，头儿？把拖鞋给你拿过来？"

"当然不用。那是机器人要做的工作。服务机器人！"

一个服务机器人从房间另一头慢慢滚动而来，纤细的机械手臂上端着睡衣和茶点。"还是这样更好！"温斯科特说着从托盘上拿下一个杯子,"那么现在,我们在这儿做什么呢?"

"保证大会顺利召开。"

"啊,对,没错,我们吃点早餐吧!"

他懒得连睡衣都没系上就大踏步走进了飞船上的洗手间,路上一边走一边呷了一口茶。苏珊整齐地穿戴着睡衣和拖鞋,忧心忡忡地跟在他后面,像个照看小宝宝的母亲。

"格林威治标准时间 10 点,老天,"温斯科特说完检查了一下钟表,"知道现在是什么时间吗,苏珊?香肠时间!"他走到墙边的自动柜员机前,开始摆弄上面的两个把手,就像在开一个上了锁的保险箱。一番操作之后,机器给出的回应是朝他脸上射出一根合成香肠。

苏珊给温斯科特拿来一个纸盘。他把香肠上的灰尘掸干净后又加了些炒鸡蛋,之后俩人便坐下来和深空作战小组的其他成员一起吃早餐。

"我认为我们已经接近目标了,"温斯科特说着用塑料叉子去戳香肠,"在太空站里工作,一定会很有趣——我是说,我们要照看它而不是破坏它。哈喽,尼尔森,你是在吃培根吗?"

"据说是,"尼尔森说着举起一个下垂的东西,"它看起来就像我的鞋垫。"

苏珊从睡衣口袋里摸出一张纸,把它铺在餐桌上:"大家看,既然我们都醒过来了,也就意味着旅行该结束了。那么,首先,我们得把飞船靠港,然后卸下货舱里的装备,之后,我认为我们就可以开始此次大会的护卫工作了。"

"派对帽以及诸如此类的东西。"

"这个隐喻不错。当然,大多数外星人都不能戴帽子。"

"好吧,"温斯科特说,"有趣的头型。"他用勺子舀起一勺还在流动的鸡蛋,小心翼翼地尝了尝,"这不是鸡蛋,这玩意儿太恶心了。为什么这里没有小饼干呢?"

"嘿,"桌子底下的克雷格突然叫出声。因为深空作战小组只有五个人,所以他不必叫得太大声,"还记得我们在天狼星四号上吃的那些全麦饼干吗?"

尼尔森笑了起来:"当然记得,你吃的还是浸了水的那种。"

"只要是全麦饼干,湿透了也没关系。"

一阵突然的响声使整个房间都震颤起来。温斯科特立即站起身,举起紧握的双拳,睡衣无风自动,拍打在他身上啪啪作响。"外星人来袭!"他大喊道,"拿家伙,战士们!"

苏珊抿了一口茶,回答说:"我们只是靠港了而已。"

"警报错误,各位!"话刚说完,温斯科特就惊讶地发现他的伙伴们已经坐回去开始吃早餐了,动作快得好像根本没动过一样。真是太狡猾了。"你不吃东西吗,苏珊?"

"等你把睡衣系上,我就考虑吃点儿东西。"

温斯科特一边收听"银河服务"的无线广播,一边穿衣服。在银河西部,老年骑兵团席卷了阿格里奥十二世王国,和国王的登月车一起痛击了禁卫军装甲部队将其"碎成渣渣"。现在,上千人正在押送外星俘虏们去做苦役,同时,奖品公牛跑到了领奖台最顶端,弓箭手正在对它进行追捕。

03 伊甸野兽

温斯科特穿上自己最大的战斗短裤时,心想:"那才是我应该在的地方。不过不是在领奖台顶端,而是在那济济的人群里。我应该为人类而战,一手握炸药,一手把噶斯特人没有骨头的小脖子给拧断。然后再来个斯塔克式裸体臭骂,或者骂骂脏兮兮的旅鼠人——他们总以为自己知道如何近战,但是我会让他们看看什么是斩杀,什么是枪法——把两个点接到一起,然后砰——砰地炸掉……"

"你还好吗?"苏珊喊道。

温斯科特回过神来,突然发现自己正在穿衣服:"没事,没事。"

"我只是在想,我刚刚好像听到了狂笑声,就这样。"

"那只是你的幻觉罢了,苏珊。"温斯科特说着大步走到她的面前,"你可得小心点儿。你不想失去自己的敏锐,对吧?"

她回答道:"你刚刚确实有点狂想过度了。"

W靠在气闸附近一面滚动工作的隔风墙上等他们,他看起来似乎已经醒了好一会儿了。里克·德莱基特站在W身边,他是机器赏金猎人,也是军队雇佣军。德莱基特穿着长大衣,头上戴一顶巴拿马帽子,静静站在一片阴影处。虽然是在飞船里,他的身上也很干燥,可是看起来却像是被大雨淋过。

深空作战小组走到他们跟前时,其他人员也纷纷从侧门涌进来,其中包括:通信人员,各种帝国办公室的工作人员,娱乐设施监管人员,甚至还从"第一莫洛克步枪队"调来一队兴高采烈的士兵以维持来访者之间的秩序——要是谁不好好参加派对,就直接斩首示众。

W说:"啊,温斯科特!睡得好吗?好了,我觉得,我们现在该忙起来了。"

德莱基特点点头:"大街上的横幅说这个太空站的关键是一艘潜艇。在客人到来之前,我们得把它清扫干净。"

温斯科特说:"他们会很愿意帮忙解决问题的,对吧?"

"对他们来说,这就是场巨大的诈骗。他们想要寻求保护,而我们就是其中最大的骗子。"

W翻开一本黑色的小笔记本,上面记录了一些有用的信息,还列了一份他觉得有背叛嫌疑的人员名单。"到目前为止,我们已经从莫洛克大领主那里得到确认,虽然有人认为事成之后,若是他们觉得自己有了反击能力就可以翻脸不认人,不过——"他稍稍停顿了一下。

温斯科特说:"没错。了不起的伙计们。"

"我们还从克朗加尔那里得到了回复。他们可以提供的帮助是委派给我们一队神秘人员。"

"知道了。"

克朗加尔人又矮又胖,但脾气温和,大多数时间都在自己的小星球上闲逛、喝倒彩,或者做一些奇奇怪怪的黑暗料理,但他们受到了保护。不知出于什么原因,克朗加尔人和沃达尼太空鲸有一种共生关系。曾经,沃达尼太空鲸对于他们不喜欢的太空飞船有过暴力"研究"的历史。而能和沃达尼太空鲸达成联盟的人,也就只有克朗加尔人了。

飞船深处突然传来一阵金属般的摩擦声,众人知道,这是飞船正在同步对接停靠系统。飞船剧烈地摇晃起来。

"似乎是链接舱打开了。我们去看看能不能找到大奶酪吧!"

约翰·皮姆号如旋风一般冲进着陆港时,史密斯意识到,他们的目的地糟糕得令人吃惊。"拯救"的下层太空港为异教徒和外星人而设,里面堆满了各种各样变节的飞船:曾经的轻型巡演舰;装有抓钩和应急机枪炮台的运输飞船;做更肮脏工作的废弃物处理穿梭机;做邮寄工作的皇家邮政飞船;甚至,还有一艘飞船上栽了一棵可移动的水培植物——所有飞船聚集在一起,海盗旗挂在画着红色条纹的那艘船上,随风飘扬。着陆港上方悬挂了一个巨大的横幅,上面写着:你在寻找生命的意义吗?那就去问问谋杀犯和他们掠夺来的财物吧!

他们降落后,将装备收集在了一起。

"这真是一次残忍的潜入任务。"卡尔薇丝小声说道。她拿了一把猎枪、她自己的自动刀,还有苏鲁克的两把小刀——那两把小刀挂在她身上看起来就像两把剑。她又花了几分钟关好杰拉德的笼子,确保他们离开的时候它能安然无恙。

气闸一打开,一股硫磺味儿扑面而来。史密斯率先踏出气闸门。"拯救"在他们下方冒着熊熊火焰,还咕嘟咕嘟冒着气泡,像咖喱菜一样火红火红的,散发着愤怒的气息。在史密斯所见之处,支架和走廊一直延伸到很远的地方,中间用巨大的电缆串联起来,形成一个网状结构。黑色钢制拱门连接着居住区和哨塔,门上刻有收割机和骷髅头的图案。它看起来就像这个帝国本身的一个疯狂的地狱版本。这里的一切都落满尘灰：地面由钢筋铺就，脆弱易碎不说，上面还到处都是煤灰和孔眼；宣传屏上泛着黑色，似乎已经开始锈蚀。当然了，这里到处都有警卫和枪支：警卫兵都穿着长袍和制服，各个都有一张凶狠野蛮的脸，脸上戴的反光太阳镜上有一块一块的炉底灰污迹。

史密斯心想：这，有点难办。不列颠帝国允许它的居民崇拜任何东西，只要不涉及违法犯罪和闹事就行，但还是有些教派特别疯狂，以至于最高宗教会议不同意给他们颁发证书。不过，还没有人能像伊甸人那样疯狂：不管是疯狂追随一个连自己都不相信的神的道吉尼亚人，还是金钱至上、将傲慢视为最高美德的客观主义者，都比不上伊甸人疯狂。罗纳德式二元论者由于对四支蜡烛仪式真正意义的解说有分歧而分裂为几个派别之后，伊甸共和国实际上已经代表了宗教的最疯狂状态。

一个伊甸宗教人士站在约翰·皮姆号的着陆梯下面——就在着陆腿旁边。着陆腿有时会过早地折叠起来。一看到那人的白色长袍和大大的笑容，史密斯的思想马上变得邪恶起来，他此刻真希望那条着陆腿再次失灵，让八十吨重的飞船直接压到他光秃秃的脑袋上。

"你们都是海盗，对吧？"宗教人士说着打开了自己的公文包。

史密斯回答道："对……我是说，啊，没错！哦……这些都是和我同船的水手。"

03 伊甸野兽

"好,"宗教人士掏出一打纸推到史密斯面前,"你有压力吗?"

史密斯皱起眉。"哦,什么?"卡尔薇丝问道。

"到现在为止,并没有。"苏鲁克回答道。

"这是一份问卷,"宗教人士解释道,"众所周知,海盗们都承受着极大的压力,而我们伊甸可以拯救你们。"

史密斯说:"现在听好了,我们海盗都很喜欢文书工作,我老练的水手们,我不确定我是不是想……"

"压力的产生与消极的金钱能量有关,而金钱附属于那些门外汉。只有全心全意加入我们新伊甸的教会,你们才能从所有的压力中解脱出来。实际上,我们最高层次的信仰就是从思想上修正……"

"还有物质上的破坏?"卡尔薇丝盯着宗教人士,愤怒地屈起胳膊,"我就知道我听说的那些话都是胡说。相信我,我听过许多谣言……"

史密斯心想,她说得有道理。接着,那个伊甸人像竹筒倒豆子一样喷出了许多废话,简直比鲸鱼喷出的水珠还多。但是他们必须平息下来,所以史密斯四处看了看:卡尔薇丝看起来无精打采,而苏鲁克摘下了自己的海盗帽,似乎在帽子里找什么东西。史密斯决定迅速采取行动,以防苏鲁克记不起放在哪儿的那个东西突然变成一个手榴弹出现在他手中。

"嘘,卡尔薇……哦,黑汤姆。我们会填写你的问卷,你先把它收拾整齐,然后放在我们掠夺来的财务堆里就行。"

"好极了,"宗教人士回答道,"你可以在看我们的宣传片时把它填完。"

卡尔薇丝举起一只手:"这里有冰激凌吗?"

宗教人士猛地抖了抖身体,盯着她尖叫道:"在伊甸的电影院里没有冰激凌,因为冰激凌是一种罪恶,就像追逐妓女一样罪恶。"

她回答道:"好吧,我就当作你是在说'没有'吧!"

一群脏兮兮的武士手中紧握着他们的问卷,从港口区成群结队走了出来。约翰·皮姆号的船员们轻而易举地溜进了这个散发着恶臭的队伍。

苏鲁克问道:"那么,如果他们发现我们不是真正的太空海盗,他们会怎么样?"

卡尔薇丝回答道:"不会怎么样。"担忧使得她的小脸儿上有一种近乎滑稽的专注,就像一个小孩在读小数点后面的数字那样认真,"这只是我的猜测,不过,我想他们会绞断你的主桅杆,摘下船长的海盗旗,然后把你做成一顶帽子戴上。不过,到时候顺序可能会不一样。"

史密斯说:"确实令人担忧,不过,还有个好的方面。"

她说:"真的吗?"

"当然。这些问卷很容易回答。"

史密斯的回答似乎并没有让她高兴起来。尽管,史密斯说得对:伊甸人的问卷形式都是勾选答案,而每个问题后面只有一个框,问卷只在末尾留了一小块空间,供他们回答信用卡的有关细节。不像特工处每年和圣诞贺卡一起寄来的信用卡,这份问卷没有问"你是不是有特殊性癖好",或者"如何才能用一台烤面包机炸掉一座房子"。

宣传大剧院坐落在构架台的最上方。它和大多数伊甸建筑一样，看起来就像核碉堡和大教堂结合的产物。史密斯保持着将一只手放在枪上的姿势，带领其他人一起走入了黑暗之中。

放映室中坐满了太空海盗、自甘堕落的人和雇佣军。里面甚至还有几个莫洛克人正在自由自在地大口喝着汽水。见此情景，苏鲁克不悦地皱起眉头。不过，里面大多数人都是人类——考虑到粗糙的仿生技术和他们自己造成的伤疤，他们具体是人还是机器人，也很难说。

他们坐下来的时候，苏鲁克和史密斯分坐两侧，卡尔薇丝坐在中间。旁边一个头发稀疏，没有鼻子的太空海盗靠在了他的武器上，发出"咔哒"一声。"我切掉了我自己的鼻子，"他开口说道，"因为我要让我的敌人感到害怕。他们都叫我……秃鼻子。"

"胡说，"第二个海盗喊道，"你还试着用钩子把它再连上去呢！"

幕布拉开，灯光暗了下来。"安静，"史密斯嘶吼了一声，"要是我错过了什么电影情节，你可能就不会喜欢我了。"

这是史密斯看过的最差的电影。它讲的是伊甸共和国的历史，影片开头是一张伊甸人欣赏的英雄的名单，那些人都是历史上赫赫有名的恶棍。"这也许就是所谓的'面部毛发的最大问题'吧。"史密斯心想。他从未见过如此令人恶心的大胡子游行，那些大胡子既有身材矮小的，也有长得过高的，不过他们疯长的胡子和为了遮掩秃顶用胶水粘上的假发看起来非常不搭，就像是在兔子窝前面摆了一个普罗克图恩暗黑撕裂兽。影片宣称，到 2300 年左右，来自地球上的各种宗教狂热分子一定会抛弃宗教偏见，共同为他们认为真正重要的东西而努力：憎恨和种族灭绝。因此就会诞生新伊甸的兄弟国家，这个国家里的成员从此之后将会自相残杀。

"这个小女孩儿正在不列颠接受治疗，"随着解说，一个待在医院里的小女孩的照片出现在大屏幕上，"相信无神论的医生免除了她的医药费，但是在他们工作时，他切除了她的灵魂。这是真的！在任何一个正常的社会，她都会被扔在路边，成为暴徒的美餐。"

史密斯心想：伊甸共和国明显发生了一些变化。从前，伊甸人极为欢迎长相凶恶又持有武器的人来做他们的后盾。而如今，他们似乎在筛选真正的疯子，并为他们免除税务。并不是说新伊甸真的有什么税务，而是像屏幕中解说的那样：只有真正有道德的人才需要缴税。但另一方面，他们需要经常向共和国"慈善捐献"，因为这是一件义务。

"……是谁策划了这场阴谋？"大屏幕上的声音说道，"是谁在拉动这场阴谋背后的绳子，对抗我们尊重和保护的一切？"

"是不列颠太空舰队！"放映室后有一个声音大喊道。

"是魔鬼一样的他自己！"

"《哦，蓝牙齿》，它在吟唱着太空的诅咒！"

"说的都是垃圾，"史密斯嘀咕道，"好吧，我的确是把一些伊甸人卸下了武装，但我是先把他们击毙了之后才这么做的。如果他们以为不列颠真的有那么厉害的话，他们真应该去试试周六晚上赶火车的绝望。还有……"

"我以前看过一部比这好看的跟海盗有关的影片,"卡尔薇丝说,"影片名叫作《战利品》。有一个女海盗住在潜艇上,然后有一个男人过来给她修理洗衣机……"

秃鼻子朝他们嘘了一声:"没脑子吗,你们?我正在这儿努力学习抢劫呢!"

一个头上戴着巨大锥形帽的男人出现在大屏幕上。那顶无边帽和他的长袍一样白,上面还有两个护耳以及一块小小的遮阳板。他眉毛中间有一个字母 E,那是新伊甸高贵术士的身份象征。

"我们可以做点什么呢?"高贵术士问道,"对于那些憎恨自由的部落,我们将战斗到底,而你们又能帮什么忙呢?今天就签署条约成为伊甸共和国认可的自由斗士吧,加入我们,和我们一起为正义掠夺的事业而奋斗吧!因为'拯救'所在的这颗星球将会成为改革的起点,而圣怒应当释放得出其不意,崇高的大歼灭者就是在菲瑟博姆的女儿无意识时,降临到她身上的。并且在真空里,你们落在敌人中间就像是饿狼扑进了羊圈,从不列颠太空帝国的财产中随意挑选你们中意的物品吧!"

台下的观众一片欢呼,激动得直跺脚,甚至还有人拿出一把弯刀在空中挥舞——现在似乎是个离开的好时机。

他们从乌烟瘴气的放映室中溜出来,又进入另一片污浊的空气中时,史密斯很想知道,影片结束时,太空海盗们只是随意地吼两声,还是真的在喝彩。是时候了解一下伊甸的等级制度了。

W站在一个宽敞通风的大厅里,大厅的墙壁皆由黄铜制成,抛光过的黄铜亮得能够照出人影。墙壁上伸出许多纤细的旋涡形支架,上面点着一盏盏明亮的灯。爬山虎从熟铁打造的阳台上垂了下来,空气中飘荡着轻柔的古典音乐,一个悬停机器人在墙上移动,它的小转轮用抛光机和软布将黄铜墙面擦得锃亮。

W低头看了一眼,他甚至可以看清自己映在墙面上的脸。

温斯科特说:"我记得你说过这里是个垃圾处理厂?"

W回答道:"我想他们应该是把垃圾全都处理掉了,我会问问的。"

在一棵盆栽树的树荫下,有一个男人坐在一条长凳上。他将一架清洁用无人机像宠物一样捧在手中,用螺丝刀仔细修理。W渐渐走近,突然发现那架无人机竟是由几把直尺和一个雪茄盒制成的。

"打扰一下。"

那个男人抬起头来。他戴着眼镜,胡子刮得很干净,肩膀很是宽阔,看起来不是特别魁梧但是很强壮:"你好!"

W说:"我们正在寻找太空站负责人。"

男人看起来似乎有些吃惊:"我就是。你迷路了吗?"

W四处看了看:"我还以为这里是个垃圾处理厂呢!"

男人点点头:"这里曾经确实是个垃圾处理厂。我费了好大一番工夫才将这里变成现在的样子。最后一批人离开时,这里乱糟糟的一片,它以前是个真正的垃圾场。"他转身将无人机扔向了空中。无人机从他手中脱离之后，马达立即加速，朝房顶飞去。

W问道："这是你做的吗？"

"哦，对。这周围还有好几十架呢！他们会使新翅膀一直保持干净。"

"新翅膀？"

"没什么。你在回收站里得到的小道消息已经够多了。也许该用它做点事了。"男人拿出手绢擦了擦手，然后伸出手来，"你一定就是想要租大厅的人吧？我是迈克·巴顿。"

"我是艾瑞克·林特，"W说，"虽然我的名字是个机密。"

"温斯科特少校。我的名字也是个机密。"

片刻间，空气沉默得可怕。温斯科特说："你管理多少人？"

巴顿说："只有一个，并且我只带他出去散散步。因为他是一只狗。"

W说："管理员巴顿，你上一次见到人类是在什么时候？"

"大概三年前吧！"

W和队友们相互交换了一下眼神。

"那么，你租大厅做什么，是生日派对，还是其他的什么用途？"

温斯科特回答道："这是最高机密。"

"一个惊喜派对？因为我在想，我也许可以给你们帮帮忙，比如挂横幅或者摆自助餐，帮完之后我就闪人。"

W回答道："实际上，这是一次银河系内部大会，目的是讨论人类在宇宙中存在的状态。"

巴顿回答道:"哦,好吧。"突然间,他看起来十分忧心,形势的严峻性正在降临。"这是个严肃的事情,希望我们的热气球够用。"

前方三十几米外的地方,两扇巨门挡住了史密斯他们的去路。每个门柱的上方都有一个哨岗,哨岗里配有探照灯和必不可少的连射枪。钢铁大门上刻了一幅图案:魔鬼们正在把罪人往火里扔,一个长着翅膀和大胡子的生物哈哈大笑地在一边看着。实际上这个生物就是"大歼灭者",它是地球上最血腥残忍又肮脏下流的神灵的集合物。

大门前站了一个警卫,他穿着长袍,又在长袍外套了一件机甲。史密斯心想:那些卖给伊甸人布料和反光遮阳板的人现在一定都成富翁了吧?"在这儿等好了,异教徒垃圾!"警卫戴着手套的手指在大枪的扳机上轻轻一扣,枪管开始缓缓旋转,像是在活动手指准备握拳。"更高层的构架台非常神圣,只有伊甸共和国的成员才能进入。如果你们没有得到合适的授权,我命令你们立刻回去。我受四级伽玛的祝福,所以有权在任何情况下使用致命武力。"

"我来处理,"史密斯悄悄说,"伊甸人简直就是天生的蠢货。让他意识到不是万事都能如他的意就行了。"

他走到警卫跟前:"摘下眼镜来,好伙计。"

"去你的,没有信仰的家伙,"警卫说着,用自己的枪猛戳史密斯的胸膛。

史密斯倒在了地上。苏鲁克把他拉起来的时候，他才意识到自己说服别人的能力不像自己以为的那么厉害。也许是伊甸人太愚蠢了，蠢到根本没办法用风度来感染他们。再或者是警卫笑得太大声了，所以根本就没听见他说的话。

卡尔薇丝嘀咕道："混蛋。"

"如果你们这些海盗想进去，"警卫说道，"你们的罪行需要得到赦免，通过马克12来赦免。"

史密斯问道："那是宗教经文吗？"

"《圣经》？"警卫拍了拍自己的枪，"这才是马克12。马克12赦免，配有完整的天眼追踪系统以确保拯救的信息可以直达你的心脏。我保证，它能在两秒内将你的灵魂从所有世俗的牵挂里面拯救出来。"

史密斯说："我觉得我们应该离开。"

警卫的脸上突然浮出一个梦幻的神情："哎呀，我已经用这把枪转化了差不多一百五十个人了。上一刻，他们还在摇尾乞怜，下一秒，他们就变成灵魂飞上天了。多么美妙的转变呀！"

"快走，伙计们。"史密斯说着带领大家一起跑开了。

"等等！我还没跟你说圣烟喷射器的事呢。有人给你烧香，你还不高兴吗？"

海盗们或是相互嘀咕，或是低声咒骂，仍在成群结队地从电影院往外走。史密斯能够听到偶尔爆发出的歌声和咆哮的欢呼声，但是一种新的心情似乎笼罩了他们几个——一种对于危险的警觉。海盗们鄙视伊甸人，鄙视得非常明显，但是影片为他们的抢劫行为带来了新的激动人心的刺激。海盗们满腹牢骚地朝棚屋走去，那是伊甸人为他们建造的屋子，结构松散，摇摇欲坠，他们把它叫作"战利品小屋"。

史密斯将船员们引到一边。这里位置偏僻，没有哪个海盗会莫名其妙地到他们身边来。"伙计们，"他小声说，"我们似乎无意中揭开了一场阴谋，并且现在，我们深陷其中。伊甸人似乎正在招募一些大家伙，准备突袭帝国。这可不是个好征兆——我要把这个征兆掐死在萌芽时期。"

苏鲁克回答道："没错。"他揉着自己的下巴若有所思，努力不让自己的大爪子划伤自己的下巴。"这些太空海盗像鬣狗一样将不列颠这头生病的雄狮包围了起来。当伊甸这条毒蛇从正面进攻时，这些'自由'战士们就会从后方咬上来，为了获得……"

卡尔薇丝插嘴道："长得像脸一样的狮子便便？"

"不错的想法。"史密斯鼓起掌来，只是卡尔薇丝刚好在他身后，差点被推进成群结队经过的海盗队伍中。"就是这种精神，小飞行员。这头狮子还不至于陨落。好吧，除非它像个……无论如何，我们需要马上决定后面要怎么做。"

卡尔薇丝叹道："在正义的呼声中清除掉正义动物园的污粪，这大概就是'陷入深深的危险之中，几乎或者说实际上就是送死'这句话的另一种说法吧！"

"绝妙的计划！"苏鲁克兴奋地咆哮了一声，"亲爱的朋友们，我们又一次来到了深渊的边上！让我们用大堆的头颅来把畏难的沟壑填平吧！"他那总是有些黄幽幽的眼睛中突然射出一束红光，可怕的就像剥了皮的血橙,"我把这看作是两个阶段的探索。首先,我们杀光一切。然后……"

"听着,"史密斯插嘴道,"这里发生的一切已经十分明了。伊甸人正在尽可能多地招募一些啥也不干成的蠢货,我敢打赌,他们这样做绝不是为了办一场五人足球比赛。"

卡尔薇丝点点头:"有道理。"

史密斯说:"这里正在酝酿一场麻烦,而我们需要找到麻烦的中心,所以我们必须从这个地方出去,进入只有伊甸人才能进的那些地方。那就意味着我们需要穿上袍子,并且我知道我们去哪里能弄到长袍。"

苏鲁克咯咯笑起来:"去那个我们也能弄到伊甸人头颅的地方呗!"

"实际上,我想我们应该态度好点地问一问。"

"哦,"苏鲁克的下巴耷拉了下来,"马祖兰,你真的需要我的帮助吗?或者,我应该跟那几百个海盗,还有他们近乎无限供应的刀片武器一起玩玩,努力找点微不足道的乐趣?"

史密斯说:"好了,你在这儿等我们吧。我们会给你带一件长袍回来的。"

新伊甸的宗教人士仍旧在约翰·皮姆号的旁边分发自己的小册子。一个浑身脏兮兮、只有一只眼睛的男人站在他面前,傲慢地将问卷叠成了一顶纸帽。史密斯和卡尔薇丝向他走过去时,他将帽子扔在一边,一只仿生腿在地上狠狠踩了几脚,愤怒地盯着构架台。

宗教人士问道:"填完问卷了?很好,我们一起来看看吧!"

史密斯他们把自己的问卷递给他,伊甸宗教人士浏览答案时沮丧地摇了摇头:"啊,好吧,千篇一律的结果。你们知道吗……你们的测试结果显示,你们需要即刻把自己的钱交给我们……"

"实际上,"史密斯说道,"我们想要加入你们。"

"我们已经等不及了,"卡尔薇丝插嘴道,"它看起来很有趣!那些巫术……"

宗教人士说道:"加入我们?你们确定吗?你们看起来非常……"

史密斯回答道:"正常?"

伊甸宗教人士把他们仔细打量了一番——史密斯穿着他的粗花呢大衣,还戴了眼罩,胡子上了蜡,挺得非常直,卡尔薇丝则戴着护目镜,穿的是工作服。他说:"我的想法更加与众不同一些。你知道的,这并不是盗版的伊甸主义。有些人发现他们很难放弃美女和饮酒作乐。当然,你们还可以继续保持谋杀的癖好,但是要更加充满仇恨。而且你无须选择要杀的人是谁。"

史密斯说:"呸,不过是小事而已。"

"恭喜你们,获得成为仁慈的歼灭者的殊荣!好吧,如果你们可以把你们世俗的所有财物都开成支票赠予我们,杀死所有的外星人——毕竟,我们这里可没有那种'海盗生来平等'的言论,对吧?——我会免去你这位小女朋友的悲惨奴役,然后跟我去拿一些见习期穿的长袍。"宗教人士笑了起来,严格来说这笑容其实是违法的。他伸出手来和史密斯握了握手:"欢迎来到新伊甸的大教堂!小姐,虽然你生来罪恶,并且可能会把你女孩儿的病菌传染给我,但是我还是会和你握手。那么,如果你们愿意踏进我的办公室,我就给你们找几件长袍……"

他带领他们穿过着陆区,来到一个小棚屋一样的建筑前。横梁上方挂着的标志牌上写着"军用白袍"。史密斯握起拳头时,卡尔薇丝悄悄从后背包里摸出一把扳手。"用来处理榆木脑袋,最好不过了。"她一边自言自语一边朝史密斯露出了一个异常凶狠的表情。他们跟着宗教人士进入建筑,然后静悄悄地关上了门。

普朗勋爵正在做一个爬天梯的美梦,却突然感到有什么东西碰了碰他的胳膊。他坐起来,眨眨眼睛抱怨了两句,发现他的秘书——高贵的斯泰皮莱特,正站在沙发旁边用大钳子戳他。斯泰皮莱特为了展示自己的奉献精神,将双手换成了钉枪,自那以后,他都会非常小心翼翼地戳普朗勋爵。

普朗在自己旁边的沙发上拍了几下,找到了自己的"圣洁头盔"。他把它戴上又转了个方向,这样就是搭扣朝前,王冠里的仿生物品才能恰好与大脑吻合,帮助大脑加速运转。

既然他现在已经警觉了起来,那么他要做的第一件事就是找到自己的拖鞋:"该死的拖鞋,总是……"

"大狒狒?"

他转身去看斯泰皮莱特:"什么事?"

"普朗勋爵,三十分钟后您要约见主教们。"

"主教们?"他皱起眉,"我想让他们干些什么事?他们只是一群疯狂的老马屁精罢了。他们几乎有一半人不知道……等等，盟军什么时候来看《骑兵计划》？"

"他们的飞船现在已经在路上了，普朗勋爵。他们四十分钟后到这儿。"

"什么？你之前怎么不告诉我？你这该死的幼稚鬼。我还得自己记住所有要做的事吗？现在，我那该死的帽子又去哪儿了？"

斯泰皮莱特帮普朗勋爵穿上了外套，穿衣过程中，差点把大衣钉在了他身上。穿好外套，他们就一起去了高层的着陆区，一架装饰着小天使和少女的电梯将他们匆匆送了上去。

主教们正在等着他们。主教们都穿着白色长袍，戴着尖顶帽子，看起来像一群奇怪的企鹅，又或者是一伙儿老态龙钟的笨蛋。贝利亚斯站在他们中间，扮了一个像便秘的表情一样的鬼脸。爱兹伦站在他右边，正若有所思地咀嚼着自己的胡须。雷格纳斯和大空棘鱼都站在贝利亚斯的左边，他们身上覆盖着厚厚的羊皮纸和神圣文本，看起来有点像人类的报刊推销员。十字国民军随自己的党派分列两侧，但是他们正用神圣的书卷相互打闹，忙得不可开交，根本起不到护卫的作用。

普朗勋爵在脑子里抱怨着：聚会又开始了。主教们正在他身后讨论当天要解决的大事。一架由老旧过山车改装的机器已经建成，现在它可以一次性毁掉五十个女巫。"但问题是，一旦你把她们全都毁灭，就很难再生了。"爱兹伦解释道。

"所有女人都必须烧死！"贝利亚斯插进话来，像一个过分热衷于投球的投球手一次抛了两个球一样，愤怒地揉着大腿，"烧了她们，向她们扔石块，哦，该死的！"

两个巨人正等在舷梯的尽头，远远看去，一定会觉得是眼睛欺骗了自己。事实上，他俩都差不多身高八尺。噶斯特军队第一次和新伊甸共和国结盟时，他们互相交换了技术。当时这场交易似乎非常完美：伊甸人给他们的新盟军一些坦克设计的失败方案，而他们收到的却是基因拼接设备，它可以将他们的精英士兵转化成同禁卫军一样厉害的人。伊甸人把这种技术叫作"重生"：忠诚的士兵们通过浸泡基因池的药水获得强大的力量。不幸的是，新盟军没有告诉他们这会产生副作用。

普朗走近时，两位巨人突然向他致敬，其中一个还差点撞到他。他们都穿着蓝灰色的制服，外面套着厚厚的装甲。

"放松点。"普朗吸了一口气说道。他必须努力向后仰才能看清他们的脸，这让他觉得脊椎都有点疼。

"爵士，"左边的巨人说，"我是纯洁白色骑兵团的卡萨斯中尉，爵士，这位是利纳特私人保镖。爵士，我想说，今天能为您服务并代表我们深爱的共和国接待外星人令我感到深深的荣幸。"

普朗点点头。卡萨斯说话时似乎不太喜欢停顿。"好，很好，"他回答道，"就那么着吧，小家伙。"

私人保镖利纳特说："我得到了一把枪。"

普朗没想到他会突然开口说话。"什么？"

"枪，"利纳特拍了拍胸前挂着的巨型多筒步枪解释道，"我得到了一把枪,可以用它来对付不信教的人和前列腺。"

"闭嘴,你这个蠢货!"卡萨斯喊了一声,警告他不要再说话,"我告诉过你什么也别说。"他巨大的下巴使他咬紧牙缝讲话相当困难,"那是叛教者。"

普朗厉声说:"好吧,好吧,无论怎样,跟在我身后吧!把电梯输送下去。"说着,普朗在心里想:哎,真是典型的年轻人啊!

"是,爵士!"卡萨斯咕哝着说,"爵士,大狒狒万寿无疆!我们已经做好准备,正在等待启动全面作战草案……"

普朗回答说:"你听见我说话了吗?闭嘴!"

"对不起,爵士,我向您表达我的歉意。请原谅我,大狒狒。"

利纳特咯咯笑着说:"卡萨斯,你才是蠢货。"

04 勤杂工的传说

"这些衣服似乎是均码，"史密斯说着将一件红色长袍从头顶套了上去，"或者更确切地说，谁穿都不适合。从正面看去，兜帽垂下来太多，我几乎都看不到你的脸。"

卡尔薇丝说："好吧，那它可能会适合苏鲁克。我几乎什么都看不到了。"史密斯心想："你现在看起来既像宗教人士，又像幽灵，还有点像小红帽。从正面看去，就像长袍自己活了一样。"

卡尔薇丝说道："我现在看起来就像科幻小说里的那些东西。"

"你是说推理小说吧？科幻小说里有会说话的鱿鱼？"

"差不多。哦……别忘了你的通行卡。"她递给史密斯一张带着链子的塑料卡片。从理论上讲，只要是"拯救"上需要维修的地方，勤杂工应该都能去。

史密斯想，如果伊甸人一直穿成这样的话，不那么火爆易怒才怪。不过，偷走长袍就会在衣柜里余出一块空间，正好方便他们现在把伊甸宗教人士塞进去。他们把他紧紧绑起来，还把一些小册子团成一团塞在了他的嘴里。史密斯把一件多余的长袍团起来，堆到了他的前面，把他遮住，然后趁没人注意，他们悄悄溜出了门。

卡尔薇丝说："现在我们只需要找到苏鲁克就行。"

史密斯回答道："那很容易，他本来就很引人注目。"

"在一群神经病一样的海盗里？实际上，我觉得他会被淹没在人群里。"

他们的右侧突然升起一阵巨大的吼声。史密斯转头看去，刹那间他还以为那是苏鲁克。但是紧接着他就意识到，从战利品小屋中传出的声音有三十多种，刺耳的歌声越来越响亮了。

"是谁……居住在一艘锈迹斑斑的宇宙飞船里？是杀戮者苏鲁克！是谁，生来就是为了战斗和杀戮？是杀戮者苏鲁克！如果你害怕被斩首，那就从他的长矛上，抬起头来！"

手风琴独奏开始的时候，史密斯看向卡尔薇丝，说道："显然，你说错了。跟我来吧，船员。"说着，他大步走到门口，猛力将门推开。

两个海盗正靠在门上，或许是死了，也或许是醉了。天花板上挂着一个抓升钩一样的东西，而且上面还有刀刃。其中一张桌子上躺着一个男人，没穿衣服，浑身瘀紫，此刻正愤怒地嘶吼着。苏鲁克站在旁边的桌子上，周围站了二十来个银河系最吵闹的海盗，在空中挥舞着自己的拳头和大啤酒杯。

史密斯从一个脏乎乎的海盗身旁溜过，悄悄走到桌子旁边："苏鲁克，从这儿下来。"

"哈！"其中一个海盗大声喊道，"是位有趣的警察！是为了我们的女人和啤酒而来，对吧？"

人群中突然爆发出一阵怒吼："啊，你这中世纪的小家伙！他们许诺让我们抢劫，并且试图让我们加入他们的邪教组织。你要怎么做呢，伊甸人？要教我们如何在你们的大歼灭者面前卑躬屈膝吗，嗯？"

太空海盗们像浪潮一样向前涌来。此时门口处的一个声音说道："这里还有一个伊甸人——这个间谍一直藏在一边，这狡猾的老家伙！"

苏鲁克伸手去拿刀，史密斯见状伸手摘下自己的兜帽，大喊道："够了！"他用自己的风度和雷厉风格使海盗群安静了片刻。

"我的名字是伊桑巴德·史密斯，我不是伊甸人。这些长袍是我偷来的，因为我要渗透到这个组织的内部。"

"哦，船长？"卡尔薇丝朝门口退了一步，却不小心踩在自己的袍子上，差点摔倒在地。"啊，别胡说了，"说着，她也拉下了自己的兜帽。

史密斯说道："你们眼前的这位年轻女士受我的保护，谁要是敢朝她动手，我一定会杀了他，不管你是不是伊甸人。而你们面前的这位老兄，杀戮者苏鲁克，是我的朋友。"

待在房间最后面的一位海盗突然哈哈大笑起来，这个海盗正是秃鼻子——电影院里的那个疯男人。他的左手握着一大杯啤酒，右手正放在一个抢来的年轻女孩儿的屁股上："伊甸人，你爱咋说就咋说吧！不过要想和这位伟大的战士套近乎？那可不行。他，是一位极度渴望荣耀的外星战士，而你，比飞船上的小饼干还瘦削。

我打赌你们俩一定从没见过面。"

"我认识这个人,"苏鲁克从桌子上一跃而下,"他说的都是事实,我们一起干掉了许多敌人。我叫他马祖兰,意思是'一只敏捷的棕色狐狸从懒狗身上跳了过去'。虽然他有些不起眼,但是我可以确定,如果这个男人将自己隐藏起来行走在你们中间,那就一定会有危险和血流成河的事情将要发生。"

"苏鲁克说得对,"在有其他人质疑之前,史密斯赶紧回答道,"绅士们,我只是耍了个花招罢了。我来到这里是为了摧毁一艘太空飞船——不是你们的船。我有一笔账要和伊甸人算,并且我请求你们助我一臂之力。"

秃鼻子笑道:"助你一腿之力怎么样?"啤酒杯突然在他鼻子前方炸开,年轻女孩儿趁机摆脱他,离开了长凳。

史密斯回答道:"听着,我要问你们几个问题。你们究竟为了什么而奋斗?为了大口喝酒,为了烧杀抢掠,还是为了娇滴滴的美人儿?好吧,有可能这些都是。但是真正能够驱使你们的原因是什么?每个太空海盗真正渴望的东西究竟是什么?"

房间里的一双双眼睛与一副副眼罩相互对视,手掌和抓钩猛敲自己的脑袋,想不明白答案是什么。

"小木屋?"一个声音提议道,"报复舰队,他们该死?"

史密斯回答道:"你们都错了。是快乐,你们想要的是快乐。"

"快乐?"秃鼻子没有得到想要的答案,不屑地"哼"了一声。接着,他又皱起眉,问道:"水兵,就算我们确实想要快乐,那又怎么样呢?"

史密斯答道:"快乐,是你们的新盟军最憎恨的东西。"

似是一声惊雷穿过了整个房间。太空海盗们从来都不是最善于分析的思想家,而刚刚,他们却经历了片刻的沉思。

"想想吧,为什么伊甸人一旦发现什么令人愉快的东西,就一定要用所谓虔诚的名义叫停?为什么你们喜欢的一切对他们来说都是必须扫除的罪孽?性交、酗酒、争吵,你们想做什么就做什么,但是伊甸人一定会想办法把这些事物像消灭蟑螂一样干掉,你们的快乐将会所剩无几。为什么任何的自然冲动,只要他们认为会给人类带来更多痛苦,他们就会将这些自然冲动定义为犯罪!我也有自然冲动的时候,我都会顺其自然——我相信你们一定也和我一样。"

其中一名海盗说道:"我以前是这样的,但是我的船员们给我吃了一些药片。"

秃鼻子站起来理了理自己的大衣:"伙计们,这次谈判非常顺利,但是你能回报给我们什么呢?我们可不是来这儿凑热闹的。"

史密斯说:"问问我的船员们吧,苏鲁克,你想要什么?"

苏鲁克回答道:"当然是战斗了。鲜血、厄运,以及敌人的头盖骨。我要用我的刀片去收割头颅,将其当作礼物献给祖先们,让他们高兴高兴,我会持续供给他们……大蠢蛋们的脑袋。"

海盗们中间泛起一阵赞同和理解的声音。史密斯又转向卡尔薇丝:"你想要什么呢?"

"我?"她看起来吓坏了,"好吧,我,我想活着,我想……现在我想喝一杯。"

史密斯说:"看到了吗?"

秃鼻子揉了揉自己的下巴。因为缺了鼻子,他看起来就像苏鲁克成形之前的模样。他盯着天花板上的风扇看了一会儿,突然说:"好吧,该死的!暴力和酗酒!也许你终究是有道理的,虽然我很愿意再多听听有关抢劫的事,但是,可恶,我现在跟你们一伙儿了。我受够了伊甸人的胡说八道!我问你们,一个憎恨自己创造出的生物的神有什么好?这是一个理论上的永恒命题。我说的这些都是真心话。"他说着朝史密斯凑了过去。靠近了看,他的鼻子更加令人恶心。"那么现在……"他又额外加了一句,"所有这些娱乐要在哪里才能找到呢?"

高层着陆区的边缘装饰着燃烧的尸体,这是伊甸特有的风格。着陆区的边缘上立着木桩,周围环绕着一堆一堆的木头:当有伊甸大人物来访时,他们通常会点燃一些叛教者,意为指引他们上天堂。在着陆区的最远处,耸立着一座巨大的雕像,那就是大歼灭者,他的尖牙露在外面,一手拿着枪,一手拿着一枚定时炸弹。

录像中,一位名叫探险者格特的已退隐主教正在进行一场激烈的演说。他的直播地点就在他的山洞里,他正在强烈地抨击民主世界的堕落以及到处都是的鸟粪。

踏上构架台时,普朗勋爵的心沉了下去。走廊的边缘上聚集着许多伊甸人,正在挥舞着枪支和大大的标语牌。从他们头上戴的羽毛帽子可以看出,他们应该都是猖狂的野鸡兄弟会的成员。

04 勤杂工的传说

"嘿，你们这些家伙！"普朗的声音通过扩音器传遍了整个山洞，"从我的着陆区上下来。"

其中一个兄弟会的家伙突然脱离自己的同伴冲了下来。他的眼睛里有一种既担忧又欣喜若狂的神情，"普朗勋爵！碰到了这样拙劣的模仿，你怎么能袖手旁观呢？"

秘书斯泰皮莱特拍了拍自己的大钳子，这位狂热分子害怕地退后了一点儿。普朗叹道："什么拙劣的模仿？"

"就是这个！"年轻人指着自己的标语牌大喊道，"发生了一些非常可怕的事情。你知道它有多么冒犯我的信仰吗？"

"你的标语牌是空白的。"普朗说完，觉得自己的两百八十年都白活了。

狂热分子答道："现在它是空白的。但是，一旦我们弄清楚那可怕的事情是什么，我们就会把标语填上，那些潜在的亵渎者就会后悔他们生错了时代！"他突然降低音量，继续说道："在我个人看来，这和色情作品有关。我们只需要找到准确的证据……"

普朗勋爵叹了口气，转身对卡萨斯中尉说："你应该能处理吧？"

卡萨斯抓住狂热分子，轻轻松松就举到了空中。"重生"把他举得比栏杆还高，他恐惧得连声嚎叫。下方，岩浆像热汤一样滚滚冒着泡儿。

"告诉我，小野鸡男孩儿，"普朗吸了口气，"你会飞吗？"

卡萨斯把狂热分子朝边缘处狠狠甩了出去，尖叫声持续了几秒钟之后，就消失在了视野中，只有那响亮的扑通声和可怕的嗞嗞声证明刚刚有个年轻男子曾在这里经过。而在着陆区的最远处,抗议者们放下自己的标语牌,拖着沉重的脚步缓缓离开了。

私人保镖利纳特倾身往栏杆下看了看。他悲伤地凝视着下方,身上的装甲将构架压得吱嘎作响。他说:"现在我们永远也不会知道了。"

普朗问:"永远也不会知道什么?"

"他能不能飞。"

"因为他已经死了。"

朝大门走去的时候,苏鲁克说:"这件长袍闻起来有一股狂热分子的味道,一定有个傻瓜在上面做过证明。"

史密斯答道:"老兄,这件事我们稍后再说。现在先听我说吧!"

"必须得由你来说了,"卡尔薇丝说着将兜帽扯下来盖住了自己的脸,"我们这几个人中,他们只听你一个人的话。我希望他们不会让女人和外星人遵从他们珍贵的《勤杂工圣令》。"

史密斯说:"好吧,确实是勤杂工。但是用'巧手'这个词的话,听起来会有些奇怪。听起来就好像在说你长了好几只手。"

卡尔薇丝拍了拍她的袖子:"船长,我们来把这个分分类吧,怎么样?"

卫兵们大摇大摆地走到他们面前。

史密斯说:"你们好呀,伙计们。我同事和我得进去修理你们的机器。"

卫兵皱起眉。"我认识你吗？我得查一查。"他把对讲机拉到自己的嘴边，"总部，我正在执行《器械手册》第三十五章的确认请求。勤杂工，请根据你的工作提供相关的具体信息。"

"抱歉？"

"你们要修理什么机器？"

"哦……一台洗衣机。"

卫兵再次对着对讲机嘀咕了一会儿，说道："非常好。经过确认，第二层构架台有一件被玷污的圣衣。进去吧！"

其中一扇大门缓缓向一边拉开，他们走了进去。

史密斯心想：行走在瞭望塔下面要格外可怕一些。伊甸人一定就是这样的，或者噶斯特军和旅鼠人也是这样的：永远都从上往下看，就像一些残忍的小孩儿先掀掉玩具娃娃屋的屋顶，然后再想方设法地找一个理由惩罚屋内的玩具。

他飞快地说："这边。"他一直低着头，带领其他人匆忙进入为真正的伊甸追随者而设的区域。

这里与旁边为雇佣军而设的区域类似，只是这里的危险因素是年久失修的建筑，而非挥舞得虎虎生风的弯刀。这里没有酒吧，阴冷的住宅区只剩下一些灰色混凝土建筑，那些建筑的前身应该是地堡或教堂。道路的两侧摆着许多石头雕刻的小天使，它们挥舞着旗帜和军刀，冰冷严肃的脸庞仰望着天空。为了威胁各种各样的复仇，墙上悬挂了许多标本。

史密斯心想："伊甸人真没有建筑意识，要是回到帝国，不管是尼克斯七代还是新尼斯顿,朝圣的地方都比这里看起来顺眼多了。"

透过镂空的路面,史密斯可以看到下方的岩浆气泡。只看一眼,就让他产生了一种奇怪的眩晕,并且还特别想吃马萨拉小烤肉。他的身上渐渐开始浸出汗珠。他抬起一只手,半藏在自己的巫师袖里,指了指一根直升到屋顶的柱子。它的底部有两对儿连在一起的大门。"电梯。"

电梯升到半路,他们头顶上方突然响起刺耳的喇叭声。他们停在了一个举着喇叭的混凝土天使下面,努力克服想把手夹在耳朵上方做出投降姿态的冲动。史密斯悄悄把手伸到长袍下面,那里藏着他的枪和剑。

电梯里的扩音器吱嘎响了起来。它喊道:"新伊甸注定要恢复银河系的纯洁和正道,但是你们有没有考虑过,在来世你们会收到什么样的回报呢?只要一点点钱,你就可以指定头发的颜色以及来服侍你的美女的年纪大小。我们承诺,到时候一定会奖励给你们许多美女,作为你们付出的回报。现在把你们的钱交给……"

"胡说八道。"史密斯说。

电梯上升时,苏鲁克摇了摇头:"你们人类应该发明一些像你们一样的神。"

卡尔薇丝说:"不是所有人都那样的。"

史密斯补充道:"对极了,毕竟这里不是太空帝国。"他朝下方的小人影看了看,他们要么拿着枪大摇大摆,要么就从一个地方飞快冲到另一个地方——希望自己能不被任何人注意到。几个戴着尖顶帽子的神父从寺庙里走出来,对着他们大声发号施令,他们赶紧听令。"人不能活成这样。"

苏鲁克说:"如果我是一个神,我就去卖帽子!"

"什么?"

苏鲁克解释道:"人类的神喜欢戴帽子。我会开一家特殊的店铺,在里面卖我自己的服装。然后我就会变得非常富有,我会拿这些钱去买一艘飞船专门用来放我的长矛。"

卡尔薇丝说:"但是如果你是一个神,你就可以通过任何方式赚钱了。"

苏鲁克思考了片刻说道:"但是我喜欢帽子。"

电梯停下的时候意外地柔缓。"您已经登上了第二层。"话音刚落,电梯门缓缓滑开。

他们的面前是一排排宇宙飞船,飞船的头部像象牙一样光滑洁白。史密斯看了看那排飞船,有几艘飞船上面还画了涂鸦,大概是什么神圣的图案。其中还有一两艘飞船营造了一种非常令人厌恶的假大理石镜面效果,并且上面还有黄金的装饰。但是没有一艘飞船看起来像袭击了护航队的那艘飞船。

苏鲁克拍拍他的肩膀,指着一个方向说道:"马祖兰,你看。"

要看清他的大袖子到底指的是什么方向,真的很难,可是史密斯很快就意识到,苏鲁克指的并不是他们面前的构架台,而是上面的那座。史密斯抬起头,发现他们的头顶上方有两个巨人在笨手笨脚地挪动着。他们两人之间有一个身穿黑色制服的家伙,而在那个家伙身后,跟着一群叽叽喳喳的高等伊甸人。

史密斯把手伸进长袍,拿出了自己的"开化者"手枪。他说:"记住我的话,伙计们,邪恶即将来临。"

苏鲁克问道:"现在是战斗的时间了吗?"

"看情况,"史密斯四处扫视了一番,"当心点。"

构架台下有一条狭窄的爬梯。在下方红色火光的映照下,它看起来就像是靠墙而设的一条排烟管。

"我先来,"史密斯说着爬上了爬梯,一阶一阶,金属的梯子在他脚下叮铃作响,很难不去想象自己掉下去的画面。终于,他踏上上层的构架,在那里等其他人爬上来。等卡尔薇丝缓神儿的时候,发现他们三人正穿着各自的长袍站在爬梯旁,看起来就像正在四处张望、想找人吓一吓的幽灵。

他们从构架台上走下来,尽量让自己显得像武装过的维修工一样无害。他们在前方的走廊左转,之后史密斯便看到主教们的白色尖顶帽子竖立在栅栏上,就像一个移动的尖桩篱栅。他们沿着这些帽子向前走,走两步停一步,仔细检查走廊上那些并不存在的陷阱。

卡尔薇丝说:"我们就要到了。"她的声音很小,声音中充满了担忧。

"振作点儿,小飞行员。"史密斯说着拍了拍她的肩膀。

"把手拿开,船长。要是他们怀疑我是个女人的话,他们一定会杀了我。"

"他们可能根本不会注意到你。穿着这些长袍很难辨别性别。"

"那好吧,他们会以为我们都是男人,接触对方只是为了好玩。

04 勤杂工的传说

因为如果有一件事情是宗教狂热分子最爱好的,那一定是男勤杂工之间的友谊了。"

他们蹑手蹑脚地穿过拐角。卡尔薇丝停下来说:"就是这里!"

他们面前停着一艘飞船。船体上覆盖了厚厚一堆泥,喷涂在金属外壳上的符文若隐若现。飞船系统已经关闭,长长的链子像干枯的棕榈树叶子一样晃来晃去,但是从驾驶舱污迹斑斑的前窗玻璃上仍旧可以看到蓝色的磷光。飞船的船首不知用什么东西画上了许多格子,深深的划痕纵横交错,像是曾经高速驶入过一个巨大的铁丝栅栏。船身上印着它的名字:白马号。这艘飞船上的东西使史密斯汗毛都竖了起来,被一种冷冰冰的东西触摸到的恐惧感席卷而来。就连伊甸的主教们,都尽量后退,让自己离它远一些。

构架台最远处的墙上有一盏灯,一闪一闪的灯光下,两扇铁门吱嘎吱嘎地缓缓打开,众人的身影便映到了着陆区上。史密斯几人穿着装甲,看起来粗壮得不像个人类。他们慢慢靠近伊甸人时,史密斯瞥了一眼自己的船员们。兜帽下,苏鲁克已经露出了自己的獠牙。

史密斯悄声说:"我早该知道的,他们是尤尔的旅鼠人。"

斯泰皮莱特轻轻敲了敲自己的大钳子:"普朗勋爵,盟军来了。"

即使普朗有机械辅助视觉装置帮助,可以看得更为清晰,从远处看去,旅鼠人看起来依旧像某种用后腿站立的动物。但是,靠近之后你就会发现他们摇摇晃晃的步伐是那么优雅、柔和、稳重。领头的旅鼠人穿着骑士服,外面套了一件金属背心一样的红色胸甲,其他人则拿着步枪,腰上别着长柄的斧头。领队军官的装甲后面升起一个绞刑架一样的桅杆,上面飘动着旅鼠人的旗帜,不知为何,这场景很容易让人联想到四叶大风车。

利纳特傻乎乎地笑起来:"他们看起来就像兔子一样。"

卡萨斯答道:"闭嘴,蠢驴!"

旅鼠人们气喘吁吁,尽量让自己显得高一些。普朗认出了那个夸张的表情:旅鼠人只有在做他们最喜欢的活动时,才会露出这样的表情,比如转斧头、谋杀、否认谋杀、吃奶酪和向比他们伟大的人挑衅。

扩音器里播放着新伊甸和旅鼠人的国歌。随着《为爵士而战》乐曲的停止,欢呼声渐渐减弱,《记住你是一只旅鼠》的刺耳音调充满了整个大厅。

"肮脏的外星盟军!"旅鼠人的军官喊道,"我是尊贵的特使奎特克,尤尔仁慈战神的最合适的使者。"奎特克动作僵硬地弯了弯腰,"希望神圣的皮帕卡皮诺杀死你们的速度比你们想象的要快。"

在自己的尊严和腰身允许的情况下,普朗爵士给旅鼠人深深地鞠了一躬:"希望大歼灭者能使你们免于正义的焚烧。就这样。"

电梯井突然发出一阵低沉的呜呜声。普朗回头看去,发现门旁的显示板上亮起了灯。他觉得自己的五脏都吊起来了。灯光从一阶慢慢地跳到另一阶:从左到右,然后再上一阶,再从左到右,然后再上一阶。

电梯"砰"的一声停了下来。随着管道吹来的呜呜声，电梯门咕辘辘分开，在阴影处渐渐露出一张脸。

起初它只是一个金属圆盘，看起来就像是一个在半空中盘旋的硬币。接着，一束光突然射到了圆盘中央的玻璃上，这才发现原来它只是一个镜片。接下来细节一一展现：皮大衣上的钢制徽章，像金属一样的球状头盔，以及头盔下一张红色的脸，那张脸上疤痕累累，有一只假眼、一对儿像骷髅一样的鼻孔，以及一张邪恶的大嘴。

噶斯特帝国的私人代表一瘸一拐地走出电梯，他的身后跟着两个身材巨大的禁卫军保镖。他们环顾四周，朝四周吠叫以示恐吓。其中一个保镖手中牵着一条链子，链子的末端套在一只大声咆哮的蚁狼脖子上。

普朗突然有一种想要将目光挪开的冲动。刚一挪开目光，他就发现那群旅鼠人似乎变小了许多。特使奎特克动了动脚步，挺起自己的胸膛，但气势反而显得比之前弱了许多。

噶斯特军官停了下来，唯一的一只眼睛紧紧盯着普朗，旁边的假眼一眨不眨，看起来十分阴森。他厉声说："我是高级研究指挥官462，希望这一趟我来得值。"

就在这时，普朗似乎听到自己身后的某个地方传来一名不列颠人的说话声："该死！又是他？"他转身去看，瞥了瞥主教们，他们只是小心翼翼地后退几步罢了。

462转身对着旅鼠人代表团说："很抱歉我迟到了。我负责此事的下属已经做出了相应的补偿。"蚁狼舔舔自己的嘴四周，一名禁卫军打了个饱嗝。"我想，你们这群啮齿动物刚刚一定又在自吹自擂了，对吧？"

奎特克鼓起勇气答道："什么？你这肮脏的昆虫，竟敢侮辱我们尊贵的旅鼠人？我们可不是那么和善的，在所有人的见证下，你会慢慢地死去——是的，是的，慢慢地死去！"

462答道："那我就当你的答案是肯定的了。"

普朗想："是时候发起倡议了。"他需要给这些外星人——这些不信教的人——看看《骑兵计划》的伟大。他大声地咳了两声，于是来访者们全都转过来盯着他。他赶紧开口——不然斯泰皮莱特又要拍他的后背了。

他说："盟军们，我，海尔尼莫司·普朗，身为伊甸的罪恶捕手以及最高教皇大会的大狒狒，呼吁在场所有人共同见证如何运用神秘力量征服我们的敌人。我的下属，带上我的恩典与祝福，"他指了指身后的主教们，"已经将自己的智慧转化成了对这股神秘力量的控制。根据复杂的道奇森物理学原理，我们创造出了你们面前的这艘飞船……白马号。"

462说："给我们看看。"

奎特克大喊道："是的，是的！外星人，给我们看看它的能力，不然你就丢脸丢大了！"

"啊，安静点，小毛球。"普朗现在感觉好多了。接着他开始了自己的计划："你们想看看我们能干什么吗？斯泰皮莱特，下达点火的命令。兄弟主教们，仪式开始！"

史密斯将自己的兜帽掀开朝外看了看。构架台上，伊甸人正在表演某种仪式。戴着尖顶帽的人群中突然走出一人，很可能是他们的领导者。只见他大步走到前方，伸出双臂，大声说："我早上起床，寻找女巫，却发现了一些女人，于是就将她们点燃了。"

其他的主教们摇摆起来。"哦，哦，"他们欢呼道，"伊甸人！"

史密斯悄悄将一只手伸进长袍，摸出了自己的"开化者"手枪："大家待在这儿别动。我到前面去仔细看看。"

苏鲁克拍拍他的肩膀："给我留几个人头，别自己都杀光了。哦，还有，你要小心点。"

史密斯沿着构架台矮身前进，为了不暴露身形，人都快弯成了两截，之后他找到一架满是传感装置的车，躲在了后面。伊甸人仍旧在欢呼，他们白色的锥形帽子一起晃来晃去，但令史密斯惊讶的是，飞船似乎在回应他们。演奏引人瞩目的第一和弦之前总得来个铺垫——白马号发出一声低低的吼叫，之后船身上的链条在噼里啪啦的静电场中升起，蓝色的闪电在船身周围开始舞蹈：一开始只是小小的火花在一闪一闪，后来就变成了电流在持续地飘摇。

接下来，飞船突然消失了。

"哦。"除了这个字，史密斯不知道还有什么更好的词语能表达现在的感受。那艘该死的船去哪儿了？同时，他又很庆幸，还好自己没有躲在白马号后面。

前方众人的吃惊似乎不比他少。伊甸主教们的欢呼已经陷入了疯狂，他们的尖顶帽子也疯狂地晃来晃去，就像巨兽嘴里的牙齿。462，这个该下地狱的家伙，一瘸一瘸地后退了几步，而他的保镖紧紧拉住狗链，花了好大的劲儿才拉住不停吠叫的蚁狼。旅鼠代表们面带敬畏，目瞪口呆地注视着面前发生的一切。一个旅鼠人军官惊恐地倒退了几步，差点摔倒，普朗的巨型保镖及时将他扶住，安慰似的拍了拍他的脑袋。

突然间，蓝光暴涨，白马号又出现在大家面前。驾驶舱变成了黑色，电流消退，飞舞的链条塌了下来，咔哒咔哒地撞在了船身上。

奎特克问道："普朗，它刚刚去哪儿了？外星人，它刚刚去哪儿了？"

"安静！"462从大衣中拿出一个扫描仪。扫描仪的机体上有两个小小的触角。"飞船出现时，传感器有所波动，"他厉声说道，"要么就是这个小机器出了问题，要么就是你的飞船……移动了。"

奎特克摇了摇戴着装甲的脑袋。"但是……怎么可能呢？它怎么可能突然消失又突然出现呢？是谁让它消失的呢？还有，"他回头看了看，又补充道，"你的贴身护卫对我的副官做了什么？"

利纳特说："我给自己抓了一只小兔子。"

旅鼠人在利纳特的怀里疯狂地拳打脚踢。利纳特笑着拍了拍他，这位旅鼠人副官的脑袋就极快地上下摆动起来。

奎特克厉声说道："放了我的副官海普特！"

利纳特后退一步，把怀里的旅鼠人副官抱得更紧了："不！他是我的朋友！"

"我是说把他放到地上。"

"哦，好吧。"利纳特听话地放下了旅鼠人副官。

副官海普特站起身来，颤抖地咆哮道："肮脏的外星人拍了我的头，这将是我永远的耻辱！"他转身，尖叫着一头冲向了栏杆。奎特克皱起眉，462嘿嘿傻笑个不停，利纳特看起来十分伤心，史密斯又悄悄凑近了一些。

普朗说："现在，你们将看到的是道奇森驱动的动力装置，就是这片小小的神秘技术装置使得白马号能够随意穿越维度。装置一旦驱动，白马号就不在这个空间中了。所以为了你们的安全，我们不会启用动力装置。"

史密斯几乎听不到他们在说什么。一阵嗞嗞声中，飞船的舱体突然裂开一个像裂缝一样的口。光线溢出，舱门口的背光面站了两个人影，每个人手中均拿着一个用布包裹的长长的扁平物体。

史密斯心想："一幅画？他们要幅画干什么？"

两个人影走了出来。他们都是遵守《勤杂工圣令》的宗教人士。他们把红袍子往上拽了拽——袍子因为太长，衣角拖到了地上。白马号着陆的地面上有许多不同颜色的方格。两个宗教人士看起来就像棋盘中的虾兵蟹将。他们带着无比的尊敬，缓缓将裹得严严实实的画从飞船上搬出来，从目瞪口呆的参观者们身旁经过，缓慢走到了对面的一扇门前。

普朗勋爵朝飞船打了个手势："我们开始参观吧！"

史密斯看着宾客们朝飞船门口蜂拥而去。他们一个接一个地从门口进去，踏进了蓝色的灯光中。

飞船中突然响起一个巨大的声音，那声音低沉，带有毋庸置疑的命令口吻，并且还稍微有点紧张，似乎说话人正处在愤怒的边缘。

"欢迎乘坐我们的航班前往更遥远的体验区。稍后会有一辆小手推车出现,以满足你对饮品的需求。灯亮之前,请乘客们系好安全带。除非你想被烧死,否则禁止吸烟。你会发现到处都没有紧急出口——因为这里无处可逃!"飞船的气闸门"砰"的一声关上了。没上船的主教们在构架台上绕来绕去地兜圈子,看起来就像一群企鹅。要是在他们的袍子里发现鸡蛋,史密斯也会觉得不足为奇。

史密斯一路小跑,回到构架台的后下方,偷来的袍子啪啪拍打在他的身上。他稍微有点气喘地在同伴们面前停下:"你们都看到了吗?"

卡尔薇丝答道:"会隐形的飞船?是的……我是说,我确实开始……"

"无论他们在飞船上放了什么东西,我们都必须得到它。打击对手是我们的义务。那个小家伙,普朗,说是一个驱动装置使飞船做到了隐形。"

苏鲁克说:"我同意。我们必须偷到这幅神秘的画。"他对着构架台最远处的门点了点头。门槛上装饰着长着骷髅脸的小天使画像。"还啰唆什么,杀呀!"

史密斯说:"好。现在,冷静点,跟在我身后。记住,我们现在可以在这里自由出入。"

卡尔薇丝在遮住脸的兜帽下说道:"我们有这个自由吗?"

"当然。我现在宣布,这里是帝国的土地了。快来!"

史密斯别上手枪,在偷来的袍子的伪装下大步走了出来,苏鲁克跟在他身后,也随意地迈着大步,卡尔薇丝则跟在最后面,脚步匆匆，穿着红色长袍的身影看起来弱小无助极了。

他们朝着大门走去。"冷静，各位。"史密斯说着按下了按钮。

门打开之后，一条走廊映入视野。"这边。"史密斯说着对旁边的房间点了点头。

房间里几乎没有金属，闻起来有一股油腻腻的味道。房间的角落里，两个穿着长袍的勤杂工正躲在一面大旗下面给一个巨大的衣橱上锁。

史密斯关上门，两个勤杂工应声回头。第一个人说："什么人？"

卡尔薇丝答道："看什么看？我们要持枪抢劫。"

那个人蹲下身仔细看了看卡尔薇丝遮在兜帽里的脸："但是……你是一个女孩儿？"

"错。"苏鲁克说完掀开了自己的兜帽。

"鬼啊！你走开！"这个勤杂工吓得缩了回去。苏鲁克迅速一抬手，指甲就插进了他的脑袋。他倒了下去，苏鲁克又接着走到第二个勤杂工身前，用拳头将他乱揍一通。

史密斯弯下腰，在晕过去的勤杂工身上搜了搜，找到一个很重的金属钥匙圈。他轻拂了一圈钥匙，直到找到看起来合适的那一把。他们用钥匙顺利开了锁，然后打开了衣橱。

史密斯伸手到衣橱里面摸了摸，触到一个毛茸茸的东西——感觉应该是件皮毛大衣——然后他又把手往里伸了伸。顺着皮毛摸下去，他感觉到自己抓住了一块硬木头的一角，而且木头的外面还包裹了一层薄薄的毯子——是那幅画。它几乎占据了整个衣橱的背面。史密斯把它往外扯了扯,但是只扯出来一点儿,然后他意识到那东西一定是被绑在了某个地方。

卡尔薇丝碰了碰他的胳膊。

"怎么了?"

"船长,我不喜欢这个。我是说,我们做了这么多就只为了偷一幅画?我们必须得偷走它吗?"

"当然,我们必须得偷走它。我们是帝国的人,不是吗?"

"它看起来有点儿重。"

"胡说。你以为拜伦勋爵将埃尔金大理石雕像从埃尔金公园滚出来的时候脑子里就是这样想的吗?别傻了,他想的是……"

"我怎样才能弄到一些鸦片并且欺负一下我的姑妈?"

"没错,卡尔薇丝!苏鲁克,你去抬那个角,我抬这边。"

他们把整幅画从衣橱里抬了出来。史密斯说:"小心后面。卡尔薇丝,你能去开个门吗?"

她一打开门,就直直对上了海尔尼莫司·普朗阴冷的小脸儿。她吓得大喊一声,"砰"的一声关上了门。

门被猛地推开,普朗勋爵一瘸一拐走进房间,厉声说道:"很好,很好。这些年来我一直在找放在床下的红袍子,没想到它们竟然在衣橱里。"

他的手里拿着一个巨大的银制自动手枪,上面还雕刻了经文。他的笑容看起来不大愉快,更像是肌肉下垂造成的产物。不过片刻,贝利亚斯主教和普朗身上令人作呕的气味接踵而来。

普朗说:"关上门。最好别让盟军们知道这些白痴已经深入到了我们的内部。"

贝利亚斯将门轻轻关上，说："那一位是个肮脏的外星人。"

普朗扮了个鬼脸，不过看起来更像是在调整一个用起来不大舒服的器件："把我的东西放下。"

史密斯回答道："没问题。"将包裹放到地上之时，史密斯的手在长袍里轻轻掠过，转眼间手中就多了一把马卡姆手枪和一把布里格"开化者"手枪："如果你愿意的话，我也可以把你'放下'。"

普朗刚刚举起手中的枪，就听见一声枪响。"开化者"的子弹飞射出来，射穿了普朗的胸膛。普朗的手枪"咔哒"一声掉到了地上。

普朗慢慢地拍了拍自己的胸膛，嗡嗡说道："只是射到我的肺罢了，这玩意儿，我已经好多年没用过了。"

史密斯回答道："你们俩，都给我安静点儿。你们现在已经被逮捕了。"

普朗和贝利亚斯愤怒地盯着他们，就像网球场外两位衣着肮脏的老人受了惊吓。卡尔薇丝从长袍中拿出了猎枪。

贝利亚斯咆哮道："你竟敢这么对我们？你难道不知道这样对我们有多不尊敬吗？我们是有信仰之人，"他挣扎着站起来，将头向后仰，"我们要求特殊待遇。"

史密斯回答道："我很怀疑你的信仰，你身上闻起来太臭了。"

贝利亚斯冷笑道："据记载，除臭剂是堕落的东西，而清洗代表着脆弱，只有你们的社会才会这样做。毕竟，我又不是会涂脂抹粉的小仙女。"

"你更像一个臭气熏天的侏儒。"

"所以我还是把兜帽拿开吧,媚眼之王!"卡尔薇丝说着扯下了自己的兜帽。

贝利亚斯剧烈地颤抖起来。他就像疯了一样,如同发霉的火腿一样的脸上,一双眼睛瞪成了荷包蛋。他的嘴角泛起一片白色的泡沫,再加上胡须上粘的各种碎屑,看起来滑稽异常。"一个女人,"他呸了一声,咯咯笑道,"一个伪装成勤杂工的女人!"他紧紧抓住自己的长袍,紧到从头上拽下了一小撮绒毛,"不要脸、无耻、荒唐、下流,这是赤裸裸的羞辱!"他喘了一大口气,转身对普朗说道,"大狒狒,我们必须杀了她,为我们的荣耀洗清污点。对,我要烧死你,淫妇,只要我一脱掉你的长袍……"

贝利亚斯举起双手,猛扑到卡尔薇丝身上,在她身上又抓又挠。卡尔薇丝举起猎枪,毫不犹豫地开了火。

子弹穿透贝利亚斯的身体射到了墙壁上。他的整个躯干都变成了红色,但是脸色却苍白如纸,他好像不明白自己怎么会突然落到如此糟糕的境地,接着,他就倒在了地板上。

苏鲁克说:"很好。"

卡尔薇丝说:"我本不想开枪的。"

"饶恕我们吧!"史密斯看了看贝利亚斯,心里想着"不知道杀死一位老怪物会带来多少年的厄运"。

这时,房间另一头的普朗咳了起来。他拍拍自己瘦弱的胸膛:"感谢伟大的歼灭者。是信仰拯救了我。信仰以及我的仿生肺。"

史密斯用自己的枪敲了敲普朗的帽子:"你的脑子应该不是

仿生的吧？如果它是的话，那对我来说就更好了。普朗，你是俘虏了。你会跟我们一起返回到我们的飞船上。"

卡尔薇丝补充道："狗头，所以你不必急着走了。"

普朗咯咯笑起来："船长，你们最多就只能做到这样吗？一把0.45厘米口径的'开化者'手枪？按照我们伊甸的标准，那可是相当弱的小口径武器了。"

"即便如此，它也应该与你的脑子很配。现在，快走！"

普朗打开门走了出去，史密斯紧紧跟在他身后。门"砰"的一声关上了，一群客人缓缓回过头来。

他们穿着各式各样的制服，松散地站成一排。这个邪恶的大家庭正等着拍集体照呢：一边的人长着长长的胡须，穿着抛光过的装甲；另一边的人长着触角，穿着皮大衣；而中间的人穿着白色长袍，戴着尖顶帽子。不过在史密斯看来，这些人没有什么区别，不过都是银河系最邪恶的人渣罢了。

史密斯喊道："举起手来！"

苏鲁克咆哮道："退后，暴民！保持距离！不然我就要用这个白痴的鲜血去刷墙！"

空气有片刻的沉默。伊甸人愤怒地瞪视着苏鲁克，他们的眼神已经透露出疯狂，帽子都被怒火顶得更高了。他们的表现就好像看到一个极为粗鲁的男子在拖拽良家少女一样。旅鼠人们互相看了看对方，感到自己受到了冒犯，愤怒不已。最后，从噶斯特军的代表团中传出一个细细的带着鼻音的声音："哦，伟大的史密斯船长，又见到你了！"

史密斯说道:"462,这是唯一一次,你没有说'我们又见面了'。好吧,是我,我们又见面了。"

"今天又将变成非常沉闷乏味的一天啊!"462说着抱起双臂,"禁卫军给我把这群笨蛋赶走!"

他的一名禁卫军听令举起了手中的枪。

史密斯则举起手枪,朝屋顶射出一颗子弹。"够了!好吧,你们这些血腥的野蛮人,"他大喊道,"我以不列颠太空帝国的名义命令你们,停止你们无知的叽叽喳喳,不然我就打爆你们的头。"

爱兹伦主教吼道:"那是自由的谈话,不是叽叽喳喳!把他们全都杀了!"

在枪支、大刀和斧头的"咔哒"声中,三十名太空中最坏的恶棍掏出了自己的武器。

苏鲁克稍微一动,身上的长袍就落了地,他的胳膊往身后背的包裹上一掠,一把长长的弯刀就出现在了手中。"笨蛋们,都给我听好了。我的刀片非常锋利并且有毒。刀一落下,就能把你们的这位老家伙撕成碎片。敢朝我动手,你们就会失去领导者,就会背叛你们的命令,也就与傻瓜无异了。"

卡尔薇丝走过来,举起了手枪。

462将舌头从嘴里伸出来,左右舔了舔嘴角。他说:"非常好,这是一件很强大的武器。禁卫军,不许开枪。"

奎特克说道:"说得好,肮脏的盟军。我们一定不能开枪。以免——斧头攻击!"他举起自己的斧头,发出一种混合着憎恨和欢乐的颤抖尖叫,"哈普海普——尤尔万岁!"

待奎特克的士兵们醒过神儿来的时候，462喊了一声："等等……"但他们依然蜂拥而上，最前面冲锋的士兵用的武器是刺刀。史密斯很快就意识到，普朗和那幅画会成为他逃跑的最大障碍。

史密斯把普朗往旁边一推，举起"开化者"手枪，仔细地瞄准，然后射中了奎特克一名下属的大腿。史密斯大喊道："所有人都后退！"然而令他感到恐慌的是，卡尔薇丝竟然先他一步从他们来时的路冲了出去。该死的胆小鬼，他想。一阵轰鸣声吸引他看向了左边。

一道旋转的刀刃挥舞着落下来时，史密斯凭直觉向后躲开。他定睛一看，一个身穿黑色制服和钢制胸甲的巨人正在他面前挥舞着用来切割路面的圆锯。史密斯刚拔出剑来，苏鲁克已经从他身旁冲了出去。

苏鲁克一下子跳到卡萨斯的胸膛上，猛力一拉，他的装甲就飞到了空中。卡萨斯抬头去看的同时也再次抬起了圆锯——但是苏鲁克的长矛已经闪了出来。卡萨斯的头——那颗似乎总是事后聪明的脑袋，从他的肩膀上咕噜噜滚了下来，而他巨大的身体也像一棵树一样倒了下去。

苏鲁克从卡萨斯穿着装甲的尸体上轻轻跳下："不戴头盔，真不专业。"

史密斯似有所感地及时回头，一块闪闪发亮的钢铁从头劈下，他刚好来得及举起手中的剑来挡住奎特克的斧头。两件武器相撞，巨大的冲力使得两人连连后退。奎特克退后一步，左右晃了晃迷惑史密斯视线，然后突然跃起。史密斯侧身躲开，然后一剑砍下了他的胳膊。奎特克用尤尔语骂了一句"该死！"，便摔倒在了栏杆上，胡须上已经有了星星点点的泡沫。

"头儿！"史密斯身侧突然传来一声大喊，他一回头便看到了卡尔薇丝。他刚想责骂她是个胆小鬼，却发现她推了一辆服务员用的手推车。苏鲁克举起画扔了上去。

新一批卫兵冲上了他们身后的构架台。噶斯特军正在把枪上膛，普朗戴着扩音器的大嗓门在拼命嘶吼着"不要开枪"。

卡尔薇丝喊道："头儿！我们现在该怎么办？"

史密斯回答道："这不是很明显吗？以民主和不列颠太空帝国的名义……快跑啊，伙计们！"

他们猛冲下构架台。苏鲁克推着手推车，史密斯和卡尔薇丝断后，尽可能多地抵挡敌人的火力。但是，仍有暴徒吼叫着，成群结队冲了上来。史密斯又射出两发子弹，其中一发击毙了一个伊甸恶棍，另一发子弹则击中了一名禁卫军的头盔——子弹击中头盔发出的巨大嗡嗡声把他吓得呆在了那里。

一架天使形状的侦察机在他们上方盘旋，颤抖着发出警告。仿佛是为了回应它的警告，左侧的一对金属大门突然被推开，一群欢呼的信徒潮水一般冲了出来。他们的头上戴着巨大的金属铃铛，每人手中拿着两把锤子。史密斯本以为他和他的船员们会被淹没在他们中间，却没想到他们竟然用锤子去敲自己头上戴的大铃铛。烟雾中，这群疯子像无头苍蝇一般到处乱撞，大铃铛帽子发出叮叮当当的声音，淹没了他们高唱的圣歌。苏鲁克推着手推车，在他们摇摇晃晃的躯体中间熟练地穿来穿去，显然，他正在极力克制自己拿出长矛在他们头上奏首曲子的冲动。

史密斯从口袋里掏出一个快速装弹器,往手枪里又装了一组新的子弹。卡尔薇丝冲到电梯前——她从没想过自己的小短腿儿竟能跑得这么快——按下了控制键。电梯门缓缓分开,苏鲁克将手推车推进了电梯中。

他咆哮道:"这玩意儿装不进去!"

卡尔薇丝喊道:"把它侧过来,你这傻瓜!"

"抱歉,我确实太傻了。"苏鲁克转动包裹,将窄的那一头儿先塞进电梯,然后他们三人也努力挤进了电梯。史密斯朝构架台下方射了两枪,确定没有人之后,关上了电梯门。电梯开始缓缓下降。

卡尔薇丝扑到墙上,呻吟道:"这一切,都是为了一幅该死的画。上面最好画了一些小马。"史密斯心想,她说的有道理,最好画上面画了几匹小马——毕竟,费了这么多工夫,要是画上没有什么具有真实艺术价值的内容的话,大家一定会非常失望。

电梯开始在他们周围隆隆作响,这时卡尔薇丝才记起来应该给猎枪重新装上子弹。他们上方铃铛声突然响起——急促的铃铛声就像跳动的脉搏。她说:"我们得离开这儿。"

"对!462 在这里,所有的地方……"史密斯附和道,接着他摇摇头,"我知道那个混蛋还活着,而且他们一定把他送到过莫洛克前线,至少让他做过什么调查工作。很显然,这个地方太小了,根本不足以满足他的胃口。"

卡尔薇丝指了指电梯开关:"我们差不多就要到底儿了。他们一定正在等着……"

史密斯说:"苏鲁克?是时候发出信号了。"

苏鲁克走到他身边,拿出一支信号枪。他把枪递给史密斯,说道:"马祖兰,必须由你发射它。我发过誓,我只能用祖先遗留下来的长矛战斗。枪只会衍生暴力。"说完,他面色庄严地拿出一对儿弯刀。

史密斯将枪在手里翻了个身,说道:"希望它能奏效。"

电梯震颤着停了下来,电梯门缓缓打开时,他把枪推入缝隙,向上倾斜,扣动了扳机。

火焰笔直地冲到"拯救"的上空,比将雇佣军和真正的宗教热爱者隔离的墙还要高。看到火光,战利品小屋中的秃鼻子船长激动得语无伦次。格罗格酒的泡沫突然喷溅出来,正好喷在他的面部中央,看起来就像一个会起泡的长鼻子。"跟我来,小伙子们!"他大喊着,踉跄着向外走去,鼻孔不受控制地发出咝咝声。他冲出门外,那种舞刀弄枪的手痒难耐使他近乎疯狂。他身后的伙伴们也都欢呼着拿起了各自的武器。

电梯门缓缓打开,一幅中世纪地狱之图展现在众人面前。史密斯一踏出电梯门,一群银河系最低等的海盗和人渣便涌了进来。他们浑身凌乱,怒气冲天地挥舞着枪、弯刀、大啤酒杯和抓钩。他们的长发后面露出布满伤疤正在狰狞大笑的丑陋面孔。警报声在不停嚎叫,屋顶上的警示灯也闪个不停。

在他们最右边,一座建筑的前端突然像吊桥一样落下,一个巨大的机器从里面滚滚移动了出来——它看起来有点像坦克,但上面的涂鸦装饰又像一个做鬼脸的傻瓜。大歼灭者的脸怒视着他们，它的长牙之中发出尖厉的怒吼。普朗站在远处，大声咒骂着今天的袭击者。一群狂热分子聚集在履带轨道上，疯狂地敲打着巨大的机器。有时候，长袍会阻碍工作，曾经有一个狂热分子就因为长袍被卷到了战争机器下面，去给齿轮当润滑油了。

海盗们在刀刃和枪炮的激烈冲突声中与伊甸人交火了。一枚火箭弹从海盗群中射出，炸掉了战争机器的一个炮塔。两个舱门从大歼灭者的胸口掉下来，但是很快，胸口位置上就补上了两把巨大的旋转枪。

卡尔薇丝倒抽一口冷气："他们有激光枪！我们得赶快离开这个鬼地方！"

她身旁的苏鲁克像小孩看到圣诞表演一样兴致勃勃地盯着战斗场面。"比老鼠还胆小的傻瓜，"他低语了一句之后拿起自己的长矛，"我要从你的胸膛上劈掉这些不顺眼的泥浆！"

史密斯答道："不，你不能去。"苏鲁克似乎有点泄气，委屈得就像一个小孩子把冰激凌掉在了地上。史密斯安慰道："伙计，我们还有那幅画，我们该回去了。"

05
船长与女王

当海盗们逐渐呈现败相的时候,约翰·皮姆号从飞船港口悄悄溜了出来。一艘船身上有数十条红色条纹,装饰着骷髅头的飞船在一片混乱中悄悄起飞,并没有引起人们的注意,因为他们都有其他的事情要担心。

"拯救"从飞船的监视屏幕中渐渐消失。它看起来就像一个火球,接着变成了火柴头,再接着变成了宇宙中的一个小红点,直至最后变成了银河系星图上的一颗青春痘。史密斯坐在船长座椅上说:"老天!这地方太可怕了!卡尔薇丝,设置航线返回太空帝国。苏鲁克呢?"

卡尔薇丝答道:"他去检查他产的卵了。他说你不会介意他借走你的板球棒的。"

"没错,那么……"史密斯站了起来,"我们去看看他们那幅珍贵的画?"

正如在不列颠太空帝国时那样,勇敢的探险家们总会有时间坐下来沏壶茶水，努力搞清楚他们到底偷来了什么无价之宝。史密斯把包裹放在货舱的最边上，然后开始用刀去割包裹上的绳子。他让苏鲁克继续照看他的卵，而没有来围观战利品：苏鲁克的艺术品位独特，而且对于那些还没有被他砍下头颅的人，他不允许墙上挂与这些人相关的任何东西。

史密斯认为自己要更为复杂一些。毕竟，隔得老远他就能从一大块蓝泰克上面辨认出亨利·摩尔的雕像。割绳子的时候，他就一直在想，伊甸人的画里究竟是什么东西：也许是令人憎恨的酷刑，尤其是那些针对女人的酷刑。他们真是一群变态。任何一个正常人都会想要得到穿着得体的女孩儿，像勃朗特姐妹，像……画框上的布掉下来时，他突然想到他真应该试着劝蕾哈娜再穿一次那件宽松的白色睡衣。

现在所有的秘密都解开了，但是史密斯并没有看到拿着连射枪乱放的邪恶天使，他看到的是他自己。他说："这竟然是一面镜子。太奇怪了。"

他伸出手，用手指轻轻敲了敲玻璃。没有发生任何异常。

卡尔薇丝一直躲在房间后面，相当谨慎地看着史密斯做这一切。她像一个走在悬崖边缘、害怕得头脑发昏的人一样小心翼翼地走到史密斯跟前。她说："你说得没错。他们一定是太蠢了，所以才会用这个来启动一艘飞船……你觉得他们会不会是把这个掉包了？"

史密斯答道："我不知道。奇怪，卡尔微丝，这太奇怪了。"

"奇怪。"她一直盯着镜中的自己，仿佛在期待镜中的自己能够对她眨眼,"不过,它还有一幅好框架。你可以把它带到文物博览会上去,看它值不值钱。"

"它看起来非常古老。我觉得,它应该是第一代帝国时的东西。"

苏鲁克大步走进房间,喊道:"各位好!有茶吗?"他看到镜子后皱起眉。"所以,这就是伊甸人想要保护的宝贝?有意思。难道它有什么奇怪或是险恶的地方吗?"

卡尔薇丝说:"除了你的影子之外,没有了。"

"古怪。我必须承认,这不是一个令人感到愉快的东西。而且在我看来,它的做工十分拙劣。它一定是需要更多的血迹才能变好看一些。"

苏鲁克转身时,卡尔薇丝指着他说道:"哦,你身上粘了个东西。"

"是吗?"

"对。你往镜子里看。往下一点,再往左……你屁股上粘了一只青蛙。"

史密斯附和道:"没错。把你的手往下,放到——这儿。"

苏鲁克伸手一摸,发现他的牛仔裤上,有一只大蟾蜍一样的生物用尖牙咬在了他的屁兜上。苏鲁克仔细地掰开那个生物的下巴,把他捧在手掌中,那个小生物就那么蹲着,用不加掩饰的恶意盯着自己的父亲,小小的獠牙在宽阔的大嘴边闪闪发光。"这就是我的一个卵孵出来的。他们正在出牙,并且试图毁灭一切。"

史密斯说:"很明显是这样。"用这种方式来证明孝顺,确实是挺奇怪的。

苏鲁克摇摇头:"幸亏我没有屁股。而对他来说,也幸亏我不喜欢坐着。不过,看到我的孩子正在变得越来越凶猛,我感到很高兴。我要把他丢回引擎室里去。"

卡尔薇丝说:"令人高兴的是,终于有人能对上你的胃口了。我们来沏茶吧!"

其他人在客厅里沏茶时,史密斯检查了一下扫描仪。伊甸人现在一定已经愤怒得快要疯了。一旦他们镇压了太空海盗的起义,接下来就是激动人心的大型武装追捕了。

而462呢?真难相信,那个恐怖的小生物怎么能活到现在呢!每次他们见面,史密斯都会帮他除掉一部分敌人,而462则会顺杆往上爬,在噶斯特军中的地位也更上一层。史密斯点着激光雷达,心里想着,会不会自己和462就永远困在了这个战斗的怪圈里,直到两人老去。史密斯觉得这样一个画面简直比噩梦还恐怖:和一个九十岁的巨型蚂蚁摔跤,它的触角已经软塌塌地立不起来,并且屁股像皮革大衣一样坚硬。

史密斯努力将自己的注意力集中在扫描仪上。他们正在渐渐接近不列颠太空帝国的边缘,应该很快就能看到在边境巡逻的战舰。运气好的话,还能彼此打个招呼,要些给养。

控制板上的灯光一闪一闪,老旧的有机玻璃后面,指针像圈养的蛾子一样在不停颤动。史密斯拉动了打印机的杠杆,当打印机中涌出的纸带开始一圈一圈缠绕起来时,他从书架上拿了一本《太空飞船残骸的观察者手册》。

外形符合——他们遇到了一艘大型飞船。从飞船喷出的核蒸汽以及从排污口排出的茶叶饼屑来判断，它应当是帝国的飞船。他飞快地打出一个消息，转动了一下标记着"广播"的手柄之后便满意地回到了货舱。

镜子就立在货舱后半部分的墙上，看起来就是一个没什么用的椭圆形东西，跟跳蚤市场卖的外星方尖石塔一类的东西没什么区别。他照了一会儿镜子，然后又盯着装饰镜框看了一会儿，试图搞清楚角落里的那些小标记是什么意思：其中一个小标记看起来像个方块，而另一个标记又像个心形，它们被切成小块然后随机排列了起来，上了色的藤蔓像小花一样覆盖住镜框，几乎淹没了那些小小的符号。确实太奇怪了。

他一时兴起，绕到了镜子后面。镜子后面绑了一根弹力绳，下面塞了一张纸条。他瞥了一眼纸条的抬头，看到上面有字迹：神圣的主教们请注意……史密斯大步走进客厅——这个消息值得和船员们分享。

"老兄，我有一个新发现。我发现镜子后面塞了这个东西。"他说着展开了纸条。苏鲁克从桌子上滑过来一个杯子。

卡尔薇丝问道："上面写了什么？"

史密斯将纸条举到灯光下，说道："哎呀。神圣的主教们请注意，在文盲周的宣传海报上发现了一个印刷错误。海报上需额外增加一块区域，上面写上：枪是好东西，钢笔则很邪恶。为了避免引起大家的误解，阴茎也是邪恶的，我们在稍后的自恶周海报上会提到这一点。"史密斯放下纸条，说道："好吧，这太令人沮丧了，真的。"

卡尔薇丝答道:"这大概就是问题所在。"

史密斯失望地将纸条翻了过来。纸条的背面是一幅中世纪的绘画,它常常被用在伊甸的信纸上,史密斯认出了那幅画的名字《该死的人正饱受乐器的折磨》。这实在是让人讨厌的发现。史密斯看到一个男人被一个放错位置的双簧管折磨得很惨,他想,光是听一个小孩播放录音机就已经够受的了。

"那么,我们到底弄回来一个什么东西?"卡尔薇丝把头埋在饼干桶里,头也不抬地问道,"除了普朗勋爵最喜欢的装饰屏风和一群能为我们寻找银河边缘的女神,还有什么?"

史密斯答道:"我不知道。但是伊甸人想要这个东西。他们都是些坏家伙,因此我们把它偷回来一定没错。要是没有什么别的问题,我们就把它交给不列颠博物馆。要是伊甸人敢去抢,他们会好好招待伊甸人的。"

卡尔薇丝说道:"无所谓,反正对我来说它没有什么意义。我只是希望德莱基特能够在这儿,他一定会知道我们该怎么办。"

"他当然会知道该怎么办了。"史密斯心想。德莱基特最早是个机器人杀手,也当过私家侦探,而现在他已经成为特工处最为厉害的人物之一。在狭窄的街道上追捕犯罪团伙多年,德莱基特很可能想用一台打字机打败一些疯子,然后像一个骗子去骗取流浪汉的铺盖卷那样努力地吹嘘自己有多么厉害。这真是……太好了,也许。

他说:"我更希望蕾哈娜能够在这儿。这种事她最擅长了。"

卡尔薇丝叹了口气说道:"头儿,你又得相思病啦?好吧。

但是就算没有她，我们一样能够解决这件事。我是说，她对于战争来说，起到的作用也没有那么重要。还记得吗，他们发起'为胜利而挖掘'的战役时，她竟然让我们听爵士乐！"

"她的建议很受欢迎啊，"苏鲁克说着喝下一大口茶，然后将茶杯夹在大嘴之间咬住，把手伸向了饼干罐，"另一方面，我的后代数量庞大又极容易发怒，而因为我没有屁股，我的裤子才幸免于被他们啃咬。这是个不错的预兆。"

"可能是吧，"史密斯说着重新填满了他们的茶杯，"但是你还需要知道一些其他的事情。我通过雷达找到了一艘不列颠飞船，并且在我们搬镜子的时候就已经向它发送了护航的请求。幸运的话，他们会找到我们，为飞船护航直到我们安全，之后一切就结束了。"

他的目光从苏鲁克身上转到卡尔薇丝身上，看到他们都露出了不相信的表情，又补充道："另一方面，我们也有可能陷入大混乱之中而不得不通过战斗开出一条生路。"

苏鲁克说道："没错。马祖兰，你知道的，刚刚我真的有点担心你。"

462一瘸一拐地走进了普朗的办公室。办公室里空间不大，地下传来的灯光将整个房间照亮，红色的灯光落在镣铐和审讯工具上。普朗坐在办公桌后面，桌上立着的《新伊甸圣令（第十一版）》像座墙一样将他和462隔离开来。他把《新伊甸圣令（第十版）》

垫在屁股底下，用额外增高的几英寸为自己增添一点尊严。

462环视四周，视线一一扫过阴暗的红色房间、火焰以及刑具，说："普朗勋爵，我能问一下吗，你最喜欢的地方是地狱吧？"

"当然了！"普朗扮了个鬼脸，在座位上转了转圈，"旅鼠人呢？"

"奎特克大使正在欣赏你的飞船作品。我们发现旅鼠人真的很好哄。也许他现在已经爬进飞船引擎里了吧！"

"若是他真的在里面，那么……飞船启动的话，他就死定了，再也回不来了。"普朗哈哈大笑，结果刚笑了一声，就变成了呼哧呼哧地咳嗽。"那些该死的袭击者杀死了贝利亚斯。"他上气不接下气地说。

"不过是一个无关紧要的下属罢了。你还有其他的下属呢！"

"他是个好家伙。哎呀，实际上也不算是个好家伙，应该说是一个傻瓜，但他却是一个值得赞誉的傻瓜。"普朗拿一根手指戳着桌子说道，"我们需要让那些该死的亵渎者付出代价！"

房间另一头的屏幕闪烁着亮了起来。"你想要一个关心你的政府吗？你想要一个关爱穷人和帮助有需要的人的神灵吗？你当然不需要！你需要的是一个鄙视你和疯狂掠夺你财富的政府，你需要的是一个只想消灭一切的神灵！因此……"普朗调低了音量。

462说道："你要知道，那种关心人的政府已经有五百年没有出现过了。"

"我当然知道，你这只年轻的暴躁蚂蚁，别在我面前班门弄斧。但是你必须要让人们保持恐惧，这样才能保证金钱的持续输入。而有更多的钱就意味着能拥有更多的女仆——或者，视情况而定，也有可能意味着获得更多的痔疮膏。"他不太舒服地扭了扭屁股，继续说道，"那么……我正在太空中搜索，寻找那些偷走我们神物的袭击者。"

462盯着普朗书架上的书堆瞅了一会儿，拿出一本《颅相学与针灸》的复印本，看到封面上那个面容扭曲的家伙时，皱了皱眉，又将它放了回去。"你知道那个袭击你的人是谁吗？"

普朗耸耸肩膀，说道："一个来自不列颠太空帝国的异教小仙女。"

"不，"462背过身去，双手在背后紧握，"他的名字是伊桑巴德·史密斯。他害我戴上了这只金属眼，变成了瘸腿，还在我的手上留下了这道'谢菲尔德制造'的伤疤。"

"听起来像是他踢了你的——那是什么东西？你的胸部？"

462的触角激烈地抽搐起来："那是我的屁股。银河系中进化等级最高的废物处理器官。它的工作效率仅与其气味的愉悦性相匹配。但是那都离题了。在一副傻乐的外表下，史密斯拥有与纯种蚁狼相匹敌的狡猾与凶猛。我必须承认，他伪装得太成功了。"

"听起来像个难缠的顾客。"

"他就是个难缠的顾客。普朗勋爵，你必须小心这些不列颠人。我已经广泛研究过他们的文化。他们用温和的外表掩盖住了内在的力量，就像他们那儿一种叫作'康乃馨糕点'的小饼，酥脆的外壳里面隐藏了香郁的肉馅。他们的社会将他们武装得像是为战争而生。不列颠的孩童从出生时起就接受了洗脑。他们开始于一个代号为'与母亲一起观察'的教导项目,然后又通过被称为'向导和童子军'的准军事侦察组织的层层训练,我们将他们统称为'布朗格沃之家'。之后他们还要深入学习各种艺术,将心理调适到可以与禁卫军风暴团相抗衡的水平。除此之外,他们还要摄入巨量的茶——平均每个不列颠人每天要消耗一点五到五升茶水。"

"哦。"

"说真的,我们也曾尝试过效仿他们饮茶,但是我们针对迪德科特的进攻并未完全取得成功。"462将眼神撇开,努力甩掉那些不愉快的记忆,"把你的人派出去寻找史密斯吧!要是没什么别的事的话,就给他找点麻烦。我们需要白马号去攻击下一个目标。"

"什么目标?"

"这是秘密,普朗。我只能告诉你这会涉及无情的杀戮,不过我想,这应该能满足你的宗教情怀。"

"需要帮助有需要的人吗?"

"不需要。"

"那好极了,我加入!"普朗激动得一手握拳,在另一个手掌上一拍,然后又赶紧检查了一下自己的手指有没有掉下来,"我讨厌有需要的人,他们都是些蠢笨的弱者。只要能确保有足够的大屠杀,伊甸就听你指挥。"

"大屠杀一直都有。"462说完,笑着转身离开了普朗的办公室。

在小脚轮低沉的隆隆声中,西奥菲利乌斯·查博推着一辆载满食物的小手推车沿着皇家太空舰艇喀迈拉号的走廊缓缓走了出来。作为二等指挥官和飞船上的机器人,运营一艘帝国无畏舰的重担落在了他的身上,任务中包括叫醒舰长。他停下手推车,从背心里掏出怀表电话看了下时间。

查博边敲门边将门打开,大步走进了菲茨罗伊舰长的房间。"早上好,早上好!"他咯咯笑着,搓了搓双手,"今天真是个美好的早上,夫人。"

费莉希蒂·菲茨罗伊从床上坐起,把趴在被子上的条纹巴格帕斯猫赶到了一边。猫嘶吼了一声,打了个哈欠又继续去做美梦了。

菲茨罗伊舰长只穿一件常规太空短裤就起了床,她揉揉双眼,像要击打天空一样将双臂伸向了天空,说道:"你好,查博。今天又是太空舰队里美好的一天,对吗?"

"当然了,舰长。现在,"在菲茨罗伊放下手臂去触摸脚趾时,他又补充道,"我认为现在我该呼叫早餐了。我觉得,半份化合烤油鸡和一杯波尔多葡萄酒应该就足够了。"

菲茨罗伊舰长拿起自己佩戴着肩章的深蓝色晨衣,穿到了身上。"真是个好主意。"她俯下身去,戳了戳堆叠的厚厚的被子。被子里发出几声呻吟,詹姆斯·沙托华斯——一位优秀的太空战斗机飞行员,缓缓拉下羽绒被,露出了自己的双眼。

菲茨罗伊舰长说道:"早上好,小懒虫。"

"啊。"

菲茨罗伊舰长问道:"猜猜我昨晚吃了什么?"

他呻吟道:"我不知道。喝了很多酒?"

"你呀!"她转转胳膊,吼道,"我把你撞傻了吧?谁是舰队里最好的女孩儿,嗯?"

他虚弱地答道:"是你。"

"很好。"他若是不知道问题的答案就不对了,因为昨晚在作案现场,菲茨罗伊已经因为这个问题吼过他好几次了。

"听着,菲茨罗伊,我们真应该停止做这种……"

"如果你不想参加战斗,那就把你的长矛放在城堡里吧,"菲茨罗伊舰长说着大步走进了浴室,"我们没有时间继续懒惰了——我说得对吗,查博先生?"

"您说的当然对了,夫人。"查博说着摆动了几下脚后跟,"您知道的,我的熟人中,有一个最懒惰的家伙叫作弗伦普顿·斯——"

"等等,恐怕,"她盯着镜子里正含着牙刷的嘴巴,答道,"今天会很忙。查博先生,今天我们有什么任务?"

"哎呀,让我看看。"查博拿出自己的怀表状记录仪,把它轻轻打开,看了一眼屏幕。浴室里传来一阵窸窣声,菲茨罗伊舰长在穿衣服了。查博继续说:"我认为,今天我们要做的事情应该不多。"

"好极了!"菲茨罗伊舰长从浴室中出来,一边走一边穿衣服。"在帝国的边境巡逻吗?命令所有人登船,"她说着调整了一下自己的胸罩,"查博先生,让服务机器人在床柱上再切一个凹槽。启动甲板抽汲机。哦,还有,顺便把猫喂了,好吗?"

卡尔薇丝待在驾驶舱里。苏鲁克已经回到了自己的房间，开始打磨那些新增的头盖骨收集品，并为它们重新排列顺序。史密斯突然觉得疲累又孤单，因此决定去蕾哈娜的房间里看一看。

他走进蕾哈娜的房间，莫名地有些偷偷摸摸的感觉，即使他进她的房间看看只是因为他真的非常想念她。真奇怪，她的小房间和其他人的小房间是那么不同。每个房间好像都把房主的某些人格困在了里面，就像将小精灵困在了瓶子里一样。史密斯的瓶子里一定含有茶；苏鲁克的瓶子里可能是鲜血；而卡尔薇丝的瓶子里，也许是一边喝着普罗赛克葡萄酒一边享受泡泡浴吧。天花板上悬挂着一个真正的部落捕梦网，它看起来就像从重型卡车护栅上垂下来的死鸟。史密斯矮身从捕梦网下穿过，在书架前停了下来，惊叹于蕾哈娜收藏的书竟然如此之多。

他随手从书架上拿出砖头大小的一本书，书脊上画了一条龙：《瓮星龙骑士》。他小心地将书放回了书架，以防同系列的其他几本书掉下来把他砸倒。在这本书旁边是一本有关性别政治的学术研究著作。史密斯对于性别政治知之甚少，尽管他的祖父曾告诉过他，投票给自由党就代表支持女孩儿。他转过身，不确定自己究竟在寻找什么，但他十分确定他找不到自己想要的东西，除非蕾哈娜此刻正躲在橱柜里。

在某些东西的驱使下，他走到了她的床边。他在床旁的一张小桌子前停了下来，那是一张真正的由传统生产线上制造出的简单机器人手工制作而成的桌子。他更不确定自己到底在寻找什么了，但是他知道自己现在感觉暖和了一些。他要找的也不是桌子上的设备——一部分是水烟,一部分是炼丹仪器。史密斯坐在床上,闻着床上香喷喷的味道,决定在上面睡一会儿。

他们闯入伊甸内部,摧毁了伊甸人和同盟军的邪恶计划,并偷走了他们的东西。度过了这样繁忙的一天,他确实应该休息一下了。他们很快就能进入太空帝国的领空,在那里一切都不会有什么问题,而他也可以把那面奇怪的镜子交给政府机构。之后,他便可以看到蕾哈娜了。

他闭上了双眼。

等史密斯一睁开眼,就觉得有什么不对。片刻后他才意识到,原来这种感觉来源于天花板上缺少了飞船模型。他从床上坐起来,突然记起这里是蕾哈娜的房间。门旁的空气中有一股奇怪的浓烟。他揉揉双眼,浓烟凑上前来,朝他伸出了一只手。

史密斯在太空中经历过各种各样的恐怖事件,可谓见多识广,所以乍一见到这样的景象,他也不过后退了不到十厘米。那是一个沃尔人,一种古老的能量生物,帝国正努力与他们达成一份盟约。但是它在这里做什么呢?随着浓烟渐渐凝聚成形,史密斯倒抽一口冷气,他认出了它的长发辫和脸庞。

"帮帮我,伊桑巴德!你能告诉我我是否成功了吗?"

史密斯答道:"我觉得应该是成功了。要不就是你做得好,要不就是我脑袋出问题了。你是……蕾哈娜吗?"

那个形状答道:"没错。有几分算是吧!我更像是蕾哈娜的灵魂，现在透射在了你的面前。我的身体正在冥想，但是我的灵魂却已经出窍——找到你的灵魂可真难。"

"对呀，我在离你很远的地方呢！"

"嗯，对。差不多吧！所以，伊桑巴德，和我说说话吧！"

"你最近怎样？"

"我很好，谢谢你。我没什么可抱怨的。"

史密斯本能地向上瞥了一眼，突然意识到在约翰·皮姆号的飞船内部，没有什么天气可言："你已经到了你要去的那个地方吗？"

"到了，谢谢关心。我不能告诉你我现在在哪儿，但是我觉得这里很酷。我和沃尔人在一起，他们教会了我如何释放自己的精神力量。"模糊的影子像在调整一对儿扬声器的平衡一样，做出一个模糊的称重的手势，"它能通灵。"

"好极了。我们找到了那艘炸毁护航队的飞船。"

"真的吗？"

"当然了。是伊甸人炸毁了我们的护航队。我们突袭了他们的星球，并炸死了他们许多人。有一个家伙，他向我跑来时，我拿起自己的"开化者"手枪——砰——射中了他的眉间。烧死在火刑柱上吧，这个恶棍！"

模糊的人影抱起双臂，叹了口气。

史密斯赶紧补充道："不过，讲真的，我能快点儿见到你吗，我的姑娘？"

"我会努力的，伊桑巴德。我必须得走了，我要和一些人讨论关于和平的事。"

"但那是你在这里才会做得更好的事情。就算我想杀了他们的时候,你也会和他们讲讲和平。"

蕾哈娜叹道:"就不能通过非武力来解决争端吗?"

"我也希望能通过非武力来解决,但是这取决于对面的仁兄是否理智。我很高兴你不是出生在两百年以前。"

"出生在两百年以前又怎样?"

"你会推翻世界政府的。在 2300 年,地球变成了一个非常糟糕的地方。不列颠几乎还覆盖不住不列颠群岛,更不要说其他地方了。霸权主义者吸干了地球,世界上许多地方都变成了地狱。到 2325 年,伦敦最受欢迎的快餐就是伦敦人。正是因为这样——"

"伊桑巴德,吻我。"

"但是你现在只是一堆空气。"不过,他想到,如果她想要他吻她的话,就算她不是个实体也不能拒绝这个要求。他站起来,轻轻凑上前,吻向那片构成她脑袋的浓烟。

她说:"我觉得你亲到我的大脑了。抱歉,你能不能向后靠一点儿。"

史密斯伸出一根手指戳向她的胸部,感到了一点小小的阻力,于是他伸出双手又试了一次。

"伊桑巴德,外面传来的声音是什么发出的?"

"不是我。"他嘀咕着。确实不是他。

蕾哈娜说道:"我想那应该是卡尔薇丝。"

史密斯静静听了听。可能什么也不是吧。也很有可能,卡尔薇丝正在跟着无线电唱歌呢!她似乎喜欢听流行音乐,例如最近她买的最畅销的《九寸玛丽莲与愤怒的孩子》——这让他有些担心她是不是进入了某种机器人的青春期。"她太奇怪了,"他想,"她年纪不大,可行事完全不像一个女孩儿,但另一方面她还幼稚地痴迷于那些小小的雌雄同体的马……"

他看着蕾哈娜说道:"我觉得它什么也不是。"

"伊桑巴德,我必须得走了。我的力量正在减弱,而且现在也差不多该吃晚饭了。"

"哦,好。"

"伊桑巴德,保重。"

"我会的。你也是,好吗?"他后退两步,挥了挥手。

蕾哈娜的身形凝聚了一会儿,史密斯甚至可以看清她的发辫。她笑着说道:"祝你好运。"

"去吧!"

"哦,老天爷!"卡尔薇丝的喊声从飞船的货舱传来,"那面镜子!"

史密斯回头看了一眼,然后对蕾哈娜说道:"再见!"说完便跑进走廊,风一般掠过通道。他那只穿了袜子的脚踩在金属地板上砰砰作响。他猛地推开气闸门,跌跌撞撞地冲进了货舱。他没想过会看到这样的景象——镜面上闪烁着图画,灯光在镜框周围闪耀。他顿时僵立在那里,直勾勾地盯着房间尽头的镜子。

卡尔薇丝站在镜子前面,背对着镜子,正在回头看她在镜中的影子,说:"你看我怎么了?"

史密斯看看她，没发现她和平时有什么差别：小矮个，中等身材，穿着战斗短裤和制服背心，T恤袖子卷起来，头发拢在脑后扎成了一个马尾。"你看起来……很正常。"他冒险做出了回答，隐约觉得这里似乎已经变成了危险区域。

她说："但是，我的屁股……"

史密斯说："平时也是这样，当然了，我并不是说它看起来有点儿胖……"

但是他说得太直白了，因为她已经绝望地号叫着冲出了货舱。史密斯摇摇头，又检查了一遍镜子。他没有看出任何特别的地方。实际上，镜中的影子看起来非常不错。

一回头，史密斯赫然发现苏鲁克就站在他旁边。苏鲁克说道："它真的很奇怪，也许是镜框里有什么东西。"

"也许吧。我知道了——不如我从后面把镜框拆下来看一看？"

苏鲁克皱起眉："你这么做合适吗？那样的话，这东西的价值可能就会严重降低了。"

"当然了，我可是——我是一个小伙子。苏鲁克，站在那里看清楚了。下面就是见证 DIY 力量的时刻。"

"我不同意你的计划，马祖兰。你还记得你上次试图修电视机时发生过什么事吗？"

"我不记得当时发生过什么不对的事情。"

"那是因为你昏迷了。走吧。把它放在那儿别动，你依然是个勇士。"

"哦，那好吧。我只是看看是否……"

"头儿？"卡尔薇丝的声音从驾驶舱传来，"我实际上并不想搭理你，因为你对我的屁股说出了那么粗鲁的评价，但是我们刚刚收到了其他飞船打招呼的消息。"

"真的吗？"史密斯不再管苏鲁克，风一般冲进了船长座椅中，"是谁？"

"他们。"卡尔薇丝说着指了指挡风玻璃的上方，一艘巨大的宇宙飞船正行驶在他们上方。

灰色的战舰沉默着从约翰·皮姆号上方划过，像一片钢铁构成的天空。飞船船体大致呈箭头状，船身两边覆盖着导弹仓、鱼雷舱口和城堡大小的炮塔，每个炮塔上都竖着一对巨大的轨道炮。约翰·皮姆号像是从一个军事城市上方飞过，只不过方向颠倒了。

灰色飞船的舷窗里闪耀着灯光。一排排灯光纵横交错，在船身上构成了一个足球场大小的不列颠国旗，在漆黑的宇宙中闪闪发光。无畏舰船身侧边的喷绘是一头足以吞下约翰·皮姆号的雄狮直勾勾地盯着一只比恐龙稍大一些的独角兽。在雄狮与独角兽之间，"HMS 喀迈拉"字样赫然在目。

史密斯低声喊道："该死！"这才是真正值得敬畏的东西，一座飞行的堡垒将正义的讯息散播在银河之中，为整个银河系播撒文明。相比之下，史密斯的飞船是那么渺小，如同大象背上的一只虱子。

"卡尔薇丝，"史密斯找回说话能力之后，说道，"跟无畏舰打招呼！"

"我该说什么?"

史密斯明白她的感受。与这样一艘强大的飞船打招呼,很难知道到底说什么才不会很掉价:"哦,试试问一下他们在做什么吧?"

卡尔薇丝发出信号,当信号通过机器传入太空时,史密斯坐回座椅中,静待回信。

通信器中传来一个平静的带着鼻音的声音——像大多数战舰一样,喀迈拉号大到足够拥有一个具有自我意识的智能主机。它说:"下午好,约翰·皮姆号,我的名字是戴夫。"史密斯窝在船长座椅中,发现那个声音虽然很平静,但是让他感觉有点儿不舒服。"你介意我叫你约翰吗?约翰,你在……找我吗?"说到 S 音的时候,它似乎说话有点儿漏风,"你想让我参加交流,联络……和你对接吗?"

"哦……"史密斯说。

无线电中传来另一个声音,这声音更深沉,更发自内心:"嘘,电脑,你别说话。女士们,先生们,我向你们致以最诚挚的道歉。西奥菲力乌斯·查博,诚心为您服务。进入我们的货舱,在一年中这个非特定节日但却值得欢庆的时刻,你们将会受到最热烈的欢迎!"

卡尔薇丝扮了个鬼脸:"十有八九,他们是同一个人。"

史密斯说:"我们对接。"

一辆小面包车从惠灵顿主星的主服务走廊里滚了出来。一排排显示灯在小车的上方不停闪烁，小车左拐进入了一个自助餐厅。

W大踏步走过会场的主舞厅，这里曾经是一个金属废料处理室，直到几天前，管理员巴顿午休时在这里建了一个大型槽车轨道。现在，服务机器人将黄铜部件打磨得锃亮，一个机器叉车隆隆驶过，将扬声器放到了小舞台上。两个技术人员倒挂在房顶上，正为一些电路问题争论不休。

巴顿俯身在一个自动推进工作台上，用焊枪触碰一台球形的探针式机器。巴顿兴致勃勃地全身心投入到准备工作中。他已经用一台备用的非杀伤性防爆迫击炮造出了几个烟雾机，目前正把特工处的一架审讯无人机改造成一个盘旋的闪光球。

一位年轻的机器人小姐站在房间后面，正在剪贴板前勾掉一些项目。她小心翼翼，甚至是近乎严苛地看着工人们工作，但是当W走到她身边时，她回过头笑道："早上好。"

"黎明，怎么样了？"

"还可以，"黎明说着在表单的其中一个项目上画了一条整齐的横线，"差不多就是完全疯了吧——我是说，完全符合特工处的标准。我们已经为外星人安装了所有的救生设备，接下来只要竖起那个指示他们如何排队的牌子就行。至于娱乐，我们请来了毛里斯·E.史密斯和他的大好时光乐队。他们应该能带动起全场的气氛。"

"很好。你在附近见到过温斯科特吗？"

"他正在检测咖喱机的安装是否存在问题。就是说，他现在正在测试咖喱机好不好用。"

"多谢。我这就去找他。"

曾经不愉快的经历让外交使团们意识到,所有东西都应当同一时刻到达,并且每个人都应当知道他们该期待的是什么东西。帝国第一次与忒勒马科斯群星的巨型硅基生物会晤时,一批小零食在使团到达前两周提前到达。而硅基生物们,之前得知的消息是人类都是粉红色的体积相对较小的生物,因此它们将一盒冻巧克力误认为是帝国大使,花了相当长的时间才弄清楚他们的访客究竟是用低温冷藏这种精妙的仪式冷落他们,还是只是平白无故地死去了。之后,他们将小香肠盘菜解冻并吃了下去。战争专家们为这究竟是一种挑衅行为,还是只是一道午前点心而分成两派,争论不休。

W双手插在粗花呢大衣的口袋里,大步走进自助餐厅。他一眼就看到身穿米色短裤的保安部代理主管正坐在两台灯光明亮的自动售货机之间,从一个纸盘上往外铲咖喱。

"啊,"温斯科特说着抬起头来,"我只是来试一试机器好不好用。现在我比较喜欢'调料很好'这台机器,不过'调料必须流出来'现在喷出来的这些印度咖喱也很不错。你要尝一尝吗?"

W用瘦骨嶙峋的手指在酱料上蘸了一点,舔舔指尖说道:"哦,似乎味道有点儿淡……不,我现在尝到的是——该死!"他大声咳嗽起来,嗓子里发出"咝咝"的声音,整个人几乎弯成了两半。W满眼泪花地靠在墙上,扒着墙努力直起身,缓了一会儿说道:"那不是咖喱,那是能致命的毒液。你敢再吃一勺吗?"

"抱歉,这是工作。我正在检查自助餐厅的潜在危险,"温斯科特解释道,"吃一肚子这种东西,消化应该会特别快。别以为你已经找出了所有的安全问题——你有发现诸如此类的危险吗?"

"目前还没有发现什么问题。"

"好吧,就当我没问。"温斯科特回过头继续吃早餐。W 则大步走出了自助餐厅。

太空,尽管在名义上受皇家邮局管辖,但是这种管辖却非常无力,因此约翰·皮姆号与喀迈拉号同步对接时,不守规矩到像两只发情的野猪一样对着横冲了过去。喀迈拉号对接舱只是战舰船体上突出来的众多物体之一,大多数突出物都是武器,因此他们必须操作准确,以免一起飞就直接掉到炮筒里。约翰·皮姆号的对接舱气闸门吱嘎打开了,一个又高又胖的男人出现在门前。他身上的脂肪如此肥厚,以至于史密斯一看到他,便本能地联想到约翰·布尔与塔克修士。史密斯踏进对接舱时,那个男人朝他伸出一只又宽又肥厚的大手。

"你好,先生,我是西奥菲利乌斯·查博,这艘强大飞船上的机器人。你就是史密斯船长吗?我这么叫你是不是有些冒失了?"

史密斯答道:"对,我就是史密斯船长。"史密斯对查博的废话连篇有点儿厌烦。查博握着他的手剧烈摇晃起来。

"好极了。"查博对卡尔薇丝深深鞠了一躬,并摘下了自己的帽子,"年轻的女士,也祝你今天过得开心。你是这位绅士的情人,还是他将你从耻辱的生活中拯救了出来?"

"我是波莉·卡尔薇丝,一个仿生机器人。我很高兴能再见到一位机器人。这是苏鲁克。"

苏鲁克说道:"你好,智能机器人。愿你的快乐像你的脂肪一样多。"

查博先生说道:"哦,够多啦,够多啦!这边,请跟我来。"他转身带路,史密斯他们跟在他肥大的裤子后面沿走廊走去。

甬道尽头,一盏红色的灯一闪一闪亮了起来。灯下的扬声器吱嘎作响。

"晚上好,查博先生。这些人都是新来的访客吗?"

"没错,戴夫,他们都是访客。"查博瞥了一眼史密斯,又补充道,"这是飞船上的智能主机。"

戴夫自言自语道:"他们给我派来了一个访客?怎么……这么奇怪?"

查博转了转墙上的一个拨号盘,但是什么都没有发生:"戴夫,你这个大好人能把气闸打开吗?"

"嗯,"红灯闪了闪,"也许行,也许不行,但是你们必须先帮我个忙。告诉我,你们最喜欢的高德博格变奏曲是什么?快点回答'光阴似箭'。"

查博皱起眉头:"你现在就把气闸打开,不然我就移除你的巴赫欣赏电路,这样你能欣赏的就只有童谣了。真是岂有此理!我要把你重新组装一遍,让你每次想要欣赏音乐的时候都难过地哭泣。现在打开……"

"我真是个大好人,"电脑主机说着,气闸门缓缓滑开了。

查博说道:"我们买来它的时候很便宜,非常便宜。"

史密斯问道:"那么你们的舰长在哪儿呢?"对接舱通到一个大厅入口,大厅中装饰着皮革座椅和生长茂盛的蜘蛛抱蛋。大厅最远处的墙上挂着一幅飞船的巨画,它将另一艘外国飞船的船侧炸成了碎片。

查博说道:"很遗憾,先生,菲茨罗伊舰长现在很忙。先生,我已经知会过舰长您的到来,但她现在正在处理一件非常重要的事情。"

正说着,一扇侧门突然打开,一个女人大步走了进来。她身形高大,有着金色的秀发,大约四十多岁,神态略有些憔悴。她穿了一件大小看起来和史密斯的夹克衫差不多的夹克衫,只是她的夹克衫是海军蓝并且上面还装饰着各种各样的勋章。比较特别的是,她的下身搭配了一条超短的百褶裙和长长的白色袜子。"早上好!"她边说边穿过房间,走到对面的墙前面打开一扇门,又停下来回过头说道:"查博,这些就是新来的家伙们吗?"

查博拍拍自己的肚子,转过身面对自己的舰长:"舰长,他们就是——从本质上来说,是新来的。"

"天呐,"菲茨罗伊舰长盯着新来的人们向前踏出一步,然后突然踮起脚尖,行了一个军礼,"费莉希蒂·苏珊娜·玛丽·菲茨罗伊,帝国太空舰队的舰长之一。这是喀迈拉号——舰队中最好的飞船,而我,是舰队中最好的船员以及最棒的女舰长。查博先生,我说得对吗?"

"您说得当然对了,夫人。"

"你说话总是最讨人喜欢。现在,新来的伙计们……谁先开始自我介绍?"

史密斯伸出一只手。菲茨罗伊的手握起来就像钢铁一样坚硬:"我是伊桑巴德·史密斯,约翰·皮姆号的船长。"

"好极了。你们的飞船一定非常强大,毕竟你是个健壮的男人。好了,我们稍后还有很多时间详谈,现在,这是谁?你好,小家伙。你应该是刚加入队伍的吧?"

菲茨罗伊和卡尔薇丝握手的时候,卡尔薇丝向后缩了缩:"我是飞行员。"

"真的吗?上次我见到一个像你这么高的家伙时,我拉着她的马尾辫还偷走了她的午餐。"菲茨罗伊舰长突然像只受惊的鸟儿一般爆发出一阵狂放的笑声,笑声震耳,直冲天花板,"我只是开个玩笑。她实际上和我是一个曲棍球队的。她叫哈丽特·派勒。虽然已经二十八岁了,但是她有着十八岁的身躯和虎妞的灵魂。"菲茨罗伊舰长的眼神越过卡尔薇丝头顶看了看气闸,然后她又转向苏鲁克问道:"那么,这又是哪位?"

苏鲁克答道:"我是杀戮者苏鲁克。一位伟大的勇士,也是敌人的终结者。我可以以一当十,除了十个人中最特殊的那……"

"老天,你说话说得这么好。"

"毕竟我不是野人,大块头的慈爱女士。"

菲茨罗伊舰长耸耸肩,回头看向史密斯,问道:"那么,你们这些家伙怎么会来到这里呢?我相信,你们应该不仅仅是来和我交换公海的故事这么简单吧?"

史密斯解释道:"我们最近突袭了伊甸的基地,从那里带回了一个东西,这东西似乎与某种飞船驱动装置有关,我们要将这个东西安全运回不列颠太空帝国,因此我们需要保护。当然了,这东西是个最高机密,我不能告诉你它具体是什么。"

"真的吗?是什么?"

"我不能说,"史密斯决定不再谈论细节,大部分原因是因为他已经开始怀疑自己是不是只成功地偷了一面镜子。

菲茨罗伊看了看查博,又看了几眼自己的怀表,咯咯笑了起来:"史密斯船长,我认为我们的飞船上可以再容纳几个人。我是说,人越多,越热闹嘛!我们可以喝葡萄酒,吃馅饼,就像过圣诞节一样。"

查博说道:"这是个极好的想法,夫人。"

菲茨罗伊说道:"那好吧,听起来好极了。我们八点钟吃晚餐,打扮得庄重点——我一定会打扮得庄重一些的。哦,如果你们需要保护,史密斯船长,你们为什么不把飞船停到我的货舱里来呢?"说完,她敬了个军礼,朝史密斯眨了眨眼睛,大步走开了。

史密斯看了看苏鲁克,他似乎还很懵懂。史密斯又看了看卡尔薇丝,她一边的眉毛挑得老高,史密斯从没想过她还能做出这么夸张的表情。

菲茨罗伊舰长走到门口处,当手握上门柄时停了下来,她回身说道:"为了避免你们胡思乱想,我就告诉你们吧,我让你们停飞船进来,不是看不起你们!下面,启动程序将你们的飞船停靠进货舱吧！无论如何，一定要快点。还有一个曲棍球队等着向我汇报呢！"

她仰起头，朝着天花板哈哈大笑，用一种可怕的少女姿态扭捏着踢了一下腿，离开了房间。查博跟在她身后，关门的时候朝史密斯他们做了一个抱歉的表情。史密斯一行人在菲茨罗伊的哈哈大笑声中，愣在原地，头脑里一片混乱。

许久，卡尔薇丝才说道："我说，我们最好还是找一个安全的地方把自己锁在里面吧！"

伊甸人没有特定的葬礼形式：只要能够提升痛苦的程度，他们什么样的仪式都可以接受。贝利亚斯主教的尸体被放在一个平板车上，在一片尖叫声和咬牙切齿声中，由无人机吊起扔到了火焰里。

战斗中，伊甸人俘虏了一些海盗。为了纪念贝利亚斯，这群海盗被用来献祭，与他们一同献祭的还有吊唁时哭得不够大声的吊唁者以及被抓来的几个女人——她们本计划尽量不引起注意，但却因此而显得更加狡猾并且被认为很有可能是个女巫。

462 在这里显得与众人十分格格不入——他在一边独自忍受着恼人的仪式。随着火焰与尖叫声渐渐平息，他尽可能让自己看上去格外悲伤地摇了摇头。

普朗站在他的身边，说道："可怜的贝利亚斯，他想要的不过就是执行宗教大灭绝而已，你看看他现在居然落得这么个下场。"

462 叹道："太浪费了。我们本可以把他喂给禁卫军的。"

普朗"噌"的一声转过头来——大概用上了他的仿生装置允许的最快速度:"一名伊甸的忠诚奴仆去世了,而你却想吃掉他?你有教养吗?他将会得到属于自己的神龛、一名荣誉护卫,以及一个礼品商店,以便人们能够在商店中买到他的一些碎片作为收藏。哦,买到他的一些遗物的碎片。"

他们一起沿着构架台朝停靠港走去。停靠港现在看起来空空荡荡的,因为大部分战舰都被派出去搜寻约翰·皮姆号了,还有一些在突袭中遭到破坏,目前正在修理。只有白马号孤零零地待在那里,它太过珍贵,派出去巡逻就大材小用了。

看到飞船,普朗勋爵的身体中仿佛被注入了能量。"想想吧,"他吸了口气,"这股为我们所用的力量,已经藏在宇宙身后几千年了。"

462 嗤笑道:"几千年?我怎么记得宇宙才只有两百年的寿命?"

"伊甸最高宗教文件的最后一版上是这么写的——几千年!我们已经对其进行了修改。"普朗摇摇头,帽子上的搭扣在火光中闪闪发光。他伸出一根手指戳向白马号的门控装置:"你知道吗,作为一个年轻人,你已经比时代落伍了。"

白马号的门缓缓滑开,油腻腻的钢板门在地上划下一道湿漉漉的痕迹。一根锈迹斑斑的铁链悬挂在舱门内的天花板上,看起来就像末日的彩旗。462 一瘸一拐地跨过门槛,说道:"人类软蛋才会相信这一切,我们光荣的领导者如是说。"

普朗哼道:"他知道什么?你的领导者才不到一米五高,一讲话就摇摇晃晃地站不稳，而且还汗流浃背。"

462答道："那只是他的部分风格而已。他那么做是为了……啊，强调我们必须从银河系清除的令人恶心的污水有多么的多！通过……嗯……制造令人恶心的污水……现在，我们去引擎室吧！"

他们走进飞船内部，电梯嘎嘎地响了起来。

462说道："我需要稍微做一点修正。这艘飞船在对抗人类时的确是一个极为杰出的工具，但我想知道这艘飞船的驱动装置现在还能正常工作吗？"

普朗回答道："当然。袭击者偷走的装置只是后备引擎的一部分罢了。就算没有它，白马号也可以完美工作。实际上，"普朗咯咯笑了起来，笑声中还带着咝咝的声音，"如果他们认为可以利用它建立一个自己的驱动器，那就大错特错了。哦不，他们如果那么做的话，还会得到一个巨大的惊喜。"

"什么惊喜？"

"哼，只要他们一启动装置，他们就会——"电梯在一声可怕的咔哒声中停了下来，普朗也停止了讲话，转而开始咒骂自己的膝盖怎么那么不中用。电梯门的齿轮缓缓滚动，曾经打磨得锃亮的齿轮如今已被干涸的血迹玷污得锈迹斑斑。普朗的脸上突然露出一个大大的神经兮兮的笑容："462大使，你只是瞥见了这艘飞船最微弱的一部分力量。接下来我要给你看的是'完全运转的道奇森驱动装置'。"

他把门向后拉开，462便看到了白马号的"心脏"。

引擎室不算很大，应该不超过十平方米，天花板也不怎么高。

一排排电脑靠墙而列,正在经受着身穿红色长袍的机修工的折磨。房间的四周站了许多拿着连射枪的守卫。一根根电线像血管一样从电脑中延伸出来通到了墙那边的一片黑暗之中。那片黑暗并不是一个洞,而是一个比洞更深更黑的东西:一个空白的地带,一个现实中不存在的地方。电流在空气中噼啪作响。462感觉自己的触角已经开始竖了起来。

他咯咯笑道:"一个自给自足的黑洞,除了没有吸力以外,一切都好。非常好,普朗。你的设备显然非常先进。"他瘸着腿朝前踏出一步,两个卫兵见状不由自主地绷紧了他们巨大的下巴肌肉。"我的主人们一定会对这个项目非常感兴趣。他们会对你发现的这个物件赞赏有加。"

"必须的。"

"当然,他们也不会对你没有妥善保管这个东西提出异议。暴政可不仅仅是无脑的入侵,普朗勋爵。"462伸出手,用皮大衣的袖子擦了擦他的金属眼,"它还跟控制有关。控制!比如,有证据表明,你那孱弱的控制力甚至都不配让你拥有自己的膀胱,更不要说拥有像白马号这样强大的武器了。"

"我想,你已经清楚地知道当下的局势了,对吗?"

462整张伤疤累累的脸都在笑,他的触角也开始相互摩擦:"我们正在追捕史密斯船长。我希望一天之内,你所有的拥有长途飞行能力的飞船最好都全副武装地发射出去。是时候将这个武器用在那些试图将它从我们身边偷走的人身上了。他们怎么敢阻止我们毁灭地球与地球上一切生灵的目标?他们心里难道没点儿数吗?"

05 船长与女王

普朗举起一只细长的手,说道:"我有个问题。这个任务有战略价值吗?还是说仅仅是因为不信神的史密斯击中了你的眼睛?还把你弄瘸了?还烧了你的手?"

"你快点去执行任务吧!"462说着转身回到了电梯。

卡尔薇丝说道:"好吧,他们明显是疯了,但是那样不会有什么不良结果,对吗?"

苏鲁克答道:"没错,菲茨罗伊舰长是有些与众不同。"他站在卡尔薇丝的房间门口,双臂抱胸,看着卡尔薇丝在越来越深的绝望中将自己的衣橱翻了个底朝天。

"与众不同?他们就是疯了。"衣架在栏杆上嘎嘎作响,"那件不能穿——它该洗了——你把那上面弄上了血……这些都是我平日里才会穿的。啊,这件怎么样?"她拿起一件带着白色褶边的蓝色裙子,将它放到身前比量,"你觉得怎么样?这件衣服能代表'我'的风格吗?"

"它显得你非常热情。我看起来怎么样?"苏鲁克从门框处走出,燕尾服的尾巴在他身后一闪而过,一顶大礼帽被牢牢压在他的头顶,只不过戴得有些不太正。胳膊下夹着的拐杖让他看起来颇有几分军士长的风范。

卡尔薇丝退后几步,眯起眼睛欣赏了一下:"整体看来,你有点像开膛手杰克,又有点像会武术的死亡之神。"

"好极了。事实上,我对此次晚宴真的没有多大热情。在晚宴结束后又没有战斗，打扮成这样还有什么意义呢？"

"但是花三个小时的时间化妆打扮很有意思。你怕不怕自从上次照过镜子之后，你又重了——实际上，你说得没错。但是你最好去参加晚宴，你必须得看好史密斯，让菲茨罗伊舰长离我们的船长远点儿。"

"她想攻击他？"

"苏鲁克，她是个疯子。还好我不知道如何打曲棍球，不然她很有可能会缠着我加入她的娘子军团。"

"也许你应该去试试。"

"不。我永远也适应不了穿裙子……请告诉我你说的是我应该去试试打曲棍球？"卡尔薇丝把裙子放在床上，"你听着，我说的不是她会攻击他。菲茨罗伊舰长大人简直就是一只愚蠢的母牛，而船长……这里还有比他更出色的男性吗？"

苏鲁克说道："矛盾修辞法，懂了。"

"没错，所以你得看着点儿，知道了吗？"

苏鲁克说道："你打扮吧，我去看看我的孩子们。"说完他便溜进了走廊。

卡尔薇丝套上裙子，检查了一下自己的紧身裤，系好靴子——严肃的节日应当配上严肃的穿着——便匆匆走进了货舱。

她在镜子前再次检验了一下自己的穿着。考虑过各个方面因素之后，她觉得自己做得还不错。她刚要踏步走开，背景中的某些东西却开始改变——改变的不是她的影子，而是影子后面，似乎有人从里面移出来了一样。她回头看了看房间，什么也没发现。她耸耸肩，转身离开了货舱。

史密斯穿着自己的舰队夹克等在气闸处，胡子刚刚也修剪过。

卡尔薇丝问道："给杰拉德喂过吃的了吗？"

史密斯点点头将门打开。他们一起走出约翰·皮姆号，进入了喀迈拉号大教堂一般的飞艇库。细长的操纵机械折叠起来，悬挂在仓库顶上，看起来就像栖息的蝙蝠。拱门下，五六架战斗机静静地等在黑暗之中。它们看起来就像鲨鱼，翅膀向后收起以便适应太空飞行，倾斜的鼻锥让它们看起来傲慢而凶猛。战斗机驾驶舱后面的维度推进器看起来就像鱼鳃。大炮像獠牙一样从机头下部突了出来。

史密斯震惊地停了下来。他像朝圣者终于到达了终点那样，深吸一口气，虔诚地说道："地狱火号。"

在机身上驾驶舱下方的位置，每艘地狱火号都绘有自己的战斗图画。离他们最近的一艘地狱火号上画了一只正在咀嚼死蚂蚁的雄狮，而它后面的地狱火号上，画着一头红色的龙从火焰中冲了出来。所有地狱火号的机翼上都有红、白、蓝的圆圈。史密斯说："老天爷！我一直都想要这样一艘飞船。"

一个身材高大的年轻男人从设备间里走了出来，他穿了一件飞行夹克，肩章上别了一个便携式钻机。从他的衣领中伸出一根天线，一直延伸，消失在装在他左耳后的神经入口中。他的一只眼睛是假眼，因为史密斯看到他的瞳孔中有瞄准用的十字准线。他笑着伸出一只手，说道："你们好！来看战机吗？"

史密斯说道："对。我还从没有这么近距离地观察过地狱火号。

我是说，我一直都梦想拥有一艘地狱火号。我的卧室里还有一些照片……"

飞行员突然看着约翰·皮姆号问道："那是你的飞船吗？"他转头看向史密斯，神情似乎非常震惊，"你一定是瞎说的吧，怎么能驾驶那种东西在大蚂蚁们的空间中飞行？"他伸出一只手，说道："我是吉姆·沙托维德。你可以叫我沙托。那是我的飞船。"他说着指了指其中一艘地狱火号。"它脾气有点儿暴躁，不过一旦你控制了它，它就会像猫咪一样乖顺。"

地狱火号的一个驾驶舱里突然亮起一盏灯。咆哮的狮子图上方，一个声音厉声吼道："我听到了，你这该死的半智能机器人！"

沙托解释道："这是飞船上的自动驾驶仪。它们会为了某些小小的冒犯而疯狂。我看你们都已经穿上了最好看的蓝色制服，我猜你们应该是要去参加菲茨罗伊舰长的晚宴吧？"

"是的，没错。"

"那好吧，我来给你们带路。"沙托突然咧嘴笑了起来，"团结就是力量。我突然觉得，我们的舰长虽然是个战略天才，不过有时候也挺傻的。"

"……我要向左翼发起攻击，朱丽叶在后面给我支持。"菲茨罗伊喊着，"老天，我们面对的可是好得不能再好的局面！你知道他做了什么吗？"

史密斯虽然不知道他们到底做了什么，或者他们是谁，但他非常确定菲茨罗伊舰长正在对他讲一次太空战斗，也有可能是舰队中女孩们组织的一次足球比赛。她之前讲的故事里有一对双胞胎，她们分别叫哈提和海森斯·曼苏尔，故事在讲到她第一次担任舰长与一次盛大的午夜晚宴时达到了高潮。

女人们怎么就不能讨论一点有逻辑的事情呢，比如组装飞船模型和啤酒？他注意到菲茨罗伊穿着太空舰队的夹克衫并且系了一根领带，却搭配了一双特别紧的短马靴，这让史密斯看得非常不舒服。史密斯又啜了一口葡萄酒，转移视线，开始盯着对面墙上不列颠第一海军大臣的全息肖像。只要不是一只公牛驯犬，面对着全息肖像中凶巴巴的带着双下巴的脸，应该谁都提不起性欲吧？史密斯心想，就算是看到一只公牛驯犬，恐怕也不一定能提起兴趣。

费莉希蒂·菲茨罗伊继续自顾自地说着。她长得很漂亮，但相较之下，她激情澎湃的胡说八道，反而让蕾哈娜那种含糊的废话显得愈发迷人了。

苏鲁克坐在桌子的另一头，戴着一顶看起来就像一个准备发泄怒火的烟囱形状的帽子。现在他看起来十分平静，尽管史密斯不喜欢他看着菲茨罗伊的猫的眼神——那是一只粉色的长着条纹的巴格帕斯母猫，它又胖又懒，此刻正卧在门口旁的一个篮子里。据菲茨罗伊说，这只猫格格外聪明伶俐，但史密斯对此表示非常怀疑——如果它真的足够聪明，就应该在晚餐时间离苏鲁克再远一些。餐桌上，几名飞船上的服务人员摆放了一些人造鱼。史密斯不情不愿地拿起一盘烟熏三文鱼尝了尝，留下一嘴的油灰混合物的味道。

飞船上的第一中尉——一个矮胖的留着大胡子的男人将满满

一小盘绿色的东西拿到眼前，仿佛在确认菜单一样，轻声嘀咕道："这是豌豆。"

菲茨罗伊连忙解释："这些豌豆在飞船航行过程中经过了基因改造，然后才被端上了餐桌。很高兴它们都不是反辐射品种。"

卡尔薇丝坐在查博身边。对面的墙上挂着红色的灯，一闪一闪的。戴夫虽然老练狡猾，但却不是一个令人愉快的交谈者。

"你喜欢豌豆吗，飞船上的小军官卡尔薇丝？"戴夫这样问话时，坚硬刺耳而且带着鼻音的声音中传出噪耳的"嗞嗞"声，"它们……能让你快乐吗？它们能使你敏感的味蕾感到快乐吗？"

"它们很美味。"

"波莉·卡尔薇丝，"它沉思时，LED灯不停地闪烁，"这是个来自康沃尔的名字，对吧？告诉我，飞船上的小指挥官卡尔薇丝，你是来自偏远地区吗？少不更事？天真，还是说……没有什么污点？"

"没有。"

查博先生对上她的眼睛，悲伤地摇摇头："小姐，别理那个愚蠢的疯子。"

"的确，如今电脑要承担的工作太繁重了，"菲茨罗伊说道，"但是有时，我们太空海军的生活就是一杯朗姆酒——只不过是来回地巡逻以及闲聊罢了。"她倾身上前，为卡尔薇丝的酒杯添满酒，然后突然带着小姐妹般的笑容咧嘴对着沙托朝桌子点了点头，然后粗声粗气地低语道，"我逮住他了，很值得一试。"

"多谢。"卡尔薇丝说着从椅子上滑了下去。菲茨罗伊舰长对着桌子示意了一下说道:"恩赛因·德里斯科尔,请再拿一些酒过来!"一个娇小玲珑、脸上略带雀斑的女孩儿拿着一个瓶子走了过来。菲茨罗伊说道:"放下瓶子的时候动作轻一点儿,哦,明天早上你去太空草皮上做放松训练吧!"

"是,夫人。"女孩儿答应着匆匆离开了房间。

"史密斯船长,你看,"菲茨罗伊舰长欣赏着恩赛因·德里斯科尔的退场动作,继续说道,"太空海军是个有趣的职业,这一点毋庸置疑。它很公平。男人可以在海军中表现突出,女孩儿也可以。当然了,一个娘娘腔的小伙子也是可以获得成功的……那么,你们要去哪里?"

"帝国的任何一个太空港都行。我们需要安全地卸货。"

她揉揉下巴,似乎在检查自己有没有胡茬:"听起来我们需要低调一些,这个运送过程可能会很危险。好吧,我们的目的地也是一样。而且,别介意我说你们,你们这群家身上都肩负着一些特别行动。但是别担心。"她向后靠了靠,轻轻扇了扇鼻翼,"老费莉希蒂·菲茨罗伊已经在太空的大风大浪中漂流了这么久,这样一点有趣的小破事怎么可能搞不定呢——你们知道我是什么意思吧?"

"我不太确定我理解你说的话。"

"那好吧,"她说完后,史密斯突然意识到他应该把他最重要的作品拿出来给她检查一下,"那不如我来展示给你们看看吧?"

卡尔薇丝将葡萄酒一饮而尽:"查博先生?"

"请叫我西奥菲利乌斯。如果你能这么叫我的话,那你可就太善良了。"

"战争开始之前,你是不是在一家主题公园工作过?"

查博哈哈大笑:"年轻的小姐,我确实在一家主题公园工作过!每当我和来到狄更斯乐园的游客们打招呼时,我都会特别开心——这就是我一天里最大的期望。我经营'老好奇纪念品店'六年,其间还曾短暂跳槽去看管过'荒凉鬼屋'。之后我就被叫来这里替代之前的仿生机器人的工作。他叫伊奇基耳·维斯路德,我很遗憾,他没做过什么好事情。"

史密斯将盐、胡椒和任何能够掩盖味道的调料往三文鱼上撒时,有个东西开始摩擦他的大腿内侧。他震惊地开始巡视房间,谨慎小心得像是房间中的每一位都是犯罪嫌疑人。随着摩擦感越来越强烈,他开始愤怒地盯着在场的人们:戴夫,是台电脑并且没有四肢;查博先生,脸颊被食物塞得满满的,似乎在为冬眠做准备;菲茨罗伊舰长,显然正在全神贯注地忙着用叉子将豌豆堆起来。他将卡尔薇丝排除在外,她的腿那么短,不可能够到他。而苏鲁克,若是想引起他的注意,本可以叫停他们的胡说八道或者踢一脚他的小腿。也许是猫吧!他从未想到在意识到自己是在被一只变种母猫舔到弯腰弓背时,居然感到如此的如释重负。

摩擦感越来越强烈了。菲茨罗伊朝他露出一个大大的阴笑。

"菲茨罗伊舰长,"卡尔薇丝喊道,"能请你打一场球吗?"

菲茨罗伊舰长在椅子上一个旋身,那个一直在史密斯腿上毛手毛脚的东西就猛地撞上了他的膝盖。史密斯痛喊一声,向后跳了一下,蹭地站了起来,整个房间里都充斥着他的惨叫声。安静的房间中，只有食物机器人在咔哒咔哒声中笨拙地分发土豆泥。

史密斯低头看了看桌子。一张张面庞像追逐阳光的向日葵一般齐齐盯着他，似乎在期待着看什么笑话。

查博问道："先生，怎么了？你冷吗？"

"哦……"史密斯不知道该说些什么。他站在那里就像被突然间推到舞台上，所有的注意力都集中在了他的身上。他意识到自己现在需要快点想出对策："祝酒！我想祝酒！"

菲茨罗伊舰长挑起眉毛："哦，是吗？"

"对。敬，啊，朋友们和家人们，比如我的女朋友。"他说着快速将自己的杯子添满酒。史密斯举起杯子，但是却发现没有一个人动。他看向卡尔薇丝的眼睛——她总是乐意附和任何形式的祝酒。"比如我的女朋友，"他无助地重复道，"卡尔薇丝？"

费莉希蒂·菲茨罗伊站起来，说道："那好吧，敬史密斯船长的女朋友……卡尔薇丝小姐。"

军官和船员们纷纷站了起来。在嘈杂的隆隆声和拉动椅子的沙沙声中，史密斯几乎听不到卡尔薇丝对他说了什么。不过，她似乎提到了"解救"和"白痴"两个词。

史密斯再次坐了下来。沙托和菲茨罗伊舰长开始讨论豌豆。苏鲁克的注意力在自己的餐具和猫之间来回游移。查博正在和戴夫讨论即将到来的圣诞节。卡尔薇丝两口喝干葡萄酒，嘴里咕哝着厕所什么的，做了一系列让人费解的手势之后便匆匆朝门口跑去。

卡尔薇丝打开气闸门，慢慢走进了约翰·皮姆号中。她将门在身后关上，并且将门控的轮盘额外多转了几圈。

上帝万岁！史密斯怎么能这么愚蠢？该死的，他怎么能把他站起来这么一个简单的动作浪漫地和她联系到一起？以往，只要她不必假装和他有某种恋爱关系，一切都还可以忍受。史密斯是个很正派的家伙，但是……上帝……不……啊！那大胡子、那模型飞船的收藏品……

不过，他们很快就可以离开这里了。现在他们还需要待在喀迈拉号的船舱中，等待被安全运送回不列颠帝国。卡尔薇丝扯了扯脸，觉得有些困倦，现在已经到睡觉时间了？她还有几本已经过期的《小马和非常小的马》的月刊要读，以及一本《年轻女士的激励手册》和一本《对年轻女士更具激励作用的小伙子们》。现在睡觉似乎有点早，但是她已经喝得醉醺醺的了，不想再撑下去了。

卡尔薇丝打开水壶，又将自己的饼干藏匿处扫荡了一番，结果发现她已经在某个不记得的时刻将饼干吃光了。但她在第二个饼干藏匿处有了一些收获。"找到了！"她一边咕哝着，把嘴里塞得满满的，一边往裙子前面的口袋里塞食物，"你是斗不过我的！"

她喝下一杯量大得可以淹死一只猫的茶，然后突然想起了被她抛之脑后的晚宴。为什么这里就没有个正常人呢？不，不用太正常，只要不发疯就行。

货舱门打开了。一个小人从货舱的另一端挪了进来，那是一个身穿蓝色长裙的女孩儿和她的影子。卡尔薇丝走进货舱，雾气从她手中的马克杯里冉冉升起。

昏暗的光线照射在镜子的装饰框上，卡尔薇丝站在镜前，莫名其妙地觉得哪里有些不对，然后她突然意识到镜框拼错了。

她把茶放在一个包装箱上，然后蹲了下来。

在镜框的右下角有一个破碎的正方形图案，看起来就像一片瓦片被打碎成了三半。她伸出手摸了摸图案，发现在雕刻成的图案中有一些小凹槽。也许这些碎片可以移动——它们在她的指尖下滑动，改变方向，然后被推动到正确的位置上，直到它们紧紧地咬合在一起构成一个方形。这简直是世界上最简单的事了。

卡尔薇丝后退几步看了看，镜框看起来顺眼多了，但是另一个角还是不太对。在镜框的右上角有一个弯曲的东西：一个破碎的心形符号。再一次，图案碎片被转动方向，紧紧咬合在了一起。这里，也看起来好多了。

突然间，她觉得自己好像有点儿冷。"哎……"好像要为了证明自己真的冷一样，她喝了一大口茶，心想，也许自己应该找一件针织衫套上，或是穿一件比条纹紧身衣更厚的衣服。不过，还是等到她把镜框准确归位以后再说吧！

在方形的上方，也有一个心形的符号，只不过里面有一个尖钉。不，那不是个尖钉。她用手指旋转图案的时候，它发出咯噔咯噔的响声。那是一个黑桃。

她忍不住自言自语："这设计太聪明了。这是扑克牌。"如果把这东西放在文物展览会上，人们一定会为这东西疯狂的。上周文物贩子们弄到了一瓶叫作"节食可可"的东西，卖给了不列颠博物馆。不知道像这面镜子这样的文物又能卖几个钱呢？

最后一个角落的图案最为棘手，但是卡尔薇丝知道自己在做什么。三个圆圈咔哒咔响着连接到了尾部，清一色，梅花，完成。卡尔薇丝拿起自己的马克杯，后退几步开始欣赏自己的作品，然而在雷鸣般响亮的"砰"的一声中，货舱门自己关上了。

卡尔薇丝吓得向后一跳，一阵微弱的光芒从她脚下蔓延开来，看起来就像地下的某种应急灯亮起来了一样。光芒缓缓爬上地砖的边缘，在货舱的地面上形成了一个棋盘。不过，应急灯是红色的，那这冰冷又阴郁的蓝色灯光又是什么东西？

卡尔薇丝像个自动机器一般，将茶杯再次举到了嘴边。"镇定，"她告诉自己，"茶可以让自己保持镇定。"她强迫自己向四周看了看，但是她这么一看就发现自己犯了个大错误。

镜子和之前没什么两样，但是镜中的影子却变了。那些从屋顶上垂下来像绳子一样在货舱门前交叉纵横的东西是什么？她回头瞥了一眼真正的货舱门——门上有一些纸链，每一条纸链都由扑克牌制成。

空气中活跃着许多声音，就像有鸟儿在她耳边叽叽喳喳——似乎是有人正在洗牌，但那还不是最糟糕的，这离最糟糕的事情还差着十万八千里呢！

镜子中有许多人。他们站在她的影子后面，像是镜像的阴影形成的。

右边的那个人戴着兜帽，高高的帽尖底下是一个咧嘴笑的骷髅头。它的旁边，一个胖乎乎的戴着王冠的东西正用手掌轻轻拍打着一个球状的权杖。第三个人脖子上似乎戴了一个金属项圈，可能项圈太重，它的脸颊和下巴都被拉成了十分锋利的角度。既然这个世界已经完全疯狂了，他们恐怖的脸反而能让她在此刻冷静地判断：方块，梅花，黑桃。但是最后一套……

她身后一个声音突然响起："我的天，你都长这么大了！"卡尔薇丝迅速回身，一个人影从货舱的阴影处走了出来。昏暗的灯光下她的皮肤看起来呈灰色，红色长袍的胸口处切下来一个心形，她的腰带间还挂着斧头，但是这些与她秃头顶上的巨大物体相比，简直微不足道：她的头顶上钉着一圈石质的钉子，而那个物体像一座小塔一样从她的头上升起：半个王冠加半个超大号的棋子。

卡尔薇丝倒吸了一口冷气。"你是谁？"

女人的声音低沉又刺耳："游戏玩家，奇迹的探索者。别假装你不知道。"

"纸牌游戏？"

"哦，不仅仅是纸牌游戏。我们还下象棋和西洋双陆棋，还喜欢获得肉体上的欢愉。"说到最后一句，她突然兴高采烈起来。

"真的吗？"卡尔薇丝的肚子适时地咕噜噜响了起来。饥饿已经让她忘记了害怕。

"哦,没错。我们可以给你展现你根本想象不到的未来。逻辑和比例对我们来说毫无意义。来尝试一下我们的快乐吧！"

"那么，你们有食物吗？虽说我不敢期望你们能有馅饼，但是万一你们有呢？"

女王摇摇她光秃秃的戴着王冠的脑袋："我们不需要馅饼。"

"哦！"卡尔薇丝想象中的快乐期望就此破灭。她决定不再继续刨根究底。毕竟，一个认为将一顶大帽子钉在自己头盖骨上是个好主意的人没资格为如何度过一个有趣的下午提建议。"好吧，我觉得你可能找错人了。"

女王大声说道："哦，我可不这么认为。我们来看看吧：金色的头发，你有。不列颠口音，你也有。蓝色的连衣裙，你正穿着呢！屁股稍微有点疼？检查一下你是不是已经对号入座了吧！"

"但是我谁也不是，我就是我自己。"

"对某些人来说你就是个小兵，对别人来说，你可以是个女王。"她踏上前来舔了舔自己蓝色的嘴唇，"那么，你想做什么呢？肉体的欢愉？"

"不，等等！拜托，我不急！"

"啊，那么，这个选择就被排除了。"她活动了一下手指，"也许我们的游戏有一点儿……太成人化了。或者，玩一点更刺激的？"

卡尔薇丝尖叫道："不！拜托了，我不想加入你的俱乐部。好吧，我的确是做了一些错事，但是……我都不是有意的。嗯，除了一件事……但是求你了，我们理智一点好吗？"她一步一步向后挪去，"我知道了……我们不如玩无聊的填字游戏吧？我的头儿说这个游戏很好。我还可以给你弄杯喝的，也许还能给你一点治偏头痛的药片……"

"你有治偏头痛药片？"女王停了下来。她停顿了一下，又上前一步："不行。为什么要欺骗自己的心呢？欢迎回来，孩子。"

人影开始从房间边缘处向前移动。其中一个人的皮大衣袖子中悄悄滑落一张扑克牌——方块 K，他赶紧用手掌将其接住，一道针尖般细的血迹缓缓出现——他的手被纸划破了。

女王说道:"六百年了,我一直在等着报复你的这一天,我们有一些奇迹要给你看。"

卡尔薇丝朝远离他们的方向又迈出一步,但是她的后背却碰到了墙上:"其他人很快就会来到这里。你知道的,他们不会喜欢这样的,你只有……我会告诉普朗勋爵。我会告诉他你想对我所做的一切!"

在她上方几十厘米的地方,桃心女王说道:"你说什么?"

"我会告诉他。我发誓我一定会告诉他,除非你放我走。不然你就会陷入一个大麻烦……"

"你怎么会认识普朗?"方框形脸的生物低声问道。

"他是我们的……"卡尔薇丝停顿了一下,不确定对这些可怕的生物来说普朗究竟是敌是友。"我们只知道他……"

女王突然咆哮着打断她:"那家伙居然篡位!他把我们捆绑起来,折磨我们……用非常不好的方式。"她灰色的脸上悄悄爬上一种心领神会的神情,"把他带到我面前来!"

"但是我不能……"

"别和我讨价还价,你这个懦弱的小女孩儿!把他带到我的面前,那样的话,也许,也许,我们还可以放你走。"

卡尔薇丝刚要开口讲话,但是女王将一根手指放到了她的唇上。皮大衣相互磨蹭的嗦嗦声中,其他人相继转身离开。他们一个接一个地踏进了镜中,消失在平滑锃亮的镜面里。卡尔薇丝看着镜中的影子,闪电在噼里啪啦作响。

桃心女王回过头来，卡尔薇丝因为害怕，肚子几乎抽了筋。"普朗，"女王说着摇了摇头顶上的巨大王冠，"如果你不能把他带到我的面前——你的脑袋就等着落地吧！"

女王说完，转身也踏回到了镜中。她的王冠"啪"的一声撞在镜框顶部，于是她一边吆喝着头疼一边矮身穿过了镜子。

之后她就消失了。

史密斯说道："那让我们把这件事再梳理一遍。你回到这里，泡了一杯茶，吃了一块小饼干，之后就遇见了撒旦……我就不能离开你超过五分钟，是不是？"

苏鲁克答道："没错。实在太糟糕了。我非常喜欢那些小饼干，尤其是那些上面带着一只奶牛图案的小饼干。我喜欢把它们的头掰下来。"接过史密斯递给他的一个马克杯，他说道，"多谢。"

卡尔薇丝答道："那不是魔鬼。你这样会让别人觉得我是个疯子。他们邀请我玩卡牌。"

苏鲁克说道："好吧，我很高兴你没有被困在餐桌上，那样你就不得不喝葡萄酒和吃布丁了。那才是最烦人的。"有一扇通往地狱的门这个想法似乎让他非常兴奋，"如果他们非常热情地邀请你玩卡牌，也许你应该和他们玩玩。谁知道你能不能赢呢？"

史密斯皱起眉头："就因为他们太有礼貌、太热情了，这才不是一个好主意。苏鲁克，去年圣诞节的时候你也曾非常热情、有礼貌地向我要一把电锯来着。前年的圣诞节也是。"他深深饮了一口茶,闭了一会儿眼睛,等待浓厚的茶香传到脑海,"对我来说,我们似乎只有一件要做的事情——按照平时处理所有麻烦使用的方法来处理这件事就行。"

苏鲁克咆哮道:"确实。我们的内心中充满了正义的火焰,我们的双手中紧握着锋利的刀片!我的刀!各种各样型号的刀!"

卡尔薇丝说:"还是让我们把它锁起来,然后当作什么都没有发生吧!就像苏鲁克对他的后代所做的那样。"

苏鲁克再次坐下,看起来有点灰心丧气:"哦,他们呀,我多希望谁都不要和我提起他们。"

卡尔薇丝说道:"我倒是真心希望蕾哈娜能在这儿。她的衣袖中总藏有秘密武器,就算只是一个肘关节,那也比什么都没有的好。"

史密斯插话道:"你们俩都说得有道理。但是现在,最重要的事情是把造成一切麻烦的原因给处理掉。"

卡尔薇丝激动地跳了起来:"等等!你是说我……"

史密斯说道:"我说的是镜子,不是你。听好了,船员们……也许我们已经启动了某个通往另一维度的入口,不然的话就是卡尔薇丝疯掉了。我们的终极任务就是确定这个东西是否真的能够通往另一个地狱一般的维度世界,如果是的话,我们就要将这件事报告给不列颠太空帝国。但是现在,我们必须尽可能地把镜子保护好。考虑到引擎室目前已经被食人蛙占领,我认为我们现在应该把镜子捆扎起来,然后正面朝下地保存在货舱里。接下来,我们必须对这件事严守秘密,直到我们到达安全地点并把它交给权威机构。都听明白了吗?"

看到他俩都听懂了,史密斯松了一口气,并且感到有些庆幸。他们纷纷从桌旁起身,准备上床睡觉。苏鲁克非常兴奋地志愿报名负责保护镜子的安全。他似乎毫不关心镜子中会出现魔鬼这件事。史密斯心想:也许那种东西在他的文化里见怪不怪吧,又或许他只是渴望挑战一下将撒旦的脑袋砍下来的难题。

苏鲁克说道:"马祖兰,我们该休息了。这件事还是留在明天早上再解决吧!我会站在这里护卫你们的。如果发生任何情况,我一定会让你们知道的,不过很有可能是通过乒乒乓乓的打斗声通知的。"

"谢谢你,苏鲁克。我很感激你能这么做。那么,你认为这里面真的有东西吗?"

"我不知道。很多年前,我还仅仅是一个卵,那时候最容易受到影响,并且还不具备反击能力。我们部落的一位长老告诉我说,从勃朗特悬崖上飞溅下来的大瀑布外面有一片土地,只要背诵正确的经文,我们就能够飞跃急流,出现在水流后面那片奇迹的土地之上。我相信了,然后长途跋涉了九天直到看到那片瀑布。我吟唱正确的经文,然后跃过了瀑布。"

"你看到了什么?"

"星星,马祖兰。我一头撞在了悬崖上。长老们的大嘴谎话连篇。我回去的时候,他们笑得格外厉害,当然这只是开始的时候。"

"好吧,请原谅我愚蠢地问一句,这件事和我们现在的境况有什么联系呢?"

"一丁点联系都没有。"苏鲁克朝史密斯责备地看了一眼,"你这问题问得可真奇怪!"

"好吧,那我们该上床睡觉了吧?"史密斯转身回到了房间。有那么一刻钟,他很庆幸蕾哈娜现在不在这里。卡尔薇丝变疯了——真的,一定是精神不正常了——现在他也疯了。史密斯已经接收到了一条来自精神世界的讯号:卡尔薇丝通过一面可以照到另一个维度的镜子进行了一次冒险。接下来是什么?史密斯站在他自己的床边,飞船模型悬挂在他头顶上,看起来像是正准备发起攻击。他将手伸向书架,从上面摸出一本《不列颠进取男孩丛集》,翻到了历史部分。

过去也常常会发生奇怪的事情,其中很多事情直到如今才广为人知。1898 年,火星人的死亡三脚架飞船降落在雷丁,但幸运的是,还不等他们造成什么破坏,新鲜空气就将这群外星人给弄死了;第一个仿生机器人产生于十九世纪早期的一场雷电中;考古学家们在一艘海盗船的残骸中发现了一个姆拉客人的断臂以及十个无头海盗。根据相关的古北欧文字显示,姆拉客人发现号角只是海盗们佩戴的头盔的一部分而非他们的头骨之后,开始大发雷霆。所以,也许卡尔薇丝根本就没有疯。这种情况下,在他飞船后面的货舱里有一面可以打开通往另一个维度世界入口的镜子根本就不算什么,比它更奇怪的事情都发生过呢!也许就发生在德文郡。史密斯觉得自己需要再喝一杯。

一阵剧烈的头疼使史密斯醒了过来。他发现自己的大腿上横压着一支步枪，脸上还粘着一张带有自己口水的蕾哈娜的照片。他低头看了看，发现身下有一块脏兮兮的玻璃，上面有一层黏稠的棕色物质。这是做什么的？

史密斯踏进走廊时，差点被扔在地上的瓶子绊倒。看到货舱门时，他突然想起来："啊，对……出去吃晚餐时，卡尔薇丝提前回来，然后从某个维度中召唤出了一个鬼才知道是什么玩意的家伙。"这一切真令人忧心忡忡。

他大步走进客厅，卡尔薇丝正在吃巧克力。"早上好。"他说着坐了下来。卡尔薇丝扮了个鬼脸，将一杯卡利尔专利醒酒饮品小心翼翼地举到了唇边。

史密斯说道："那么接下来，我们需要讨论讨论这面镜子了。我一直在做一些调查，我也一直在努力对抗我认为你可能疯了的直觉。"

"哦，老天。"她揉了揉前额。"哦，没错，我打开了通往地狱的入口。那里还有棋盘游戏。难道一切只是我的一个梦吗？"

"你没有做梦。有一个解释可以说得通，而且这个解释具有很大的可能性。但是你应当知道这是一个非常奇怪的解释——"

驾驶舱中的对讲机嘎哒嘎哒地响了起来。"该死。"他说着走进了驾驶舱。

外面，沙托和其他几位地狱火号的飞行员们正在喀迈拉的对接港中踢足球。战斗机驾驶舱中的灯光在不停闪烁，从它的声音中能够听出，地狱火号们——或者说它们的自动驾驶仪——正在对比赛进行现场解说。史密斯打开对讲机，但传来的声音却不是来自沙托，而是戴夫。

"早上好，史密斯船长。你昨晚睡得好吗？你有没有做什么梦？也许是一个压抑的噩梦，也许是不健康的性行为？请和我说一说吧。"

史密斯想到了他想梦到的东西——板球、野兽、飞船模型套盒，在米德维治法语学校受到的屈辱，以及他护送菲茨·西普沃思回到太空飞行员舞会的那段恐怖时光。他说："作为一台电脑，你是不是有点儿太过八卦了？"

"我们要和一个叫作惠灵顿主星的太空站对接，"戴夫答道，"还有一件事，船长。他们说一个男人在面对危险时才最了解自己。当你看到自己内心的最深处时，你看到了什么？"

"昨晚的晚餐。你这个讨人厌的怪胎。"史密斯说着按下了对讲机的开关键。

HMS喀迈拉号从黑漆漆的太空中像一块金属冰川一样缓缓滑出，轰隆隆地进入了惠灵顿主星的太空范围。

惠灵顿主星前，太空站在附近的三个太阳之间闪烁，对接环与引力发生装置平稳地旋转着，看起来就像一个巨大的钟表装置使行星们绕着它旋转。

约翰·皮姆号的船员们和菲茨罗伊舰长一起站在喀迈拉的一间全景观察室里，看着飞船一点一点接近太空站。太空站里对接的飞船只有一艘，看起来像是一架战斗机，但是史密斯看到了它机身侧下方与众不同的舱口线与机翼下大型货物吊舱。他怀疑这很有可能是帝国的 Q 战舰之一，它伪装的外表是为了迷惑敌人以便进行一次不光彩的偷袭，它的装置都是为了惩罚敌人那些不人道的行为的。

"兄弟们，气闸见。"菲茨罗伊舰长一边说着一边大步走了出去。巴格帕斯猫紧紧抓在她的肩膀上，看起来就像一只粉色的条纹鹦鹉。门在她身后缓缓关上。

史密斯叹了口气。要担忧的事情实在太多了。

卡尔薇丝说："从好的一面看来，第一，我们马上就要离开这艘飞船了；第二，伊甸人没有追我们；第三，菲茨罗伊舰长也没有来追我们。"

但是，三条之中，她只说对了一半。

第二部分

01

灵魂的会晤

惠灵顿主星的中厅里悬挂着一幅真人大小的海报。海报上的人物是马歇尔勋爵，这个以脾气有点儿臭著称的男人此刻正旋转着他的机械脚后跟，踩在一个噶斯特军的头盔上，嘴角叼着烟斗，双目瞪得像铜铃一般。海报上有一行字：我正在捣毁暴政，你们却在干什么，嗯？

史密斯站在中厅中，环视四周——铜制的卷轴、天花板上嬉戏的纹章动物，以及在房间中央旋转的巨大太空帝国全息地图尽收眼底。他没想到这个垃圾处理厂看起来会这么棒。"好吧，"史密斯说着转向了卡尔薇丝，"我想你一定很高兴能够再次回到帝国的土地上，对吧？"

她答道："严格说来，这里就是一片金属。不过，我不得不承认，在这个亮闪闪的巨型垃圾箱中，我觉得真是舒心得要死。"

菲茨罗伊舰长双手背在背后，大步从他们身旁经过。听到卡尔薇丝的答话，她回过头来说道："有些人，就是永不知足。"说完，她扬起下巴继续向前走去。查博跟在她身侧，走动时发出无音调的隆隆声，这让他听起来像一台坏掉的冰箱。

卡尔薇丝低声说道："她还以为我是你女朋友呢！"

她抬头与史密斯对视了一眼，俩人都成功憋住了笑意。

史密斯若有所思地走进了太空站。伊甸的愤怒目前已经不是他最担心的问题了，取而代之的是卡尔薇丝和他自己——卡尔薇丝要么就是真的打开了通往另一个维度的入口，要么就是完全疯了，而史密斯自己要么就是收到了来自蕾哈娜的通灵讯息，要么就是完全疯了。至少苏鲁克还是正常的，他想到。

苏鲁克对上他的眼神，露出一个笑容："别担心，马祖兰。也许和平会谈会失败，那样我们就能和所有的参会代表干一架了。"没错，苏鲁克永远都不会改变。

转过一个拐角，史密斯震惊地呆在了原地。所有熟悉的伙伴都等在这里：里克·德莱基特，他将帽子压得很低，棕色的大衣不知为什么湿漉漉的；他身旁是深空作战小组的苏珊，要是她的肩上没扛射线枪的话，她看起来几乎是赤裸的；温斯科特，穿着牛仔裤但是看起来却奇怪得过分；而 W 这位大密探，嘴角微微向上抽动了一下，显示出他正在笑。

史密斯刚向前踏出一步，卡尔薇丝就从他身旁飞奔而过，冲到了德莱基特身上，几乎将他撞成肉饼。"该死，女士，"德莱基特喘着气说道，"你知道你抱我抱得多紧吗？"

"啊，史密斯，"温斯科特说着走上前来，"准备好再闹一次大乱子了吗？"

"温斯科特？你在这儿做什么？难道，我们又有新任务了？"

"不，实际上没有。我只是觉得我们可以登上你的飞船，找一颗看起来很危险的行星，然后炸掉……"温斯科特注意到 W 盯着他的表情越来越严肃，赶紧改口道："哦，没什么。"

W 略有些阴郁地说道："很高兴见到你们。你们还好吗？"

史密斯说道："嗯，我们的引擎室现在已经被食人蛙占领，我们护航的船队被炸掉了，并且我们还打开了一个通往地狱的入口。即便如此，我们也不能抱怨什么。"

"食人蛙，嗯？"W 若有所思地点点头，"虽然我对两栖动物没有恶意——实际上，人类还要从蟾蜍身上学习很多东西——但是引擎室里全部都是食人蛙，那就有点儿过分了。"

史密斯叹道："哎，没错。坦白地讲，长官，现在我脑子里堆积的问题就像甲虫人聚集在一个大粪球周围一样杂乱无章。我的脑子并不是粪球做的……不过我想你应该懂我的意思。"

W 也叹了一口气："所以你护航的船队被炸掉了。"

史密斯说道："没错。它是被敌军毁坏掉……"

卡尔薇丝补充道："不是我们把它炸掉的。"

"炸掉护航队飞船的启动装置为……嗯，我们认为，很有可能是通往另一个维度的入口。"

他们左侧突然传来一阵大笑声，听起来像是一个疯狂的科学家，那是菲茨罗伊舰长正在和苏珊讨论什么问题。W 说道："既然你们已经见过菲茨罗伊舰长了，那我也就尤须介绍太多。她负责保护深空的安全。我们的目标是保持低调。"

史密斯突然想到,如果他们想要低调执行任务的话,最好的方法就是不要给菲茨罗伊舰长讲笑话。因为菲茨罗伊舰长一笑,宇宙中所有的人都听得到。

"我要好好罚你做一下放松运动。"苏珊可能不知道菲茨罗伊舰长说的"惩罚"是打曲棍球,因此她后退了几步。

W说道:"我们需要好好讨论一下。德莱基特也应当参与进来——如果你能把你的机器人飞行员从我的机器人赏金猎人身上拉下来的话。情人见面,以及这所有的一切,都在宣告着旅途已经结束了,不过我觉得她已经快要吹爆他的保险丝了。"

W带他们来到一个休息室。最远处的墙上伸出来两个巨大的无线电扰频器。W将两个无线电扰频器的控制杠杆拉下来,当闪电在特斯拉线圈上奔流时,他努力忽略掉那些把他的"铅笔胡"惊得竖立起来的静电。

W说道:"我们在这里所说的一切不会有其他任何人知道。首先,我要解释一下我为什么会出现在这里。"

他们静静地听着W布置大会计划:"此次会议不仅能为我们提供一个与沃尔人达成联盟的机会,还能与克朗加尔人达成一项新的交易。克朗加尔人是沃达尼太空鲸的客户国,受到他们的保护。史密斯,现在是个非常微妙的时刻,我们需要战略、机智和老练。"

"幸好我从你派我去帝国最远处的护航任务中回来了。"

"嗯,没错。现在,和我说说你们发现的那个通往地狱的入口吧!"

史密斯飞快地讲述了一下无人护航舰队如何被毁,他们如何发起突袭，以及如何偷到了那面镜子。最后，他说："我希望你能知道，我完全相信卡尔薇丝。"他靠回自己的座椅中，"除非她疯了。"

卡尔薇丝说道："谢谢你的支持。"

W坐下来，一边听他们讲话，一边理了理粗花呢衣服上的静电。过了一会儿，他的头发终于塌下来。他若有所思地点点头："普朗，是吗？我早该知道是他干的好事。难怪他能取代福克勋爵的位置。"

"他做过什么？"

"女巫发现者福克？好吧，你知道伊甸人是什么样吧？他曾想和一个榴弹发射器发生性关系，结果榴弹发射器率先结束了这段荒唐的行为。"

卡尔薇丝问道："但是我呢？我没有疯，对吧？"

W说道："是的，你没疯。"

"我也告诉过他们我没疯，"温斯科特自言自语道，"但是他们相信了吗？我被派出去单独剿灭了一个敌人的轨道战斗空间站。那就是他们对你该死的感激之情！"

W说道："我们之前已经讨论过这件事。只要有战争的地方，我们就不介意你把它炸掉。当时不列颠政府必须正式向噶斯特一号道歉。如果在这个过程中首相没有取笑他为小个子白痴的话，那场交锋我们就彻底输了。"

温斯科特继续嘀咕："当时就应该把那个一号也炸掉。"

W说道："现在，我们还是讨论最要紧的事情吧！有谁听说过道奇森物理学吗？"他环视房间一周，没有人响应。"那好吧，有谁听说过牛顿物理学吗？一般物理学？前排有人听说过吗？"

苏鲁克举起一只手："据说彩虹从监狱穿过时会变成一道光。"

温斯科特补充道："'力加上角度'作用在脖子上就等于死去的哨兵。"

"没错，你们说的这些差不多都是物理学的示例。正是这样的规则统治着世界。但是在我们存在的维度之外，还有一些其他的地方，在那里，正常的时间规则和空间规则都不再起支配作用。"

史密斯沉思道："我听说过类似的理论。"

W 卷起袖子，深深吸了一口气："在发现这些物理学定律的先驱当中有一个人叫作查尔斯·路德维格·道奇森，他是牛津大学的数学家，同时也是一位怪人。他工作的基础是什么，我们无从知晓。但是在十九世纪六十年代的某个时间，他开始建造一架可以使他通往另一个运行着不同物理规则的世界的机器。"

"一个不同的规则？"史密斯发现即使到了现在，他还是觉得这件事难以置信。

"没错，史密斯。通过那架机器，他将自己的大脑传送到了另一个维度。"

"他将自己的大脑传送到了另一个维度？"

"对！他将自己的大脑传送到了另一个维度。听仔细了……从道奇森留下的记录可以判断，不论他发现的东西是什么，都足以致命——至少对成年人来说是可以致命的。之后道奇森停止了实验，开始专注于理论数学和儿童文学。从未有人找到过他的实验仪器，直到现在，直到你们带回来了那面镜子。"

空气沉默了片刻。史密斯说道："那么我们飞船上放的那东

01 灵魂的会晤

西就是……"

"没错,就是通往另一个维度的入口。你们将它带了回来,非常好。我们可能必须把它丢到太阳上,但是现在,把它放在你们的飞船上最为安全。史密斯,一定要把它锁好了!为了能够进入另外的世界和回到这里,人们会干出无比疯狂的事情的。当然了,这件事,希望你一点也不要对我们的任何外星人盟军提起。"

"那地球上的其他民族呢?"

W 说道:"别傻了,史密斯。我们已经认识那些人类同胞几千年了,我才不会相信他们会对此无动于衷。"

那个下午——至少,从惠灵顿主星的时钟判断,应该是个下午——他们将约翰·皮姆号从喀迈拉号的货舱中移了出来,与主太空站完成了单独对接。之后没过多久,卡尔薇丝就和德莱基特消失在了她的小房间中。史密斯像往常一样再一次警告她不要在餐桌上肆意妄为之后,便走进了殖民定居地,去看看事情准备得怎么样了。

他们现在还远远谈不上脱离危险。即使 W 的大会能够顺利进行,还会有伊甸人追踪到约翰·皮姆号的危险——即使伊甸人没有追踪到约翰·皮姆号,惠灵顿主星还有很大的可能会被苏鲁克的食人蛙给淹没,或是被来自地狱痴迷卡牌游戏的下属们给占领,更有可能的是,这些事情会全部集中在同一时刻发生。

服务人员们正在休息室中张贴海报。史密斯在一张写着"请注意:羊内脏也是食物!"的海报下方坐下——大概是为了提醒外星代表才会这么写的吧!史密斯啜饮一口从自动贩卖机买来的茶后,突然觉得更想念蕾哈娜了。

太奇怪了,真的。如果两年前有人告诉他,他会非常想念一个女孩儿,他一定会嗤之以鼻,然后转身回去摆弄他的飞船模型。但是如今,他已经变成了当初自己很鄙视且认为很无能的家伙——那种像女孩儿一样矫情的家伙。当然,蕾哈娜在别的地方时,他和卡尔薇丝就可以打嗝,可以不吃蔬菜。他知道蕾哈娜正在为了帝国的利益而做一些更重要的事情,只希望,她能快点回来,然后告诉他,她做的重要的事情没有涉及任何其他的男人。

菲茨罗伊舰长突然说道:"我花一便士买你此刻想的内容。"史密斯抬眼一瞥,发现她正得意洋洋地像座金发碧眼的巨人一样向他逼近。"那个小女人怎么样了?"

"哦,她很好。她去见她的男朋友了。"

"什么?你不是她的男朋友吗?"

"哦……没错……对。"史密斯突然想起自己那个刁钻的计划,真是被自己给打败了,"对,她去见他了,因为他就是我……"菲茨罗伊舰长在他身边坐下时,他赶紧补充道,"她现在正看着我呢,在远处,你知道的,她现在可能正在看着我呢!"

"想和外星人们打个招呼吗?"

"哦,当然想了。在太空中你一定见过许多长相有趣的家伙。不过,的确必须对他们保持理智。我是说,如果仅仅因为他们爱吵闹,爱穿奇装异服就与他们起冲突,是不合适的——虽然多年以前我们已经宣布风笛为非法物品了。"

01 灵魂的会晤

菲茨罗伊笑着将双腿盘了起来。她穿的裙裤皱皱巴巴的,看起来就像折过的纸,可她的靴子却出奇的闪亮:"听着,史密斯……"

史密斯谨慎地答道:"什么?"

"你的小女朋友似乎对德莱基特那个家伙格外热心——就是那位负责安保的老兄。你得提防着他一些。狡猾的操作员,我一见一个准。认识一个就交往一个!"她仰起头哈哈大笑,笑声像蒸汽一样喷涌而出。

他们上方突然响起了铃声。对面墙上的显示板中有字幕开始滚动时,两人双双抬起头来。字幕写到:太空飞船对接程序已启动,尤思代表团已经通过了检疫控制,所有招待人员请到四号中庭。

"那么,"史密斯说着就蹦了起来,"我必须得走了——去看看尤思人。你知道的,尤思是个可爱的地方。尤思。稍后见!"

黑漆漆的太空中,飞船们在惠灵顿主星齐聚一堂。有些飞船被护航队前呼后拥;还有一些飞船是独自飞行快速到达的,他们的隐蔽干扰设备直到进入惠灵顿防御体系内才降低了工作强度;只有少数几艘飞船体积足够庞大,能够无须护航或是耍什么花招就能独自完成旅行。

一艘巨大的莫洛克战舰从真空中滑出,两架战斗机分列两侧。战舰外壳上覆盖着被漆成橙色的装甲板,并装饰着象征氏族所有权与历史事件的符号——要是史密斯见到这一幕,一定会嫉妒得发疯。

两小时后,一艘灰色的马蹄状飞船停在了雷达探测区的外围:那是沃达尼太空鲸为他们守护的克朗加尔人制造的一艘半生物飞船。飞船缓缓放下一个吊舱，一架穿梭机从里面飞射而出，里面坐着克朗加尔五个最神秘的人物——最前面的那个就是著名的泰尼大使。母舰撤退到安全距离后，他们才打开对讲机，宣告他们已经到来。

所以就出现了以下场面。史密斯发现自己不停地穿梭在一个又一个气闸间，与地球上各大势力打招呼：来自印度联盟、南美洲国会、联合自由州、泛非联盟和挪威的各大代表。代表们到达时，一个安全小组会引导他们卸下武装，而莫洛克步枪队的一队士兵就守卫在附近，"愉快"地提醒大家：如果不想惹是生非，最好克制住自己所有的冲动。

要欢迎的来宾不仅包括人类，还包括各种各样的外星人，他们都来自与太空帝国相友好的星球。他们当中的许多生物，史密斯之前只在学校课本上见到过。他与来自翼坝的政要们一一问候，他们无论身高还是体型都与地球上的龟类惊人的相似；两个阴沉的长着触角的托利安人——可能前不久他们还在追赶他，可这么快他们就宣布加入不列颠帝国了；还有一个身穿厚重装甲的卡罗托安人一起走来，卡罗托安人在生菜窝里冬眠，飞船着陆的时候才醒过来，所以现在看上去好像半睡半醒。

今天苏鲁克帮了大忙。莫洛克的官方外交用语为查尔扎格语，被翻译为"温暖的情绪"的词语，经常被从字面理解为"热风"。苏鲁克在大厅入口处四处游荡，不时对着各位代表们点点头，有时候还会与站在门口附近的一个步兵对视一下。真奇怪，人类要在某种事情上达成一致意见怎么会那么困难？苏鲁克一边想着一边从一个服务机器人旁边经过,灵巧地从它的托盘上将半打小烤肠扫进了自己的胃里。苏鲁克心想:"将噶斯特军和旅鼠人的脑袋拆下来,是个很简单的动作,入侵的危险也将不复存在,而地球上还会留下一些非常漂亮的新小镇。"

一个服务机器人拿着一托盘饮料出现在他身边:"先生,来杯开胃酒吗?"

苏鲁克摇摇头:"没看到我吃得正欢?不过,还是谢谢你。"他转身走向大厅,想寻找自己的同伴。客人们在他周围转来转去。三个看起来像拔了毛的绿色鸸鹋一样的女牧师小跑着从他身旁经过,咔哒咔哒地对另一个同伴说话。

史密斯站在稍远一些的地方,正和一个身穿印度款式太空制服的男人闲聊。毫无疑问,他们一定是在讨论世界大事和银河系的未来。

印度太空船长说道:"史密斯,你知道吗,那真是一个非常迷人的世纪。"

"当然了,辛格。我记得那时候的保龄球非常不错。"

在两位太空船长互相分享他们对星际飞船、游戏和有关胡须的礼仪的看法时,苏鲁克突然想到"人类都是一样的"。至于是一样的什么东西,他还不是非常确定。

左边突然传来一声叫喊。苏鲁克敏捷地回身,瞬间警惕起来。发生战斗了吗?是噶斯特军来袭了吗——或者更好的情况是,旅鼠人?他要把他们撕成碎片,以银河大团结的名义将他们毛茸茸的脑袋给砍下来。苏鲁克一边想着一边朝声音的来源走去。

路上，一个女人将他拦下，跟他说"提供过多的巧克力会将它们宠坏了"之类的话。苏鲁克小心地将她扛到了一边。他的左边，一个莫洛克步兵像是和他嗅到了同一气味一般，正和他朝着同一方向走去。苏鲁克暗暗加快步伐，决心要比莫洛克步兵抢先到达。

是自助餐厅。一想到吃饭和战斗在同一个地方，苏鲁克就忍不住想流口水。除了苏鲁克，其他人——安保人员和各大政要的贴身护卫，也从他身后跟了过来。两个巨人相互打了一个手势，默契地达成了什么作战计划。苏鲁克无视他们的小动作，径自将门打开，满怀希冀地想要赶快见一见他即将面对的敌人。

是温斯科特少校。温斯科特站在一台饮品机旁边，瞪圆的眼睛看起来像是触了电。联合自由州的一名船长背靠在墙上，掌心朝前举起了双手。

"你什么意思，你说它尝起来很有趣？"温斯科特吼道，"老天爷，我要……"

船长说道："放轻松。它只是一种饮料罢了。"

"只是一种饮料？只是一种饮料？"温斯科特的面部开始扭曲，然后像捏好的黏土一样渐渐僵化，"你说，它只是一种饮料？小子，你给我听好了，"他朝饮品机旁边迈出一步，继续说道，"茶能使我们坚忍不拔。上帝选择我们作为使者将文明带到愚昧的银河系废墟之时，也将茶赐予了我们。你知道吗，我对你们这些家伙感到非常遗憾，你们的政府把所有的茶叶都拒之门外。我们的民族是由喝茶的硬汉建立起来的。就算是在农村，如果你的手上不拿一个马克杯或是厨房的碗橱里不放五六个茶杯，你就不是个真正的男人。我问你……如果有人突然到你家拜访，而你需要给他来一杯新鲜的热饮，你要怎么选择，嗯？如果你想让我不再喝茶，那你只能将冒着热气的茶壶从我还散发着体温、但已经没有生机的手中强行夺走！"

史密斯突然靠向苏鲁克的肩膀，有些沮丧地说道："哦，老天。"

苏鲁克答道："没错。"

一个女人咳了咳，温斯科特回过头来，说道："哦，你好，苏珊。"

苏珊摇着头大步走到温斯科特身边："过来，长官。你该吃药了。"

温斯科特僵在了那里，双臂呆呆地举在空中，像是有人正用枪指着他一样。他看看自己的双手，叹了口气，将手缓缓放了下来。"说得对。好主意，苏珊。那么，施瓦兹船长，你想要阿萨姆奶茶还是大吉岭茶？"

在他们后方稍远一点的地方，一个肩膀宽厚的男人转身躲到了一台咖喱食物机的后面。他将自己的名片推到卡槽中，将键盘拨到"萨格土豆"选项，然后看着机器吐出的食物在纸盘上越堆越高。在机器的遮掩下，他背对着安保摄像头启动了自己的内置设备。人造皮肤下，引擎在轻柔地旋转。他从自己的记忆库中下载了一幅3D图像，然后他的脸突然就变成了另一个男人。他现在不再是欧洲代表团的托马斯·普鲁了，而是布莱恩·奥·布莱恩——一位副工程师，一位可以提供全面技术支持的家伙——至少现在，是这样的。他悄悄摘下自己的名牌徽章，将它埋在了一堆菠菜土豆里，然后又从自动分配器里取出一张印度薄煎饼。

他将纸盘高高举起,遮住自己空荡荡的摘下名牌徽章的衣领,走出自助餐厅开始侦查。

一天就这样过去了。因为需要和太多人打招呼,史密斯的手已经酸痛不已,但是他却没有认真和任何一个有趣的代表团沟通过。嗯,除了那个来自法国圭亚那的家伙——也许他应该采纳史密斯的建议搬到不列颠圭亚那,那样可能会好得多。史密斯在楼梯隔层停了下来,将双臂放在铜栏杆上,俯瞰整个大厅。真奇怪,当想见的人不在这里,就算再热闹,这里依旧会显得十分空荡。

灯光暗下来,扬声器里响起了欢呼声,一个身穿高领制服的男人出现在房间尽头的舞台上,"女士们,先生们,以及其他生物们……太空站管理员迈克·巴顿……"

一个戴眼镜的中年男人走上舞台。他在那里站了几秒钟,像个没了电池的机器人。然后一个悬停无人机突然播放起了小喇叭吹奏曲。他说道:"晚上好,各位。欢迎大家来到这里。作为自由太空和各大势力的代表,今天我们为了与沃尔人达成一项协议而齐聚在这里。沃尔人,将以地球人类各国盟军的身份,加入我们伟大而神圣的为自由而奋斗的阵营。不幸的是,现在他们还没有到达这里,所以我们可以先去吃个自助餐。"

"此外,当我们播放一些埃尔加音乐时,各位可以安静地起舞。谈判将在明天一早开始,今晚我们只管跳舞就好。如果还有什么问题,请到吧台来找我。"说完他便准备离开舞台,走的时候明显松了口气的样子。

史密斯一直低头看着那些难对付的生物。在舞台的边缘，有人正在给一架钢琴调音，准备为一场舞曲提供背景音乐支持，而正在调音的那个人长得就像年轻版的温斯科特。一想到温斯科特要站在舞台上，在钢琴的伴奏下向大家夸夸其谈地讲述他的探险经历，史密斯就觉得头疼不已。

太阳穴突然传来一股尖锐的疼痛，史密斯更加确认了这种想法。他低头一看，发现自己的脚边躺了一根小烤肠。他意识到自己一定是被这根小烤肠给打了一下，不知道这是不是某种奇怪的噶斯特人将要发起突袭的征兆。他环视着大厅，试图找出那个包藏祸心的外星人。

远处，苏鲁克对他挥了挥手。苏鲁克的身边，W朝他点头示意，并指了指门口。史密斯越过楼梯夹层，匆忙走下了楼梯。

W看起来比平时更阴郁了，即使他的手中正举着一个香肠卷也改变不了什么："史密斯，我们有麻烦了。"

"糕点坏了？"

"莫洛克人已经到达。他们想见见你们两个——是指名道姓地要见你们。"

"我们？他们怎么会知道我们在这儿？苏鲁克，是你告诉他们的吗？"

苏鲁克摇摇头，说道："鳃状人的地址簿保密程度很高的。"

W答道："不要追究这些了。反正有个长得两层半楼高的外星人正在等着你们，他想和你们说说话。"

苏鲁克兴奋地搓搓手:"我们怎么能让这样一位拜访者等着我们呢?"

服务电梯尖叫着朝入口大厅落下时,史密斯理了理自己的夹克衫,努力去想一些不那么令他担心的事情。电梯"砰"的一声停了下来,他们踏进了一个抛光过的空荡荡的房间。面前是一对巨大的气闸门,大得可以容纳一辆重型卡车或是装饰一头巨大的黄铜狮子和独角兽。

显示屏在他们头顶"咔哒"一声亮了起来。W 说道:"三号大门,立刻。"

苏鲁克凑到史密斯身边,低声说道:"马祖兰,我们可太荣幸了。我们的太空领主可是极少向人类显露真容的。"

史密斯答道:"真的吗?"恐惧在他的肠胃中涌动。他是不是必须得和这个东西打一场?甚至更糟糕的是,他还得和它闲聊一会儿。

"一会儿会发生什么事?"

苏鲁克答道:"你已经见过了我们莫洛克人的生殖方式。有时候,卵变成蝌蚪之后就不会继续长大了。除了产卵和孵化以及永远不能成年以外,他会永远处在蝶蠊期,而他身体中所有的力量都会流进他的脑海。那就是你接下来要看到的:一个鳃状人。"

巨门在吱嘎声中滚动着打开,一个莫洛克人从气帘里走了出来。他穿着长款的棕色大衣,戴着常规款围巾和沉重的太空飞行员护目镜——太空飞行员只有在执行突袭任务和飞船重新加油时才会离开飞船。跟在后面的姆拉人像是由蒸汽形成的一般,渐渐凝聚成形出现在他们眼前,紧接着其他人也纷纷出现,每个人出现之后都擦了擦自己的护目镜。他们的身后,一个火车车厢大的玻璃水箱也滚动着来到了他们面前。

W 将雪茄烟蒂戳到了一盆盆栽植物中。史密斯努力压下心中的不安,那股不安似乎是从水箱中溢出来的,将他全身洗涤了一遍。浑浊的水中似乎有东西在移动。

一个生物缓慢而优雅地朝水箱玻璃游来。它穿了一件太空服,戴着呼叫中心才会用的耳机。没错,它就是一只有咸水鳄鱼那么大的蝾螈——鳃状舵手,莫洛克的航天员大领主与预言家,它将它那古老的双眼转向了面前的人类。

水箱角落里的扬声器骤然响了起来:"哦嗨,我是舵手塞德里克。你一定就是太空船长史密斯了?另一个是杀戮者苏鲁克,对吧?"

苏鲁克答道:"没错。老天爷,塞德里克。据说鳃状人的智慧能够征服真空。"

W 补充道:"欢迎来到这里。恐怕我不能告诉你我的名字……"

塞德里克说道:"鳃状人无所不知,这就是我们的生存方式。我们理解事物的本质,可以控制事物……你叫艾瑞克。"

史密斯说道:"你好!你们的旅途还算愉快吗?"

塞德里克眨眨眼睛:"还算不赖,谢谢。"

"很好。哦,我很想和你握握手,但是……"

塞德里克说道:"有点儿困难,我知道。我们就挥挥手好了。"

他们互相挥了挥手。之后,两人注视着彼此,努力思考该说点儿什么。"

史密斯说道:"所以,哦,舵手,你必须得从水箱里出来才能操作飞船方向舵吗?"

塞德里克答道:"这是一种荣誉。哎呀!那太糟糕了,对吧?"

"不,我说的是一个名誉头衔。舵手的等级比水手高。其实那样挺好的,因为你不必担心会把地图弄湿了。"塞德里克在水箱中慵懒地打了个滚,甩动着尾巴让自己翻了个身。

W 踏上前来,说道:"这是赠送给你的。"他说着将一个袋子递给了塞德里克的一名副官。副官接过包裹,将它在玻璃前举起。W 说道:"里面有一个马克杯、一些固定着帝国羽毛装饰的东西,还有一个名牌徽章。"

塞德里克说道:"也许我们可以把名牌徽章用胶带粘到我的水箱上。戈加尔,马克杯就送给你了。"

副官兴奋地吼道:"太谢谢您了。这里面还有一张写着'我为自由而战'的小贴纸,以及一本来自北约克郡旅游局的小册子。"

塞德里克挥挥鸭掌一样的手。"都给你了。现在……我有几个消息要告诉你们。"他摆正了身体,"有三件事需要我们注意。"

W 说道:"你说吧!"

"第一件事是要说给史密斯船长的。一位访客正在来这里的路上,你一定会非常欢迎这位访客的。一天以后她就能落到你身上了——或者说,一天后她就能落到太空站上了。"

史密斯说道:"是蕾哈娜吗?"

塞德里克叹了口气:"我不能告诉你她的名字。你知道的,说得太多会让我们折寿，的会使我们没了作为预言家的乐趣。"

史密斯也叹了口气："哦，但是，这是真的吗？"

"没错，这就是真的。但是第二件事是说给你们所有人听的。一股巨大的邪恶力量正从太空深处崛起，并且正朝人类而来。"

史密斯说道："太好了。我是说，蕾哈娜就要来了。"

W 往前凑了凑，将瘦骨嶙峋的手插进乱糟糟的黑发，在脑袋上挠了挠："如果你说的是和噶斯特军的斗争，那这个消息可就过时太久了。"

塞德里克摇摇头，在周身荡起一圈圈波纹："我指的是这个太空站。有东西正在赶来这里。"

"这个地方根本无人知晓。"

"好吧，"塞德里克沉到了水底，"但你们还是要谨慎一些。而第三件事是单独说给杀戮者苏鲁克听的。你丢掉的那件东西就在浴池后面。赶在房间开始发臭之前，你最好快点把它清除掉。"

苏鲁克答道："万分感谢，塞德里克。"

塞德里克打了个哈欠，转身朝水箱内部游去："我喜欢这里所有的铜器，它们很漂亮。我一直想要自己亲手做些东西。比如，在这里面放一个或者一些城堡模型，这样我就可以绕着它游泳了。如你所见，这只是我的旅行水箱。我日常居住的那个水箱要比它有趣得多。那里面有一张防水沙发和一个能释放浮游生物的机器。"

"哦，好吧。你想喝点什么吗？"

"白葡萄酒，谢谢你。你只要把它从水箱顶上灌进来就行。现在，"塞德里克说着在水箱中升了起来，"我必须单独待一会儿。

这趟旅途很长，我被要求蜷缩起来以节省空间，因此耗费了许多精力。"

回去的路上，W 依靠在上升的电梯里凹凸不平的金属墙上不停地叹气。

史密斯说道："蕾哈娜要来了，那是真的吗？"他的胸膛中轻飘飘的，就像剪断了绳子的热气球。

W 答道："该死的。没错。我只希望剩下的事情都不是真的。"

苏鲁克说道："那我们必须动作快点。我马上就到水槽后面去做战斗准备。"

电梯门缓缓打开，他们走进了一条服务通道。这时，一团苍白的触手围绕着两个红色圆球从他们眼前飘了过去。

"诺姆·努德罗斯不高兴了，地球人！"它说着拿出了一个红色的球，"关于这个'苏格兰煮蛋'……"

史密斯答道："那只是一个名字，并不是真的来自苏格兰。"

那个生物喊道："那它应当被同化！诺姆·努德罗斯对你非常感激并且没有那么不开心了！"它说着就缓缓飘走了。快要飘出走廊的时候，它又补充道："诺姆·努德罗斯要去把体内的附属物排出来。"不过，它消失的那个房间显然不是它应该去的地方。

真是一群有趣的外星人。

灯光暗下来，自动报幕员滚动到了舞台前。史密斯站在大厅最边缘静静地看着。

"女士们,先生们,以及各种有智慧的生物们,我们要很自豪地向大家介绍曼彻斯特的音乐大师。为了让你们脸上浮起微笑,心中激荡起激情,我们特意将他请到了这里。有请毛里斯·E.史密斯和他的大好时光乐队!"

毛里斯·E.史密斯的衣领子上别着一束冻干的水仙花,他兴奋地跑上了舞台。"一首《你是我的玫瑰花,哈丽特》献给大家!"乐队指挥说完,舞台亮了起来,一排排音乐家就位,大鼓隆隆地响了起来。

卡尔薇丝穿着自己的蓝色连衣裙,拖着德莱基特跑到了舞池中央。史密斯看到这一幕,突然对两人羡慕不已,尤其是在此刻。不过,蕾哈娜已经在来的路上了——一只几米长的蝾螈预见到了这一幕,而现在一个脸色阴郁得像生了病一样的大密探也证实了这一点。这又怎么会不是真的呢?房间的尽头,一组舰队人员刚刚赶到,他误以为那些是表演小号独奏的演员,因此不以为意地笑了笑。菲茨罗伊舰长在查博和王牌战斗机飞行员沙托的陪伴下,朝吧台走来。史密斯知道自己躲不开了,因此干脆站定等着他们过来。

菲茨罗伊舰长吼道:"一升图尔特酒和一杯最大杯的窖藏啤酒。你喝什么酒,史密斯?"

史密斯点了半升自称是窖藏啤酒之王的埃克斯利啤酒。这种酒尝起来确实很有中世纪的味道。

"报应来了。"菲茨罗伊舰长说着喝了一大口酒。舞台上,第一喇叭手鼓起腮帮,吹奏出一波蔓延整个大厅的声浪。舞池中的人渐渐多了起来。"我是说，那家伙和你的小女朋友似乎有点太亲密了。我的老天，就是那个偷偷用眼睛看着你的家伙！他正要抢你的小女朋友。"

"德莱基特！"史密斯低头看着自己的啤酒杯，不知道窖藏啤酒是不是应该有这么多泡沫，"他只是在照顾她罢了。"

她答道："看起来他正在好好照顾她的扁桃体。你想让我过去恶狠狠地骂他们一顿吗？或是一拳将他揍到啤酒桶上？"

"哦，不，谢谢你。我们有一个……哦，事情很复杂，你看……"

"你这狡猾的老家伙！"她仰头哈哈大笑，像是要用笑声将一只飞过的海鸥吓晕，"好吧，如果他们背着你悄悄在一个房间里待着，或是在你面前……而你却故意扮演一个盲人，我就不得不佩服你了。我还有一点儿其他的安排。"说着她朝沙托和他那一组飞行员点了点头。史密斯不知道她的示意是对其中的一个人还是几个人，但令他非常吃惊的是，他居然被这几句话感动了。

菲茨罗伊拿着啤酒，朝史密斯奇怪地微微鞠了个躬，祝他度过一个愉快的夜晚，然后便大步走开了。

新的曲子响起，一个尤思安人将自己圆锥形的躯体滑到舞池中央开始慢慢旋转，同时发出一阵低沉的嗡嗡声。德莱基特离开卡尔薇丝走向吧台，要了一大杯白葡萄酒和两瓶黑麦威士忌。深空作战小组的苏珊拉着温斯科特走到了舞池中——有可能是为了暗中调查客人吧！温斯科特之前已经暴走过一次，现在看起来相当安静，并且他已经穿上了牛仔裤。史密斯抿了一口啤酒，孤单感席卷而来。

苏鲁克拿着一杯淡啤酒等在墙边,像罗马帝国的皇帝俯瞰竞技场一般巡视着房间。卡尔薇丝则站在他身边。史密斯朝他们挥挥手,走了过去。

"舞会很有趣,对吧?"他尽量提高音量以盖过音乐的声音,"三十年前,在场的诸位外星人中有半数都是我的作战目标。时代变化得真快啊!"

卡尔薇丝大声回答道:"你十岁时一定就已经很嗜血、很顽固了。"

苏鲁克凑到跟前:"三十年前,我还一直想杀了你呢!而现在我们却……跳舞。他们把这种变化叫作进化。"

卡尔薇丝问道:"跳舞有什么错?"

苏鲁克皱起眉。"之前我们已经讨论过这个问题了,"他也提高了音量,"答案仍旧是没什么错。但是我不跳舞。"

卡尔薇丝问道:"但是为什么不跳舞呢?你看,温斯科特和苏珊现在就在跳舞。"以前史密斯很想知道深空作战小组在不搞爆炸任务时都会做些什么。现在他知道了,答案中似乎还包含跳摇摆舞,这很令人惊讶。

"勇士不适合跳舞。"

"那鳃状舵手呢?我看他玩得很开心呢!"她指着大厅边缘处的巨大水箱说道。水箱里的水被拍向水箱侧面,水箱中的身影在里面上上下下地来回摆动。

"那不是跳舞。他只是打开了冲浪机。"

"你看,很容易的。首先,你得和音乐保持同一节奏。把你的手伸出来……像这样。"苏鲁克小心翼翼地伸出一只手。"现在，节奏一响起，你就跟着节奏打响指。看到了吗，就像我这样！"

苏鲁克仔细地盯着卡尔薇丝的动作，像是在期待一场袭击。很快，他就有样学样地跟着做了起来。德莱基特看到他们在打响指，便拿了两瓶威士忌从吧台处走过来。他说："做得没错，跳。"

卡尔薇丝接话："现在，我们去舞池里吧。这边。"

她凑到苏鲁克身边，拉起了他的手，说道："就这样。"而苏鲁克，尽管认为人与人之间的物理接触最好还是通过长矛，但还是被她拉着朝舞池走去。卡尔薇丝试探性地将他带进了舞池，他们笨拙地跳着，就像一架火星战斗机在玩一个坏掉的陀螺。

看着尽管笨拙但依然努力跳舞的两个队员，史密斯的心里突然充满了汹涌的自豪感。他们俩都是好家伙。虽然一个懦弱胆小，一个是杀人狂，但是有他们作为船员，他感到无比幸运。除了他们，还有谁能把那面镜子从新伊甸的核心基地中带回来呢？

但一些令人不安的画面突然浮现在史密斯的眼前。期望462在太空海盗的起义中被杀死是不切实际的，也许他仅仅又添了一道新的伤疤，或是他的大屁股上被砍了一刀，但是噶斯特人就像米开朗基罗的大卫——他可能看起来不那么硬朗，但是你必须得用上最重型的武器竭尽全力对付他，而不是仅仅从这个混蛋身上切下一点点碎片。虽然史密斯有朋友的陪伴，但是他还是没有安全感——还远远没有安全感。

W和管理员巴顿坐在房间角落里喝着啤酒。巴顿的猎犬伏在他的膝盖上。巴顿看起来有点儿紧张，似乎在期待某些舞伴突然对他发出邀请。史密斯慢悠悠地走过来，在桌子的另一头找了个椅子坐下。

史密斯对 W 点点头，他便靠了过来。史密斯说道："长官，我想把那面镜子从这里转移走。"

"哦，是吗？"

"它太危险了。如你所说，如果有关道奇森的事情都是真的，那么通往另一个维度的入口和苏鲁克的食人蛙加在一起，将会产生难以置信的危险。我们需要把那面镜子从这里转移走。"

"但是，我们不能简单地把它丢掉。它应当被安全地锁好。"

乐队的演奏突然停了下来。W 和史密斯坐在突如其来的安静中尴尬地看着对方，直到音乐再次响起。史密斯说道："你说得对。我建议把它放到一个盒子里，然后扔进太空。"看 W 似乎有些不太赞同，他又赶紧补充："它不会飘走的，因为没有电流提供移动的动力。我的飞行员弄到了一本有关天体物理学的书，我在那上面看到的。"他的话只说了一半，其实那本书早已被用来换了免费的早餐麦片。

W 说道："让我想想。若是我们弄丢了通往另一个维度的入口，那可就蠢透了。"他的眼神越过房间，盯着一个地方，史密斯随他的眼神看了过去。一名操作控制员——一位名叫黎明的仿生机器人正朝这边快速走来。她身后跟了一个身材瘦削、身穿黑色夹克和翻领毛衣的男人，他的领口上还别着一张级别较低的欧洲通行证。史密斯莫名其妙地觉得自己一定在哪个地方见过这家伙。

W 问道："史密斯，你能等我一分钟吗？"

"好的。"史密斯向后一靠,开始倾听乐队演奏的音乐,他不知道自己究竟喝了多少酒,应该就只有一两升吧!也许他应该换成果汁,或者至少在啤酒上面放一点酸橙。卡尔薇丝和德莱基特横扫整个舞池,鉴于她一直以来对他的所作所为,她现在的表现惊人的优雅。苏鲁克靠在吧台边休息,似乎很庆幸自己终于从卡尔薇丝的魔爪中逃了出来。他的礼帽、黑色的衣服和大大的下巴让他从侧面看来,竟奇怪地与亚拉伯罕·林肯有些相像。

大厅尽头的大门突然打开,一个女人出现在光圈中。史密斯凝神细看,不敢确定那人是谁。一定是她。地球的代表团中有好几百名女士,她们中有很多人都长得非常迷人。但是没有一个人能像她这么美丽,像她这么会耀眼,当然也没有人会像她一样吸雪茄烟。

蕾哈娜站在电梯口,好像不确定接下来要干什么。史密斯突然奇怪地想,这么多年来她一直试图让银河系的人们和谐相处,而今真的看到这一幕了她反而有点儿慌乱。似乎没有人注意到她的到来——不,舵手塞德里克注意到了,他在水箱里翻滚,示意她上前。史密斯朝她挥了挥手,但没有收到回应。

蕾哈娜闭上双眼,做出一副类似便秘的、烦恼的表情,这意味着她要运用自己的通灵能力了。突然间,她停了下来,眼神笔直地看向史密斯。她的脸上突然露出一个大大的、带着些傻气的笑容,史密斯之前从未见她这样笑过。他站起身来。蕾哈娜穿过半是聊天半是跳舞的人群,大步朝史密斯走来,丝绸的衣服在空气中打着旋儿。

舞台上,毛里斯·E.史密斯将麦克风拉到了嘴边低声吟唱着:"伦敦的街上开始恐慌,而天堂才知道我现在有多欢愉……"

蕾哈娜走到史密斯身前,对着史密斯和她一样傻傻的笑颜吻了上去。

他说:"我没想到你会来这儿,哦,只是一开始没有想到。"

"很抱歉我不能向你解释什么。但是我真的不能告诉你,那是最高机密。"

"没关系,你做得对。沃尔人呢?"

"他们的行程有点儿耽误了。你也知道,他们没有固定的肉体形式。"

"你是说,他们是烟状的?"

"没错。哎呀,他们其中一个人就站在通风口附近,之前一定是有人打开了空调……不管怎样,他们现在已经找到他了。他在厨房里的一盘手指饼上方显出形来,一定吓坏了在那里工作的人。不过幸运的是,没有人伤到自己……你收到我的信息了吗?"

"你的通灵信息?"

"对。那么,我成功了对吧?"

"太感谢了。它给了我一个——我是说,我可以清楚听到它讲话,也可以看清楚它的形状。"

一束光突然从蕾哈娜上方射了下来,将她的连衣裙染成了红色。房间的后面,门砰地关上了。她说:"这让我想起了我的高中毕业舞会。我们去跳个舞吗?"

史密斯之前见过蕾哈娜跳舞的样子,因此他说:"不如你去跳舞,而我坐在这里观赏?"

"哼！"她拉起他的手，带着出乎意料的拘谨，开始随着《感谢 DJ》的旋律跳华尔兹。史密斯就这样被她拉着转来转去。他想知道她是否穿了鞋子，因为穿着拖鞋跳向后的舞步一定非常困难。

在房间里环视一圈之后，史密斯发现克朗加尔代表团在房间的尽头欢快地摇摆着。他想，也许银河系的各个文明本质都是相同的，就算是克朗加尔人，当雌性拖着雄性在舞池里笨拙地走来走去时，雄性也会无力地大声抗议。他虽然担心自己会因为喝了太多酒而舞步笨拙、露怯，但是看到蕾哈娜欢快的样子，这种忧虑瞬间荡然无存。他们一起愉悦地在舞池中半是跳华尔兹半是漫步地晃来晃去。

"如果你觉得印度的娱乐节目就是各种音乐和跳舞的话，你就应该去看看我们的 DIY 栏目。我可以很确信地告诉你，你没办法一边挥舞着电锯一边唱歌。"太空船长辛格说。

苏鲁克答道："实际上是可以的，但是只有在开心的时候才能那么干。再喝杯茶吗？"

"谢谢你。现在，如我所说……"

"没什么值得庆祝的，嗯？"德莱基特拿着一杯威士忌从椅子上滑了下来。卡尔薇丝在他嘴角的香烟即将掉进他的酒杯并燃起一个火球之前，及时将它拿了下来。德莱基特嘀咕道："该死，这种酒真是够劲。要是这里发生了骚乱，他们应该把这种酒拿出来当燃烧武器。"

拉姆斯卡皮坦·施密特说道："就我自己而言，其实我更喜欢红酒。祝成功！"

太空船长施瓦兹慢吞吞地说道:"除了茶什么都行。德莱基特先生,再来杯波旁威士忌吗?"

各种各样的太空船长围坐在大厅尽头的一张桌子旁。舞蹈还在继续,但是史密斯决定坐下来休息休息,以免过一会儿不小心倒在舞池中,压到某位来访的显贵身上。要是有可能,回到自己的房间,或者是蕾哈娜的房间,做点别的事情而不是喝得烂醉如泥就更好了。他看着桌子对面的蕾哈娜,温柔地笑着。蕾哈娜看起来却像受了惊一般。史密斯不知道出了什么问题,直到一根手指使劲戳了戳他的肩膀。

温斯科特站在他身后说道:"我们有麻烦了,史密斯。"

"有什么东西炸掉了吗?"

"我们需要谈一下。跟我来。"

史密斯扶着桌子站起来,跟温斯科特走出了房间。在不太通风且有些空荡的门厅里,音乐听起来闷闷的,似乎是从遥远的地方传来的。

W、巴顿、苏珊和菲茨罗伊舰长坐在宽大的红色扶手椅上,仿佛是群退休的老人正准备喝一杯波尔图葡萄酒,同时用男人的方式聊聊天。和他们一起的还有史密斯之前曾见过的那个穿着高翻领衬衫的男人。待他走近时,那人举起双手耸了耸肩,史密斯惊奇地认出了他——凡多姆。

史密斯问道:"发生了什么事?"

W对凡多姆做了个手势。这个法国男人站起身来,双手放在背后,说道:"朋友们,我将你们所有人召集到这里是为了宣布一件事：在我们中间，出现了法国人所熟知的问题。或者说，在这个殖民定居地里，有间谍乔装打扮混了进来。"

史密斯忍不住嘀咕了一声："老天爷！"菲茨罗伊舰长伸手去拿她的杜松子酒。W 拉下脸，脸上现出愁容。温斯科特看上去还在云里雾里，没有弄清楚自己到底听到了什么。巴顿则哀叹："哦，听起来真是太糟糕了。"

"没错，先生们，女士们。在你们助理的帮助下，我检查了安保系统——我忘记了她叫什么，但是她让我想起了玛丽·德·波宾斯。"

W 说道："她叫黎明。"

"哦，对。她是一位非常迷人的女孩儿。她告诉我欧洲支援人员过来了十二个人，但事实并非如此。他们只派出了十一个人。"他的后脚跟晃来晃去，史密斯努力将注意力集中在他脸上，而不被他晃晕。

"我嗅到了不同寻常的味道，于是我尝试把事情弄清原委。名单上有一个名字有点问题……就是托马斯·普鲁，代表团的总助理。真正的托马斯·普鲁六个月前就已经去世了。因此这里的托马斯是冒充的。"

史密斯问道："你见到过这个家伙吗？"

"没有。我们到达这里之前根本就不认识这个家伙。我们怀疑他是乘其他飞船偷渡过来的。要做到这一点并不容易，但也不是不可能。所以，托马斯·普鲁是一个假名。我能得出的结论就是，他现在顶着一张假脸隐藏在这里。"

史密斯说道:"那好吧。听起来我们该出去寻找这个'托马斯·普鲁'了。"

W 说道:"我们当然要去找。但是你明天早上要把那面镜子运出去,史密斯。你把它镜面朝下放在一个大盒子里,然后存放在一个小行星上,最好是一个不会挪动地方的小行星。那样,一旦公约达成,我们还可以再把它找回来。如果出现了什么麻烦——好吧,不会出现任何敌人接近它的危险的。还有什么问题吗?"

史密斯摇摇头,说道:"我得回去通知一下我的船员们。"

W 说道:"那我们就这么决定了。温斯科特,苏珊,我们需要讨论一下如何找到托马斯·普鲁。其他所有人,我建议你们都回去睡觉。如果睡不着的话,可以吃两片阿司匹林。"

凡多姆鞠了个躬,说道:"我的朋友们,我喜欢这个计划。用我们法国话来说就是'酷毙'了。"

02

追捕托马斯·普鲁

"亲爱的听众朋友们,大家早上好。我是 R.特雷弗·汉弗莱斯,《今日节目》将为您现场报道不列颠太空帝国与其他人类国家及外星国家之间的联盟谈判,其中最为重要的是与沃尔人的谈判。出于安全原因,我不能给出我们的具体位置,但我能和这里的一些代表谈谈他们对今后的看法。正如大家期盼的那样,这里来了一些强大的莫洛克人,现在我旁边的两位就是莫洛克的长老。

"首先,这位是沃加克·斯普林·里珀,伟大的莫洛克心脏地带战争部长。沃加克,对于此次和平协议,您希望能够从中得到什么?"

"战争!"

"这一位是渔业与农业部长,加斯罗格家族的阿特纳拉。请问您希望能够从此次和平协议中得到什么?"

"……还是战争。"

"抱歉,两位。渔业与农业部长,战争部长,请问你们认为今天产生分歧的原因是什么?"

"谢谢你的提问,特雷弗。今天,我们正面临着达成协议的一个关键点,它不仅有可能会改变这个协议,还有可能会改变银河系的关系。说实话,未来是未知的,而签署此次公约将使这个未知向现实再踏近一步。这将是地球人理应享有的未来。"

"所以这就是你们的答案。各方对此次公约的签署都寄予了厚望。现在,我想代表们应该已经开始进入会议大厅了……"

W跟随政府代表团走进了会议室。五十六种语言的轰鸣让人仿佛进入了一片嘈杂的云彩。

会议室和飞机库差不多大小。选它作为谈判场所,既可以容纳众多客人,又可以让参会人员有庄严郑重的感觉。地板两侧摆放了一些巨大的蜘蛛抱蛋。房间角落里则有许多仰头对着天花板嘶吼的铜狮子雕像,它们嘴里不时喷出装饰的火焰。W坐下时,正巧看见对面来自联合自由州的代表把一根香烟戳进了一只铜狮子的鼻孔里,然后吹了吹烟头,深深吸了一口。两个男人互相交换了一下有些疲惫的愤世嫉俗的表情,几秒钟的时间却感觉那么长,仿佛一个世纪之后对面的代表才转身去找自己的座位。

管理员巴顿坐在W身边,穿着新制服的他看起来奇怪得就像要去接受审判。巴顿的一台自动清洁机在天花板上闲散地晃来晃去,在它底部附着的扫描仪也跟着晃来晃去,一不小心撞到了克朗加尔的翻译机上,刹那一现的火花中,它晃了两晃,然后转到一边继续干自己的清扫工作去了。

房间右边的巨门打开,莫洛克代表团分两列走了进来,鳃状舵手塞德里克居住的巨大的水箱从他们中间缓缓滑出。"哦，祖先啊！"塞德里克揉揉自己的大额头，呻吟道，"昨天晚上我通过鳃都喝了些什么？"

他的同伴们还没来得及回答，两架无人播报机突然从天花板上飞了下来，在一阵号角齐鸣中，它们宣布："女士们，先生们，还有各种生物们，谈判现在开始！"

帝国的星际殖民事务部长首先进行了发言。他通过一个简短的开场演讲，宣传了"银河系各种族是时候抛开分歧，好好去做一次该去做的事情"的理念。当然，有些代表的身材和体型非常引人瞩目，有些代表有着帮助太空帝国的一贯想法，还有一些代表有着被帝国海军从轨道上炮击的记忆——但是现在，这些都被抛之脑后了。人们应该不畏艰险，万众一心，直到取得战争的胜利。最终，他的讲话通过翻译机被传达到各大代表的耳机中。

翻译机看起来很像一个附在一组动叶片上的漏斗，它在克兰加里代表团的上方停下来，发出轻柔的嗡嗡声。听完后，泰尼大使站起来开始喊叫，翻译机则迅速投入工作："泰尼大使说，作为一个半中立党派，我们很高兴化成蚕蛹让自己置身事外。"它的声音听起来机智而友好，"我们期待此次讨论能够开放、热情和前途似锦。"

外星人们相互交换了一下困惑的眼神。泰尼大使身边站起来一位少校，他把翻译机拉下来使劲拍了拍，翻译机像喇叭一般响了几声后，说道："哎呀，混蛋，那个该死的东西又卡住了。我们很高兴能够参与到此次大会当中，"翻译机说着升到了空中，"我们对此次大会持有开放、热情与诚实的态度。"赞同的掌声像浪花般一波又一波蔓延到房间的每一个角落。

在房间的另一边，一团烟雾一样的东西悬在一张空桌子的周围。烟雾缓缓凝结，像是被吸入了某个什么东西的身体里。渐渐地，两个上半身的粗糙轮廓缓慢成形。当其中一个外星人站起来说话时，W认出了它高高的额头和挺翘的鼻尖。

"银河系的人们，"沃尔人带着浓重的鼻音，无精打采地说道，"我是赛奈斯，八方之主，北极星的主人，沃尔人的代表发言人。这位是我的同伴桑迪。我们来到这里是要告诉你们，地球必须被摧毁！"最后一句话他喊得格外大声。"哈哈，我只是开个玩笑。我觉得这样可能会打破僵局，让大家更放松一些，不然我觉得桑迪快要被你们吓跑了。"

说完，赛奈斯就沉了下去，像要从地板上消失一样，但他在离地面一米左右的地方停住了。而他身旁的那个沃尔人桑迪则开始向上飘动。

桑迪说道："多亏了我们的好朋友蕾哈娜·米切尔……"

赛奈斯补充道："她很可爱，我为她感到深深的自豪。"

"……我们接到指示，必须按照如下方式办事。那么，谁来唱响第一曲呢？在场诸位好心的绅士们谁愿意来当第一位呢？"

有一位大使插嘴道："先生们，这是一条严肃的公约。请把态度放尊重一些。"

桑迪答道："请原谅我的措辞不当。我忘记自己不是在北极星上了，我应当注意一下自己经常胡乱用词的习惯。那么，我们对你们的条约有点儿意见,虽然这是司空见惯的事情,但是我确实不能理解其中的一些词义。"

W 嘀咕道:"我们也不能理解你们的词义。"

桑迪用一只看上去近似烟雾的手拿起他的文件,通过静电翻动书页。"啊,找到了。请大家翻到第五小节,看第七到十六段。我想请你们阐释一下'朗姆酒生意''约翰尼·莫曼曼'这两个词的含义,然后再翻到题为《关于禁止行为的描述》一章中解释一下'殴打当地人'一词的意义。"

462 靠坐在椅子上,启动了显示屏。系统毁灭号拥有强大的扫描装置,可以收听伊甸的宣传广播。462 得对这些节目进行深入研究,以确保他深爱的盟友不会凌驾于自己之上。

伊甸人选出了一位新的最高领袖——迈克·辛普尔,他号称完全值得人民信赖,因为他非常自豪地承认自己太愚蠢了,愚蠢到根本就欺骗不了选民。选出新的最高领袖之后,伊甸人自发组织起了庆祝活动。

462 轻轻换了一个频道。一辆被一群狂热的教徒包围着的坦克出现在显示屏上。六具尸体晃晃悠悠地悬挂在坦克的主炮上。他眯起眼睛看着那些长相奇怪的人脸:他们长着鼻子、头发,没有触角。他突然意识到,伊甸人是愤怒还是狂喜并不重要,最重要的是,他们正处于一种歇斯底里的狂热之中。迈克·辛普尔可能只是一个朗读台词的演员——或者,更确切地说,为了增加真实性他已经忘记了台词,在脱稿表演了。

462笑了几秒钟,然后才拨通了普朗勋爵的电话。当生物屏上的画面开始改变时,462伸出手来,拿起一杯新制的下属的新鲜血浆呷了一口。有好一会儿,屏幕上的普朗没有任何声音,显然他并没有意识到视频通信已经接通了:他看起来十分迷茫、猥琐,眼睛红得出奇。462心想:"真奇怪,最虔诚的伊甸人怎么看起来那么像愤怒的流浪汉?"任何一个人类都能让他厌恶得将触角蜷缩起来,而新伊甸人却在他心中唤醒了一种特殊的蔑视之情。他心想:"如果我在这些废物中间再多待一段时间,也许我也会沾染他们身上臭烘烘的味道吧?"

屏幕上,普朗似乎开始努力想要对着镜头说话,他露出的牙齿看起来就像一个被炮弹击中的城墙。他的贴身护卫利纳特在他身后将两根通信线缆接在一起,发出了"砰"的一声。利纳特欢快地问道:"有老鼠吗?我想要一只老鼠。"

462心想:"我也正在思念一只旅鼠呢!"462现在意识到,奎特克大使去世所造成的损失,不仅仅是白马号这个伟大的作品,还有这个可以汲取能量的噩梦般的地方。也许,这是一个可怕的事件,但却也让462方便地掌控了这里。

普朗吼道:"嗯?你在干吗?和这东西讲话?能听到我说话吗?"他的吼叫声通过麦克风传到462的耳朵里。462嚎叫一声将头盔摘了下来,他差点被头盔中的巨响给震聋,直到现在,头盔还在手中颤抖不止。

462扮了个鬼脸答道:"我能听到。"对面那个愚蠢的老家伙很明显不知道应该如何控制音量。

"所以呢？"

462只张嘴不出声地说出一句话，然后看着普朗打开了音量键。462轻轻按下了座位内置的宣传按钮。一号的喊声就从附近的一个扬声器里传来，他正在做动员，声音听上去就像一根冒着火花的电缆和一个愤怒的说着外星语言的声音产生了摩擦："咔嚓咔嚓……"普朗摇晃了几下，像是把电缆或狗压到了鼻子下面。他努力控制音量，哼唱着低俗的现代音乐并设法将音量降到了可控的水平。

462假装自己在头盔中发现了一些新的有趣的玩意，以此来掩饰自己发出的嘲笑。

普朗说道："你到底想要什么？"

"信息。我要知道你满太空搜索的情况怎么样了。"

"还什么都没有发现。我有任何发现，一定会告诉你的。"说完，他便将手伸向了开关键。

"等等，普朗！"

普朗的动作停顿下来："又有什么事？"

462眯起双眼，说道："普朗，别让我失望。如果我知道你没有对此次任务予以最大关注，没有什么能比这更让我感到失望的了。"

"发生了什么事让你觉得我没有付出最大的关注？"

"你身边放了一杯可可，而你的膝盖上正盖着一张格子呢地毯。根据我对弱小人类生物的研究，我想你应该是正打算……"462的声音阴沉得似乎要滴下水来，"小睡一会儿。我竟然不知道你作为大狒狒的职责还包括打盹儿呢!"

这句话的意思滤过普朗的耳朵传到他的大脑中,最后又渗入他的脸上:"谢谢你没有质疑我。你别以为我很懒散。就在不到十分钟前,我还进行了一场痛快的通便,如果你想确认的话,我可以让你看看。"

"我没兴趣知道你这些无聊的事情。"462呷了一口下属的血浆,"你只要加快搜索就行了。普朗,惹恼了我,你就得为你自己唱挽歌了。"他皱起眉头,突然发现用不押韵的语言进行威胁会更加容易,"清扫这块象限,威胁你的下属,把你的双焦点对准……做你必须去做的一切。快去找到那个装置,不然我就要怀疑你是不是已经不再为伟大而光荣的噶斯特帝国工作了。"

"光荣的?"普朗哼了一声,一簇簇鼻毛也跟着抖了抖,"胡说八道。小家伙,你觉得自己很特别吗?你和我都知道,这与荣耀无关,也与虔诚半点关系都没有。"

"什么?"

"啊,别装傻。我又不蠢。你现在的演说对象可是编撰了神圣的《伊甸圣令》的最伟大的学者之一。"

"闭嘴。事实上,你记住的只是一些无关紧要的小册子。"

"小册子?你嘴里的那个无关紧要的小册子可是我们的最高宗教经典!我知道它是何等的神圣,因为那是我撰写的!"普朗对着自己的手掌咳了咳,然后在看不见的地方抹了一把,咧嘴笑道,"关于这件'为噶斯特帝国而服务'的事,你一定是在开玩笑吧?你会参与进来只是为了杀戮,就像我一样。重要的不是祈祷,而是仇恨。要不然，我们为什么——抓不到人就每三周换一本《伊甸圣令》呢？"他咯咯地笑着，笑声就像液体从漏水的管子中滴落下来一样，"还有什么比让人们痛苦更令人满足的呢？是看到那些小小的笑脸开始哭泣吗？是看到人性的伟大然后将其碾压在脚下——粉碎——让他们肚皮贴地，在泥泞中爬行吗？当他们向大歼灭者弯下腰来，他们就是在向我鞠躬！跳舞吧，木偶人！嘻嘻！最重要的是仇恨……我们要传播仇恨，呼喊仇恨，看着他们因为仇恨而燃烧……"

462轻轻按下了开关键。要么是因为普朗，要么是因为失败而被榨成血浆的下属，他的嘴里一阵恶心。竟敢把他为噶斯特帝国所做的努力与伊甸大主教们自以为是的野蛮杀戮等同起来，垃圾，真是垃圾。462心想，如果普朗可以的话，他一定会用缓慢的死亡来惩罚那些生来有罪的人。昆虫和哺乳动物之间不可避免的冲突决定了银河系的最终命运。他觉得有必要让自己振奋起来——听几个小时噶斯特一号大谈如何制造坦克应该能奏效。

462停顿了一下。他的钳子紧挨着收集来的一堆演讲稿，他将它们按照从"蔑视"到"愤怒"依次排列。令他吃惊的是，他发现自己实际上渴望平静和安宁。他环顾了一下房间。一号攻击犬躺在篮子里。禁卫军正在营房里看宣传片，这应该能让他们安静一小时。现在，他们正跟着宣传片一起呼喊着口号："如果你忠诚，就向屏幕致敬！"

462判断，马上小睡一会儿会提高自己的工作效率，于是他从暴风雨袭击也打不破的柜子里拿出被子将自己整个蒙住。被子上

"长着触角的头盖骨"图案是那么的显眼。

离惠灵顿主星两万千米的地方,卡尔薇丝给史密斯上了如何驾驶约翰·皮姆号的第一课。

十分钟后,史密斯一边吃着充当早午餐的小饼干,一边觉得自己已经掌握了驾驶飞船的技术。掌握几个主要控制器的使用方法相当容易:他头顶上一排排闪烁的二极管就和圣诞树上挂的灯差不多——它们在营造氛围方面很有用,除此之外,毫无用处。甚至就连杰拉德——一个相当好的威胁感知者,也高兴地在它的轮子上跑来跑去。

在喀迈拉号的护送下,约翰·皮姆号从星系外围的一颗行星旁边划过,那是一颗被一圈小行星碎片环绕的死星。

他问道:"我做得怎么样?"

卡尔薇丝啜饮了一口茶:"嗯,没有真正着落在某个地方之前,别觉得自己已经是个精英了。如果每经过一个服务站,苏鲁克都凑到你的肩膀边上大吼着'撞他们',你就会发现操作飞船其实比你想象的要难得多。不过,你做得还可以。哦,别把面包屑弄到控制器上面。"

史密斯说道:"好的。学习一分钟,受益一辈子,奥赛罗说得对。"

卡尔薇丝继续叮嘱道:"你要一刻不停地检查仪器,监视屏幕和翻阅操作手册。观察仪表板至关重要:你觉得你不需要它的那一刻就是你真正需要它的那一刻。就像除臭剂一样。"

他们前方，喀迈拉号灰色的船体开始慢了下来。他们已经护航了很久。现在，既然他们已经离开了太空站，为了让约翰·皮姆号剩下的路程尽量不引人注意，他们的护航就应该结束了。

对讲机吱嘎吱嘎响了起来，从中传出了查博的喊声："早上好，上帝保佑你们。很遗憾，我们可能要就此道别了。就像被命运玩弄的贫穷小孩被迫与他的匿名资助者分离，现在到了分别的时候了。"

"你宿醉了吗？"菲茨罗伊舰长的声音突然插了进来。她的声音大到约翰·皮姆号的扬声器几乎面临炸裂的危险。史密斯向后缩了缩，离对讲机远了一些。

"我很好，谢谢，"他说着将约翰·皮姆号转到了设定的航线上，"我刚刚缓过来。"

菲茨罗伊舰长答道："飞船外面亮得就像开着灯一样，是吗？我想也是。该死的，史密斯，你真应该见识一下我们以前都是怎么喝酒的。我和我的女孩子们在宿舍的散热器上安装了一个摄像头。我们过去常常前一天晚上群魔乱舞、不醉不归，但第二天早上吃早饭前依旧会在田野上做放松运动。"

卡尔薇丝悄悄凑到史密斯耳边，说道："我想她说的应该是英文吧。"

菲茨罗伊舰长继续说道："我知道你们很难赶上舰队中最好的飞船，以及最好的船员，但是加把劲。过来，别丧气。妈妈爱你。到我大腿上来。"

卡尔薇丝说道："我想她现在是在和她的猫讲话。至少，我希望是这样。"

"史密斯,我们在大牧场见。卡尔薇丝……你让他慢慢适应节奏。对这个小男孩儿要有点儿耐心。"她说完,咯咯笑着关上了通信器。

驾驶舱的门突然打开了,史密斯转动椅子回身看去,但胳膊肘不小心碰到了控制杆上。在约翰·皮姆号像桶一样开始打滚之前,他赶紧将操纵杆拉回原位。

"你们好!"苏鲁克说着大步走了进来,"帮我看一下我们家族的孩子!"他把一只巨大的正在咆哮的蟾蜍宝宝扔到卡尔薇丝身上,卡尔薇丝尖叫一声,从椅子上摔了下来。"还有,我们的小饼干都吃没了。"

喀迈拉号在他们身后渐行渐远,开始沿着巡逻航线返回基地。它从约翰·皮姆号的挡风玻璃中渐渐消失,仿佛约翰·皮姆号正在离开一座金属小岛。

苏鲁克拿出一把应急座椅,一脚踢开,然后像只滴水兽一样蹲在了上面。他说:"小家伙们长得越来越壮实了。"大蟾蜍在房间里环视一圈,似乎在决定是吃掉驾驶舱还是把它当作厕所,苏鲁克接着说:"很快,我就能把它们扔掉不管了。"

卡尔薇丝从自己的工具箱中拿出一把扳手,以防万一:"可以扔掉不管?"

"当然可以了。你没有听说过蟾蜍球吗?或者是将一个人的卵扔向敌人这种光荣的传统?这样才能帮助孩子们茁壮成长。"

"布哈克。"蟾蜍宝宝盯着杰拉德的笼子说道。

卡尔薇丝答道:"让他离我和我的小仓鼠远一点。我有一个主意……不如我们把通往地狱的入口打开,然后把你那群恐怖的青蛙宝宝们扔进去?今天是个孩子们出去游玩的好日子。"

"我会认真考虑一下这个建议。"苏鲁克一直盯着窗外看,"啊,再次回到太空,在银河中航行的感觉真是太好了。再一次感受没有清风的环境,再一次凝视没有壮丽风景的太空,再一次体会缺乏大气的真空。联盟必须发挥效用,这是一项大胆的行为,而非华丽的言辞。我讨厌毫无意义的兜圈子。"

史密斯说道:"行为,嗯?那好吧。你能去泡点茶吗?"

"该卡尔薇丝去泡茶了。"

卡尔薇丝答道:"不,不该我去。首先,我正在教船长怎么驾驶飞船,所以我现在需要坐在船长座椅中看着他;其次,我现在正坐在船长椅中,所以我说的话应该得到遵从;第三,我已经把茶壶打开了。"

苏鲁克答道:"胡言乱语。一定是……"

"在这里张着大嘴狡辩,茶又不能自己泡好。"

史密斯说道:"船员们,别生气。苏鲁克,该你去泡茶了。除非你来引导我们穿过这个小行星带。"

苏鲁克愤怒地咆哮一声,站起来带着他的蟾蜍宝宝离开了驾驶舱。史密斯听见他大步走下走廊,之后一扇门打开,蕾哈娜的声音传了出来:"嗨,苏鲁克,最近怎么样?你在这里得到了什么……"门"砰"的一声关上,紧接着传来了蕾哈娜的尖叫声。

史密斯叹了口气。从小学时起他就知道女孩子们不喜欢青蛙。

蹲在苏鲁克手中的那个像皮革一样的小东西,看起来既像一个小恶魔,又像一块很老的康沃尔馅饼,他也不太喜欢它。

为了舒缓一下神经,他打开了无线电广播接收器。

"……哎呀,没错,这是一项危险的行动,绝不能出任何差错。记住,如果你不把它除掉,它就会变得很凶恶,在后面一直追你,并且还会带上它的朋友们一起追。你必须爬到一棵树上,在它的毒刺向你发起攻击之前把它射掉。那东西一旦接触到皮肤,你就只能等死了。好了,现在拔出你的大刀,开始工作了。

"感谢诸位收听,感谢耶稣。本周的《园丁问答时间》就播放到这里。下期节目,我们将从金星而来,直到……"

史密斯回头看了一眼走廊。他似乎听到了金属发出的噪声,希望只是苏鲁克在沏茶吧!

"……而现在,我们开始航路预测。仙女座,天苑四:超新星,四升五——运转速度中等,但正在开始变得非常狂暴。天蝎座,参宿四:七级缓和到五级,十九点开始后退。金牛座:流星雨光……"

卡尔薇丝突然靠进船长座椅中说道:"总有一天我会狠狠地捉弄一下苏鲁克,狠到他想把我的脑袋给扯下来。"

史密斯小心翼翼地从一颗航线上的小行星旁绕过:"我也有点儿怀疑。不过今晚睡觉前,我会检查一下你的床上有没有青蛙。"

机舱里,苏鲁克猛地拉开舱门,一脚将蟾蜍宝宝踢进了房间中。约二十几只圆溜溜的眼睛从黑暗中回视着他。他"砰"的一声将门关上并极快地用钥匙将门锁上。虽然后代的数量已经大大减少,但由于彼此吞噬,它们的体积比之前大了不少。苏鲁克并不确定将它们锁在一起能否使其更容易对付——就好像许许多多的小食人鱼合体,形成几条大食人鱼一样。

苏鲁克打算离开船舱的时候,靴子钩住了绑在镜子底端的帆布带子。他在那里静静地站了一会儿,突然想到,在有人被它绊倒之前,他应该把它收起来。他默默地走近镜子的时候,却不自觉地产生了一股冲动——只看一眼应该是没什么大碍的。他相信卡尔薇丝的故事,至少不怀疑它的真实性。一面镜子怎么就不能通往另一个维度了呢?像这样的事情每天都在发生。人类总对这种事情觉得难以置信,但是正常人——一个穿越太空与其他物种作战的正常人——和神秘事物之间几乎是没有什么界限的。世俗与史诗可以共存。毕竟,卡尔薇丝如此平凡。而另一方面,苏鲁克犹如一部史诗。思及此处,苏鲁克咧开大嘴露出一个笑容。

"就悄悄地瞄一眼。"

他掀起盖住镜子的帆布,往下瞥了一眼,和那个小女人对巧克力盒子所做的动作一模一样。也许他可以去那个地狱里采个标本——一点点就行——然后就把一切归位,谁也不会知道发生过什么。他松开其他几个绳结,然后,极为小心地把镜子露出来一点儿——然后又露出来一点儿。他回过头看了看身后,什么都没有。

镜子突然在他脚下晃了晃。苏鲁克低头一看,一只巨大的长得像爪子一样的手从镜子下面伸了出来。像人类胳膊那么粗的手指像巨蟹的腿一样弯曲着。镜子下面有什么东西在咆哮。苏鲁克拔刀时将头扭向左边,看到一个脑袋被压在镜子和地板之间的缝隙里,看起来就像是从活动天窗里冒出来的:它的脖子像水蟒那么粗,脖子下面有一圈龙、昆虫和火鸡牙齿串成的装饰品。苏鲁克听到了翅膀拍打的声音，能够感觉到和嗅到有一股气息正摸索着向他扑来。

他在巨手的掌心中猛砍了一下，那只巨大的手臂一下子就抽回去了。镜子"砰"的一声摔在地板上，那一瞬间，苏鲁克真担心它会摔碎，那样的话，这种新的娱乐来源就全都结束了。

"嘿，苏鲁克。你在这儿还好吗？"

他直起身来，发现蕾哈娜就站在自己对面。她穿着一件宽松的上衣和一条飘逸的长裙，看上去像是有人正从倒塌的帐篷顶上探出了头。苏鲁克面带无辜地说："你好！我没事。我刚把一件东西掉在地上了，正在找呢！就是一个骷髅头，一个非常小的骷髅头。"他一边说着，一边在心里暗自佩服自己的随机应变能力。

"酷！"蕾哈娜说着皱起了眉头。"苏鲁克，你了解有关通灵的事情吗？是神秘的部落秘密吗？"

"你是说，关于杀死什么东西的事情吗？我略有涉猎。"

"我看着这面镜子的时候会有一种奇怪的感觉。你觉得卡尔薇丝说的都是真的吗？"

"应该是真的。"

她低头看着脚下，长发辫像死蜘蛛的肢体一样扑腾到了前面："那它一定很危险，也许我们现在就应该把它从船上扔出去。"

"就因为它很危险就要扔了它？"苏鲁克皱起眉，"如果那是真的，那我们也应该离开这里。"

"什么意思？我不危险。我憎恨所有形式的暴力……"

"我们的危险来自各个方面。我是一位勇士，我的一生都致力于磨练自己的战斗技能,从一个野蛮的幼崽终于成长为一个经验丰富的战斗艺术大师。而你更像一头吞下了炸弹的母牛。"

"嘿!"蕾哈娜后退几步,像一条被冒犯了的眼镜蛇一样摆出防御的姿态,"我才不是母牛!"

"你就是。如果你不小心一点的话,你的能力就会使你爆炸。你必须将力量控制在你体内,然后通过……啊……吸气缓缓地释放出来。当然,真正的反刍动物有两个胃。你甚至连这种优势都没有。"

蕾哈娜说道:"所以你真的觉得我是一头母牛?"

"一头神秘的母牛。你通灵的潜能只与你猞猁的草食性相匹配。"

"苏鲁克,几分钟前你是不是在这里见到了什么东西?"

"什么都逃不过猎人的眼睛。但我什么都没有看见。"

"我觉得……我听到了一种冒泡的声音。"她低头盯着镜子。苏鲁克能感觉到她的思维探进了镜中,又从镜中探到了他的身上。他想象自己的灵魂正在缩回体内,然后慢慢藏了起来。蕾哈娜耸耸肩,说道:"也许我不应该疑神疑鬼?"

驾驶舱中突然传来了史密斯的喊声。

"你找到这个家伙的计划了吗?"德莱基特说道。

温斯科特站在安保室的一面长镜子前,脸凑在玻璃前,仔仔细细地瞧着自己。刚吃完从自动售货机那里弄来的馅饼,他一边从胡须上往下捡馅饼碎屑,一边说:"前些日子,我以为我会引起一场骚动，因为我把一些虫子赶回了洞里。"他从口袋里掏出一个白色的球，用手指捏了捏。"我已经寻找与这个塑料炸弹有关的东西许多年了。"

"你考虑过网络搜索吗？大街上的每个骗子都知道与自己有关的数据。在冰山一样的数据流中，真理只是另一个需要开凿的项目罢了。"

"你是说，在网上搜索吗？没错，我查过。托马斯·普鲁是一个假名。除此之外，我什么都查不到。我让尼尔森弄了一幅这里的完整地图，或者说差不多完整的吧，除了巴顿给自己建的那块小区域，其他区域上面都有。现在，这幅地图应该已经快要送来了。"

门在他们身后打开，苏珊端着一个托盘走了进来。她用脚后跟把门踢上，边放下盘子边说："好了，这里有我们需要的一切。"德莱克特看了看盘子：里面有一卷打印稿、十几张模糊的照片、两把无声手枪、几个杯子、牛奶、一个茶壶和半包消化饼干。"轮到你倒茶了。"她说。

德莱基特说道："听着，我的箱子里有一套霍伊特-阿克斯顿情绪反应识别工具。我们把它接上电，然后拿它出去测试一下怎么样？"

温斯科特答道："我有一个更好的计划。第一步就是我当众脱下内裤，因为这样可以分散人们的注意力……"

"你要是开始脱内裤，我们该怎么办？"

温斯科特笑着用手指点了点自己的鼻翼："等着看呀，年轻人。一切谜底都会揭开的。"

"那正是我害怕发生的事情。"

温斯科特感叹道:"上次我们这样做的时候,我勒死了警卫,而苏珊和其他伙计们把那个地方炸掉了。问题是,现在我们是警卫。真麻烦。"

苏珊伸手去拿托盘中的东西。"我们不需要那么做。看……这些照片是我从监控摄像头的视频中截取下来的。这些都是欧洲代表团到达时的图片。"她说着将三张照片像摆扑克牌一样放在了桌子上,接着她又放下三张图片说,"这些是他们通过气闸时的图片。接下来的图片显示他们已经离开气闸,准备汇入其他代表团。"

德莱基特凑到近前,指着照片中一个靠边行走、肩膀宽厚、拿着两个行李箱的男人说道:"这个家伙是谁?他是来晚了吗?"

苏珊摇摇头:"我不知道。"

"他跟他们不是一伙的,不然他们一定会跟他说话的。"德莱基特搓了搓自己的胡茬,"但是他跟着他们走了过去。我有预感……后面这个家伙应该是用他们做掩护,低着身子趁机溜过去的。"

温斯科特嚼着一块小饼干说道:"但是他会藏在哪里呢?首先他要怎么进入太空站?我们的扫描仪可以探测出任何生命形态、人形的东西、爆炸物、枪支……"

苏珊说道:"机器人可能就探测不到。有一种老型机器人是不发热的。他从扫描仪前经过,显示的结果会是一个物体。他可以关掉电源,将自己折叠起来,静静缩在飞船的某个角落中等待到达目的地。"

温斯科特将饼干一分为二,用怀疑的目光盯着照片,说道:"苏珊，你分析得非常到位。但是，假设这就是我们要找的人，而且他是一个机器人，他仍然需要离开欧洲代表团的飞船进入殖民定居地。我不认为他能躲过二十几个扫描仪，在一大堆莫洛克步兵的眼皮子底下溜过去。至少，不会还让他的脑袋待在那里。"

德莱基特答道："那就是这个戏法里最聪明的部分了。他藏在了行李箱中。"

"我不赞同。他们要是拿错了行李箱怎么会不知道呢？"

德莱基特说道："不，老兄，你见过法国人是如何处理行李箱的吗？"

片刻间，温斯科特沉默了下来，苏珊也缓缓地点了点头。

温斯科特低声道："老天爷！这太狡诈了。"他皱眉从桌子上拿起一把消音手枪，说道："绅士们，我们该干活了。我们既然已经知道了这个家伙长什么样子，也知道他不可能只拿了一个工具箱，我们得在他对我们采取行动之前率先找到他。"

德莱基特戴上帽子，拉低帽檐，说道："我来负责这件事。"

温斯科特把手枪塞进短裤里，说道："那么我们的计划就这么定了……找到他然后干掉他。搜查所有房间、所有走廊和通风口，让这个人没有机会去干坏事。然后告诉凡多姆发生了什么事，我们可能需要他的帮助。毕竟，我们要追捕的是一个危险的敌人。我们的敌人已经冒充法国公共部门的雇员溜了进来——他随时可能发难！"

苏鲁克率先走到门口为某位腿短又不穿靴子的人打开门。蕾哈娜紧紧跟在他的身后。他们像从橱柜里掉下来的垃圾一样飞速冲出门口。

蕾哈娜飞快地问道："怎么了？"

史密斯从扫描仪上抬起头来。屏幕的光芒照得他的脸阴森森的："伙计们，我发现了一个令人担忧的情况。我在扫描仪屏幕上发现多个斑点，它们正朝我们过来。"

坐在船长座椅中的卡尔薇丝俯身向前，像坐在浴缸里起不来的胖子一样张牙舞爪地试图站起身来："哦，有多个斑点？它们的速度有多快？"

史密斯答道："六个。在显示屏上大约每十秒钟三厘米的速度。"

"该死！"卡尔薇丝蹭地一下站了起来，在她身旁按下了控制键，"敌军飞船，快关扫描仪！"

史密斯答道："老天爷，啊，我该怎么做？"

卡尔薇丝答道："尖叫和哭泣吧，或者和我换换位置。"

"好主意。"他们在狭窄的空间中尴尬地挤着交换了位置。史密斯一屁股坐进船长座椅中，从头枕上捡起一根长发，说道："飞行员，立刻采取规避措施。他们看到我们了吗？"

卡尔薇丝看了一眼仪器："没有被探测到的迹象。如果他们已经探测到我们，我们现在会处于被攻击状态。现在我们退回小行星带。那里的混乱应该能骗过他们的传感器。"约翰·皮姆号在小行星间滑动，卡尔薇丝关闭了引擎。

"嗯，"史密斯盯着屏幕说道，"敌军看起来不是很强大。"

卡尔薇丝答道："因为他们现在还离我们很远。根据扫描仪显示，如果我们现在是鸡蛋大小，那这其中的任何一艘飞船都像水牛那么大。你知道一头水牛撞到一个鸡蛋上会发生什么吧？"

苏鲁克举起一只手，答道："一只丑陋的长着角的母鸡？"

史密斯摇摇头："老兄，你的乐观主义用在这里可就不对了，还有你对生物学的理解也有些不大对。"说着，他坐回了座椅中。小仓鼠笼子里，杰拉德将自己埋在了小窝里，安安静静的。"嗯，不管是人数还是武器，他们都比我们多。按照历史的必然逻辑，在这种时刻，我们不列颠人从来不会输。可是……卡尔薇丝，我们准备撤退。"

"再等等，看看他们移动的方式。他们正在扫描这个区域。我们只要一离开小行星带，就会暴露在他们的探测视野中。"她指着屏幕说道，"此时此刻，我们在小行星带中非常安全。但是一旦他们看到我们……"

"该死！"史密斯骂了一声，揉着前额努力想要得出一个好的计划。如果是尼尔森遇到这种情况会怎么做？从别人那里寻找安慰，又或者，考虑到情况不妙，与敌人鱼死网破？可他们必须得逃跑，更重要的是，他们还得回到太空站并警告其他人。"如果我们飞出小行星带，"他问道，"他们会探测到什么？"

卡尔薇丝答道："嗯，我们……我是说，我们的引擎。"

"所以如果我们不用引擎飞行，我们就会没事，对吧？"

她停顿了一下，然后说道："你知道我们必须得发动引擎才能移动,对吧?"

"所以我们要做的事情已经完全清晰了。这些小行星围绕着那边的行星运行,所以如果我们足够靠近……"

"我们要落到引力场中。"

苏鲁克咯咯笑道:"然后像一群大象之中的蚂蚁一样,静悄悄地爬到他们上方。"

卡尔薇丝说道:"爬得离他们远点儿。但是我们必须从小行星带中出来,然后靠近大行星,这样才能从它的引力场中弹射出来。那也就意味着我们要点燃引擎。之后我们就会像穿着芭蕾舞裙的海象一样引人注目。"

蕾哈娜说道:"我们用风力吧!"

"什么?"

史密斯他们齐齐转身,看向不知何时出现的蕾哈娜。她双腿盘坐在一张应急座椅上,说道:"风力可以让我们移动。"

卡尔薇丝回答道:"我不相信。在太空,风从来不是好的动力来源。"

"但是我们有氧气罐,对吗?而且这些氧气罐都处于高压之下,对吧?所以,如果我们放出一些空气,不就能推动我们移到另一边了吗,就像火箭一样?"

史密斯看着扫描仪屏幕上的小圆点,它们正沿着同一轨迹向外移动。"也许……也许吧。该死,你说得对!只是数学问题,我好像又回到了学校。每个力都有一个相等且相反的斜边。就是直径和……不管是什么,我有点糊涂了。"

苏鲁克长叹:"哎!"

"卡尔薇丝,我们得多谢蕾哈娜想出了这个计划。苏鲁克,你和我一起去检查氧气罐。我不想浪费太多氧气。"

苏鲁克站了起来。"好极了,"他说着将大张着的下颌用手托了上去,"我们耽搁的时间已经够久了,是时候抓住公牛的乳房了。"

史密斯答道:"你说的是,牛角吧?"

苏鲁克在门口停下。"不,"他摇了摇脑袋说,"就是乳房。"

他们花了六分钟才找到紧急通风控制器。它就在走廊的一块控制板后面,是一个大大的金属轮子。史密斯不知道该如何操作它。"我来帮忙,"苏鲁克说着将手伸了进去。"它就像一个果酱罐,或者像一个旅鼠人的头。"

"需要我帮忙吗?"

史密斯回头一看,蕾哈娜正站在走廊里。"你可以帮我沏壶茶。"

"我是说,也许我可以用我的通灵能力帮飞船隐身?"

"好主意。但是,好姑娘,你能先去帮我们把水壶烧上水吗?"不知为什么,蕾哈娜突然间看起来特别不开心。

卡尔薇丝的脸突然出现在驾驶舱门口。她说:"我们正在从小行星带降落,两分钟后我们就准备跳进引力场中了。最多三分钟。"

"好的。你来计数吧,飞行员。"

"不,还是你来计数吧。你才是船长。"

突然间面对这样的情景,史密斯觉得有些莫名其妙:"但是你才知道飞船如何运作。你才是飞行员。"

"你现在也是了。"

苏鲁克凑到史密斯身边,近得几乎用下巴戳到了他的耳朵:"别害怕,马祖兰。很显然,在太空中操作飞船只是一个角度问题。就跟你的某种打球游戏一样。"

苏鲁克的一番话并没能使史密斯安下心来。一提到球类比赛,他就想起一片半结冰的湿漉漉的平原,那是一片比温布利还要大的战区。潮湿的袜子从冰冷的小腿上滑落,硬皮球撞击在胖肚皮上发出啪啪的声音。这一连串的事情发生之后,一个半破音的声音说道"真希望我能带走史密斯。"

史密斯突然意识到自己不再是那个十岁的孩子了。他回头看去,苏鲁克正咧着嘴对他笑:"马祖兰,你又露出准备作战的神情了。你看起来就像一只杀死了老鼠的小狗。"

史密斯没有理他:"我们开始工作吧!卡尔薇丝,我们现在处于什么位置?"

卡尔薇丝回道:"三十秒钟后,我们就会脱离小行星带,不再像个小行星一样不引人注意了。"

"卡尔薇丝,关闭动力系统!"他说着看向了大轮子。

她答道:"系统已关闭!"

嗡嗡的噪声消失了。当照明系统关闭应急灯亮起时,周围的声音全都消失了。约翰·皮姆号在没有空气阻力的情况下飞速前进,可在扫描仪上看,它安静而死气沉沉,和周围的岩石没有什么差别。

史密斯身后的小房间里传来一个新的声音:蕾哈娜已经坐下来进入冥想状态,口中正嗡嗡地哼着歌。史密斯觉得有些不舒服,但他也不知道为什么。

卡尔薇丝说道:"我们正在离开小行星带。大概……现在。"

"准备好了吗,苏鲁克?"

"准备好了。"

"那我们开始旋转吧!我数三个数。一……二……三!"

史密斯扮了个鬼脸,开始努力转动轮子。该死,这东西太硬实了!它一定是生锈不能用了。他咬紧牙关,嘴里不自觉地发出咕哝声,肌肉因为紧绷甚至觉得有些疼痛了。"该死!"他气喘吁吁地往后退了一步。

"什么该死?"轮子在苏鲁克手里却旋转得如此之快,以至于它直接飞了出去,苏鲁克也被撞到了对面的墙上。

苏鲁克慢慢站起来,缓缓揉了揉自己的脑袋。"怎么回事?为什么我会拿着这个大轮子?哦,你好。"

史密斯突然想到,原来他和苏鲁克转动轮盘的方向相反。难怪它在他手中那么不爱动弹呢!

史密斯喊道:"卡尔薇丝?我们已经把轮盘转下来了……"

苏鲁克补充道:"还把它弄坏了。"

"所以氧气供应装置会爆掉!"

"我还把它的头给拧下来了,我只是打个比喻。"

卡尔薇丝喊道:"我们正在移动!向左偏航,三十度,出发!"

史密斯大步走向驾驶舱。慢慢地,约翰·皮姆号以一种类似大飞船的懒洋洋的优雅姿态,摇摇晃晃地从小行星带转向行星本身。史密斯看到了一排一闪一闪的小点儿,它们看起来就像远处的火花——实际上却是敌舰,还只是那些看得到的敌舰。

卡尔薇丝检查了一下仪表盘。"氧气量正在下降。百分之八十……七十六……六十九……哦,他还要继续拿着那个轮盘吗?"

史密斯转头对苏鲁克说道:"能请你把那个轮盘装回去吗?"

苏鲁克耸耸肩膀,说道:"普罗克图恩暗黑撕裂兽能独吞森林中的树脂吗?我当然可以把它装回去了。"

苏鲁克扛着被割下来的轮盘回到走廊的样子,就像一个未驯服的野性版蟾蜍先生。史密斯看着行星在挡风玻璃中越来越大。如果没有阻力使约翰·皮姆号减速,它将被拉到更深的引力场中,也许会被拉向地面。奇怪,他想,这一切是多么优雅,又多么致命啊,就跟和鲨鱼跳芭蕾舞一样。

"头儿?头儿!"

史密斯听到卡尔薇丝的喊声,赶紧将自己从神游中拉了回来。

"氧气罐的压力已经有百分之五十了!足够了!"

"那好吧。苏鲁克,把轮盘装回去!"

卡尔薇丝的视线瞟过挡风玻璃、扫描仪,最后落到史密斯身上,好像她根本不知道该相信谁。"他最好能把轮盘装回去,"她说,"否则回去的路上我们只能屏住呼吸了。"

史密斯喊道:"逆时针方向旋转!"他看着指针缓缓下沉,仿佛黄铜表盘在重压之下已经不堪重负。终于,在脏兮兮的玻璃后面，指针缓缓降到百分之四十八之后停住不动了。"它停下来了。但是船体温度正在上升。"

卡尔薇丝答道："那是因为我们正在冲进大气层。一旦发动引擎，咱们的飞船看起来就跟其他的煤气弹差不多了。你现在可以叫醒蕾哈娜了。"

史密斯匆匆走到蕾哈娜的房间，矮身穿过捕梦网，拍了拍她的肩膀。她转过头来，睁开眼睛，对他笑着说道："我猜我们已经没事了，对吧？"

"我们确实已经安全了。"

"我在飞船外面设了一个物理护盾。沃尔人教会了我如何将我的力量集中起来。"

"好极了。你这冥想也太给力了。"他靠向门板，喊道，"卡尔薇丝，我们现在脱离危险了吗？"

"除了我们现在正飞向一颗行星，其他的都还好。"

史密斯和蕾哈娜一起返回了驾驶舱。被行星的引力场锁定之后，约翰·皮姆号像悬索中的石头一样向前冲去。他们的速度快得使船体发光：随着气体与船壳的相互作用，沿着挡风玻璃的边缘，光芒一闪一闪。

卡尔薇丝说道："又一块碎片，燃烧起来了。"

史密斯说道："谢谢你，蕾哈娜。你的主意太好了。是什么给了你灵感，让你突然想到释放一个护盾来帮助我们？"

蕾哈娜此刻的笑容美极了："我想，我只是释放了我精神中的创造潜能吧！创造力是我们最古老、最神秘的力量。"

"对,没错。说得好,我很确定,有创造力才能赢得明天,对吧,苏鲁克?"

苏鲁克答道:"别废话。我们还没到赢的那一天。我们现在正在逃亡,但是,敌军的舰队仍然好好的。我们必须对盟军发出警报,然后再返回去继续战斗。"

史密斯说道:"你说得对。伙计们,我们在太空中的战斗还没有结束。"他象征性地停顿了一下,把胳膊肘搁在了离他最近的一个适当高度的物品上——碰巧也就是卡尔薇丝的头。"的确,我们不过是见证了初期战争的结束。但是,如果这个结束预示着更大战争的到来,那么我们必须全身心地投入其中——噢,算了吧,我们还是先回家吧!"

"现在你说的倒还像句人话。"卡尔薇丝说着发动了引擎。

联盟谈判中出现了一个关于标点符号的分歧。

一个方下巴的高个子男人激动地甚至有些哽咽:"会不会,我们为之奋斗的一切都在这个最后的黎明里?难道自由、真正的自由,就是我所代表的……"他的声音渐渐降低,变成了自言自语:"……这里,我的内心深处?"他突然当众落泪,不得不坐下来平息下心情。

一个莫洛克人站起来说道:"也许吧!"说完,他便坐下了。

殖民事务部部长凑到 W 身边神秘兮兮地说道:"我说,要是这位外国老兄谈到自由就要哭鼻子的话,那他对抗噶斯特人的暴风军团时会怎么样?"

赛奈斯像茶壶中的蒸汽一般升起。"看,我们需要讨论一下这个标点。"他随机选了身边的阿拉伯联盟代表团,转身面向他们说道:"如果你们连这些细节都处理不了,那还怎么处理大事?丢掉逗号,你马上就站不住脚了。"他向下扫了一眼,又补充道:"当然,我不是说我有腿,在腰部以下我就逐渐变细了。"

W悄悄溜出房间,到走廊深吸一口气让自己努力放松下来。他擦了擦额头,靠到墙上,不期然瞥见对面镜子里的自己,由此决定以后再也不照镜子了,然后他叹了口气。

在一片飒飒拍打声中,仿生机器人黎明来到了W身边:"一切还好吗?"

"银河系的末日马上就要到了,而那些白痴还在为一个标点争吵。有温斯科特的消息吗?"

"他的伙计们正在扫荡下层的甲板。莫洛克步兵们都处于高度警戒状态。如果他们再提高一点儿警惕的话,大概就要为了看看人们有没有吞下炸药而砍下他们的脑袋了。"

"很好。"

"无人机正在扫描公共区域。巴顿他们装备了各种各样的传感装置。还有一个工程部的小伙子想和你谈谈,他说有一个信号方面的线索要告诉你。"

"他在哪儿?"

"四号台球室。你需要带个保镖吗?"

W摇了摇头:"这里根本抽不出安保人手。告诉他们在自己的岗位好好待着。"

"你要小心。"

W急忙走下走廊,将他的通行证在一扇侧门上刷了一下,然后闪进门里。

他小跑着往楼梯下走去,低矮的天花板刮擦着他乱成一团的浓密黑发,靴子踩在金属台阶上像锤子敲打般叮当作响。

在楼梯井脚下,一个服务机器人将他带到了四号台球室。它鞠了个躬,用抛光的黄铜手臂示意了一下,说道:"那位先生正在等着您呢!"

那人看到W过来,赶忙起身迎接。他五十多岁,肩膀宽厚,脖子粗壮,穿一件深色的工作服,戴着一副眼镜。在他那硬朗的拳击手一般的脸上,那副眼镜看起来竟精致得有点奇怪。他翻领上的小徽章上写着"布莱恩"。

"布莱恩。"他说着指了指自己的小徽章。

W答道:"艾瑞克。"

他们握了握手。

"我听说你有一些消息要告诉我?"

"没错。"布莱恩的声音非常低沉且语调十分缓慢,但是听起来却有点愚笨,"我发现了一点反常情况——我认为它是一个潜在的安全漏洞,我想我应该来报告一下。你是负责这件事的合适人选,不是吗?"

"当然是了。"

他扶了扶眼镜,说道:"我带你去。"

"带路吧!"

他们回到维修楼梯。空气中弥漫着油脂和金属的气味。他们沿着楼梯向下走时,W走在前面。布莱恩自顾自地哼着歌,但W听不出他哼的是什么曲子。

布莱恩突然说:"我现在正用一把枪指着你的后背。哎呀,是一把弩。"

W答道:"我就知道你可能会这么做。不过,你是怎么把它带进来的?"

"把它藏在我的身体里。我是一个机器人——一个定制机器人。固定框架,模块化塑料外壳,无金属零件。我一想到为了通过你们的安保设施我走了那么远的路……哦,天啊!"

他们继续向前走着,布莱恩突然命令道:"到这边。"

他们走到了储藏室的甲板上。这里的地板是金属铺就的。空气闷热,闻起来有一股油腻腻的味道。远处的机器轰隆隆响着,感觉就像走到了一家巨大的自动洗衣店的屋后。咖喱粉的味道充斥着W的鼻腔,它是如此浓郁,又如此令人陶醉。

布莱恩一脚将门关上。W回过头来。

布莱恩说道:"我发出了一个信号。掌握传动装置并不容易,但是现在我们的舰队应该已经收到了你们的坐标。接下来我要继续执行计划的第二部分:消灭敌方人员。"

W说道:"你逃不出这里的。"

布莱恩笑了起来:"怎么会逃不掉?等我逃掉的时候,这个太空站已经变成一片废墟了。我自己一定会逃出这里,相信我,我会让你消失得干干净净，不留下一点儿痕迹。"

"现在我们已经将你标记为嫌疑人员了。我的人会像玩游戏一样将你抓住。"

"也许吧。但是我可以改变自己的外貌。我一直都非常小心，尽量不让摄像头拍到我。他们现在找的可是另一个人呢！"布莱恩停止微笑，面部开始扭曲，像在干燥的黏土上的画面一样开始拉伸和收缩。他的脸渐渐变长，眼睛更为深邃，眉毛连成一线，下巴的线条也更为硬朗了。

W艰难地咽下一口口水。他现在面对着的就是另一个版本的自己：虽然只是一个不完美的复制品，但也足够鱼目混珠，骗过殖民定居地的传感器。

"我现在唯一需要做的事情就是，"布莱恩控制不住笑意地说道，"复制一下你那愚蠢的小胡子。也许我可以去喝点可可。现在，给我继续往前走。"

他们继续向前走去：真正的W在前，他的复制品在后。W皱着眉头走进了走廊。前方，似乎有什么东西在冒泡，噼噼啪啪的声音不绝于耳。W握紧了拳头，他此刻异常愤怒，因为他的胡子被侮辱了——那可是他用一根铅笔实实在在仔细测量过的小胡子啊。愤怒之情此刻已经完全冲淡了他心中的恐惧。

两人后方，巴顿的一架无人机闲散地从走廊穿过，消失在走廊侧边的甬道里，没有显示出一点看到他们的迹象。

布莱恩说道："往左拐。"

当他们转过拐角时，W的眼睛突然刺痛起来。狭窄的走廊突然变得格外开阔,整个房间四处闪烁着红光,仿佛他们正站在地狱的边缘。在两人正前方,有一个游泳池大小的巨缸,里面存放着太空站的三等咖喱。邪恶的灯光在天花板上闪烁,空气中充满了香料的味道。

布莱恩说道:"那么现在,你那伟大的帝国就要结束了。新伊甸会像火炬一样将你们烧光。下面,就从你开始吧!"

W 狠狠嗅了嗅空气,人工肺里充满了生咖喱的味道:"未稀释的马德拉斯。"

"因为我说过,不会让你留下任何痕迹。所以,你得下去游个泳了。"

他轻轻抬起弩弓,W 向后退了退。红色的液体像熔岩一样在他脚后滚滚冒着泡。

W 心想:所以,就这样死了、瓦解了,甚至连米粒大的遗体都不留。他看着对面的机器人,看着那张粗糙模仿的他的脸,突然希望能有时间抽支烟,再喝上一杯好茶。

W 张开嘴巴,脑袋后仰,深深吸了一口工业味道的马德拉斯。它的效果和稀释后的差不多一样:他的嗓子很紧,眼睛刺痛,吸气的时候心脏似乎在燃烧,愤怒在他瘦弱的身体中弥漫,使他变得愈加虚弱。

他说:"那好吧,现在我唯一能想到比你杀了我还要糟糕的事情,就是你现在夸夸其谈的这件事情。所以,还是你自己下去游吧!"

"去死吧!"布莱恩说着射出了弩箭。

W 在原地僵了一会儿，然后他拉了拉自己的夹克衫，箭掉了下来，"叮当"一声落在了台阶上：那是一根三英寸长的硬化塑料条，尖端沾满了像油一样的东西。

布莱恩问道："你有特异功能？"

W 答道："不过是坚强的意志和哈里斯花呢，以及一件防弹背心。"

一架维修无人机摇晃着进入了走廊，动叶片转动的嗡嗡声淹没在咕噜咕噜的冒泡声中。

时间似乎有一瞬的停顿。布莱恩活动了一下手指，说道："那我必须得和你来一场近战了。要在这个世界上生存下去可真艰难，而你太温和了，根本就活不下去的。"

布莱恩向前跃起，W 往侧边一躲，拳头擦身而过。W 看起来就像发了情的地理老师，粗花呢大衣的胳膊肘处打着补丁，双手骨瘦如柴。布莱恩迎面而上，用一个结实的塑料拳头把 W 撞了出去。而此时，巴顿的一架无人机悄悄撞向了布莱恩的后膝盖弯。

布莱恩因为突如其来的疼痛摔倒在地。W 冲上前去抓住他的衣领和制服的腰部，来了个过肩摔——布莱恩被扔进了冒着泡的臭烘烘的咖喱池中。

布莱恩大喊着奋力挣扎，渐渐沉没下去，消失在 W 的视野中。大约有半秒钟，大缸静静的没有任何响动，然后布莱恩突然胡乱拍打着从水面上冒了出来。他痛苦地嘶声嚎叫。他的脸似乎在融化、重组，瞬间的工夫便变换了六七种形状——一会儿变得胖胖的，看起来和蔼可亲，一会儿又变得毫无血色，病态而苍白。他的嘴里发出可怕的断断续续的嚎叫声。

W问道:"太温和了,是吗?你是在小辣椒上咬了一口吗?"

布莱恩根本就没有对他的问话做出反应。随着最后一声尖叫,布莱恩将手捂到了自己那不停变换的脸上,此刻他的脸看起来就像《南亚的尖叫》节目中所做的美食。

W说道:"使劲嚼一嚼。"

布莱恩再次沉入水底,消失在W的视野中时,巴顿跑了进来。无人机跟在他身后也突突地冲进了房间,它们的旋翼在浓雾中甚至都有些无法保持稳定;还有几架无人机上面带有枪支附件。它们看起来是手工制作而成的,应该是巴顿在某一个安静的午后随手制作的。它们像秃鹰一样盘旋在大缸的上方。

咖喱池中飘出一副白色的塑料骨架,它既没有穿制服,也没有了任何人类的特征。他的声音从原来是嗓子的那个地方装的扬声器中传来。

他说:"哎呀,这就尴尬了。"

W说道:"尴尬?"

"你看,我在水中行走,而它真得让我觉得很痛。这东西一定是把我给锈蚀了。"

W说道:"你想要个救生圈,还是薄煎饼?"

"那一点也不好笑。快拿根绳子过来!太可怕了,你们人类怎么能够吃下那么多这种东西?"

W答道:"我们的诀窍是把它稀释。"

"你要是能帮我拿个篮子来也行。待在这里面让我觉得自己很傻，我的腿都抽筋了。"

"哦，看在老天爷的分上。"巴顿有些恶心地说道，"来的这批人把我的太空站弄得一团糟，而现在我的晚餐里飘着一个坏了的机器人。我真是受够了这种事情。"他摇摇头，看起来郁闷不已。"哦，你们就当我在胡说八道吧！"

气闸门"吱嘎"一声打开，船员们一边聊着天一边从约翰·皮姆号中走了出来。

卡尔薇丝说道："……还有我和他说了，'要是闻不到味道的话，那就不算一个好的打嗝'。"

苏鲁克问道："那大主教是怎么做的？"

史密斯插嘴道："能回到这里真是太好了。"他关上约翰·皮姆号的气闸门，和其他人一起等在走廊中，因为他们得通过太空站检疫装置的扫描，确定身上未曾携带病菌。远处的门依旧紧紧地关着，直到检疫完成，大门才会打开。

"你们都做得非常好。"蕾哈娜亲了亲他的脸颊。

"哎呀，谢谢你，我的好姑娘。但是，现在我们要去警告其他人了。我们需要找一艘战舰来对付那些讨厌的家伙，速度越快越好。"

扫描仪"砰"的响了一声："你们身上的所有细菌都在可接受的范围内。病毒携带扫描程序已经为您提升了身上的清洁等级。"

他们面前的大门缓缓卷起，W 出现在他们眼前。憔悴的面庞和抱在一起的双臂，使 W 看起来就像一座棺材里的吸血鬼。

他说："好消息。我们已经找到了凡多姆警告我们要注意的那个家伙。他是伊甸人造的一个机器人。幸运的是，在他还没来得及肆虐之前，我就把他扔进了咖喱池中，将他溶解并抓了起来。不幸的是，那些咖喱我们不能要了。"

史密斯说道："这场该死的战争！"

"现在我们必须回去处理联盟的事情。幸运的话，他们现在应该已经停止讨论标点符号问题了。"

史密斯说道："长官，在此之前，我的船员和我有个坏消息要告诉你。我们不仅没能扔掉那面该死的镜子，还差点被敌人的巡逻飞船抓住。噶斯特军和伊甸人一起来到了这里：他们一共有五六艘飞船在扫描这个区域，就像一个——一个——恶魔的扫帚！"

W 忍不住咒骂了一声："该死的！跟我来。"

他大步走下走廊，在对讲机前停下，按下了开关："黎明？我们这边遇到麻烦了。我希望你通知其他人'我的黄瓜发霉了'。再说一遍，'我的黄瓜发霉了'。三分钟后，我需要召开一个特别的宴会。明白吗？"

对讲机那头答道："非常明白。"

电梯飞速将他们传送到了惠灵顿主星的心脏地带。德莱基特正等在走廊中，浑身上下都散发着危险的味道。

他正了正自己的帽子："你们做了什么吃的，人？"

苏鲁克严厉地瞥了他一眼。"我们才不会把人做了吃呢！你这个老土。"

史密斯答道："助长罪恶的一大行为就是做饭。我们喝了许多朗姆酒。"

卡尔薇丝看了看德莱基特："我觉得更像是泻药。"

德莱基特拍了拍她的肩膀，说道："放轻松点，姐妹儿。我们还有工作要做呢。在这黑暗的太空隧道中，若是有一个人要离开，那我一定是和你一起的。女士，现在我们一起谈一谈邪恶的事情吧！"

"是那种下流的谈话吗？如果不是的话，为什么不是呢？"

德莱基特带他们走进一个干净整洁的白色房间，与这里比起来，太空站的其他部分简直不堪入目。这里没有细菌，阴森且寒冷。菲茨罗伊舰长、查博和沙托都站在门边，温斯科特和他的小队同伴懒洋洋地靠在装满设备的镀铬货架前。制服在他们旁边挂成一排。在看到他们身穿厨师制服站在这个后厨房中时，对军人良好的印象都会被毁得一干二净。

菲茨罗伊舰长说道："史密斯，很高兴你们能够加入我们。听起来我们马上就要遇到麻烦了。不过放心，我的队员们都是最好的。"

查博问道："有人想喝可可吗？"

W大步从女舰长身旁经过，说道："请安静，各位。把门关上然后锁好。我们是时候该认真办点儿事了。查博，我要一杯牛奶，不加糖。"

德莱基特站在沙托维德旁，两人一起靠在一排不锈钢橱柜上。

W 说道:"认真听着,我已经抓住了凡多姆所说的那个坏蛋,并且他现在已经完全失去了战斗力。好消息就到此为止。坏消息是:第一,那个坏蛋告诉我,他已经成功地发出了一个传输信号,将我们的位置通知了所有人;第二,史密斯告诉我有一个庞大的敌军战斗团正在扫荡我们这个星系,他们由噶斯特军和伊甸的飞船组成。我们估计其中有三四艘伊甸驱逐舰和一艘噶斯特军的飞船。将两个坏消息同时考虑,我们会……"

查博说道:"第三,岂有此理!"

"你把我要说的话说出来了。也就是说,我们必须在敌人知道我们的地理位置的前提下与他们对抗。这就意味着,我们必须将这群敌军干掉或是调虎离山。任何东西,我是说任何东西,都不能阻止联盟谈判的进行。不列颠的未来,以及与不列颠息息相关的民主和人类的未来,可能就取决于此。"

菲茨罗伊舰长说道:"这真是一项艰巨的任务。不过我很乐意承担它,哦,要是能有几个替补队员就更好了。"

苏鲁克说道:"莫洛克人对能参加这种战争一定会很开心的。你应该和鳐状舵手塞德里克去谈一谈。或者至少在他的水箱上留一张纸条。"

蕾哈娜插嘴道:"那其他国家会参战吗?不列颠不是地球上唯一的国家。"她依次看了看在场的各位,"说实话,真的不是。"

温斯科特摇了摇头:"你是说,让他们全都离开这里?一般情况下,执行任务的时候,我不会留任何扯我后腿的东西在身边。可是他们想离开的话……"

W 说道:"确实不可能。我们需要他们在盟约上签字。如果其他人觉得我们需要帮助……哦,我不想让他们带着怜悯的目光在盟约上签字。"

沙托抱起双臂,说道:"只要你们想,我随时可以开着我的战舰飞上太空。但是,我们现在需要一个作战计划——现在大蚂蚁们还在遥远的太阳边上晃悠着呢。"

德莱基特哼了一声,说道:"不就是些小蚂蚁和旅鼠吗?按我说,我们应该给他们来个军事演习。"

史密斯说道:"我来告诉你们我们需要怎么做。"他之前一直斜靠在一个水槽上,现在他向后一靠,站直了身体。所有人都将目光转到了他的身上。"绅士们,我们是时候开始战斗了。我们不列颠人也许不会使用其他国家的甜言蜜语——尽管我们确实发明了写作、演讲,无论他们在好莱坞都是怎么宣称的——但我们的确拥有众多的无畏舰。朋友们,让我们尽最大的努力跟敌人'联谊'吧:我们从轨道出发,通过大炮来一场外交。以正义和民主的名义,让我们将这些侵略者痛打一顿!"

德莱基特问道:"但是联盟会谈呢?一旦沃尔人知道我们的实力如此脆弱不堪,面对敌人毫无抵抗力,那盟约很可能无法达成。"

史密斯答道:"你说得对。我们的联盟会谈更重要,我们经不起丝毫的闪失。与会人员……我们要小心对待与会人员。所以我们干脆把他们锁在会议室中吧!若是什么都不知道,他们就不会受到伤害,对吧?你让外星人把盟约给签了。同时,我们太空小队的伙计们会去炸掉该死的大蚂蚁们。盟军们永远都不会知道这些的。我们唯一需要做的事情就是关上舷窗。也许我们可以之后再告诉他们大蚂蚁们来过了。到那时,他们甚至会对此事更加印象深刻。"

温斯科特狠狠地拍了一下餐具柜。他的胡须上残留着许多点心碎渣,似乎他往下巴里塞肉馅饼的时候忘记张开嘴巴了。"老天爷,"他咆哮道,"你说得对!声音在太空中不能传播。我们把外星使者们关在里面,直到他们签署盟约,然后我们去炸掉另一批外星人。之后我们回来找第一批外星人,把他们也炸掉——或者说和他们交朋友?苏珊?啊,我们可以稍后再谈论这些细节。史密斯,我的团队对你提供全力支持。"

菲茨罗伊舰长说道:"还有我的曲棍球球棒也是!"

W 站起身来,总结道:"那我们就这么定了。菲茨罗伊舰长,你立刻进入太空深处。温斯科特,你和她一起。视情况而定,为她提供帮助。史密斯,你的氧气罐一充满,就立刻带上你的伙计们跟上去。你应该很容易就能赶上他们。让蕾哈娜去感知敌人的具体位置——他们一定会把那个秘密武器带来派上用场的。管理员巴顿和我来负责盟约的签署。大家都同意吗?好极了。那就各自就位,开始行动吧!"

他们成群结队地涌入走廊。史密斯等了一会儿,沙托从他身旁经过时,他感到一阵令人作呕的恐惧,就像他跟女孩子们谈话时总会有的那种感觉差不多。"我可以和你说句话吗?"

沙托说道:"当然可以了。一切还好吗?"

史密斯答道:"很好,很好。只是……嗯,我们都得尽自己的一份力量。我在想，如果你有备用的地狱火号……嗯，我一直都想自己驾驶一艘。"

沙托说道："你能自愿驾驶一艘地狱火号真是太好了，但是我们的飞行员已经足够多了。"深空作战小组的苏珊和克雷格从他们身边经过，巧妙地将温斯科特引向了门口。"听着，史密斯，如果你经受住了足够时长的艰难险阻，你可以申请战斗训练。到时候我还会为你多说几句好话。你看这个安排怎么样？"

史密斯看着他渐渐远去，突然记起了十七岁时他试图邀请艾米丽·帕森斯和他在米德威治语法学校的迪斯科舞厅跳舞时的场景。他有一种强烈的感觉，刚刚沙托说的话就和艾米丽曾对他说过的一样，他们都告诉他，他"是个好人"。

蕾哈娜朝他安慰地看了一眼，说道："别担心，伊桑巴德。也许战争结束后你可以试一试。"

"等到战争结束？那还有什么意义呢？"他的声音听起来比他想象的还要刺耳。

卡尔薇丝像是要与蕾哈娜搞平衡，突然像老卡通片里的恶魔一般出现在史密斯的右边。她凑到他的肩膀边说道："船长，面对现实吧，你唯一遇到过的艰难险阻就是你屈尊降贵。让我先进去给你暖暖洗手间。"

"伊桑巴德，你不要……"

蕾哈娜刚刚开口，苏鲁克就打断她道："我不知道你究竟在抱怨什么。太空是无限的，而我的矛只有两米长。在这样大的一个地方里，我怎么才能杀掉我的敌人呢？也许我应该在长矛的末端系上一根绳子?"说到最后,苏鲁克的声音听起来有些郁郁寡欢。

史密斯看着其他人三三两两走出去后,对蕾哈娜说道:"我们需要你的帮助。如果你能在敌军飞船看到我们之前感知到他们……"

她答道:"没问题。我可以用我的力量来探测他们的情绪。"

"没错。"史密斯说着,突然想到如果她能检测到它们的武器会更有帮助。至少她不用从中挑选友好的信号了:皇家太空海军是没有"情绪"这种东西的。

门突然打开,管理员巴顿走进了房间。他看上去有些不太高兴。他从国家健康局买来的那副眼镜,看起来很奇怪。他说:"好了,各位,我们碰到了一点儿问题。"

史密斯摇了摇头:"别担心,我相信我们可以解决任何问题。"

"你确定吗?只是……也许你应该过来亲自看看。"

巴顿带他们来到太空站的通信室。通信室中到处都是一圈圈金属丝:众多的扫描系统看起来就像花园里新添的植物一样奇怪。房间后面被一排监视器覆盖,光线照在屏幕上就像抛光过的瓷砖被打了马赛克。史密斯看了看监控屏幕,从上面捕捉到了轨道飞行器的外部场景——铆钉、机械臂,以及在太空中探测声音的探测器。

W 走了进来,看起来闷闷不乐的。

扬声器中突然传出一阵低沉的噪声,那是一声凄厉的鸣叫,就像一座巨大的灯塔从远处发出的呼唤声。那声音在房间中不停地回荡,穿过人们的耳朵和胃部,最后进入墙壁,似乎想要把墙震裂。

史密斯直直地盯着监控屏幕。一种冰冷的恐惧感渐渐爬上他的心头。他提醒自己"坚定的意志是恐惧的杀手"。他此刻真希望自己能打开茶壶再喝一杯茶。

"那是什么?"他虽然这样问道,但却并不期待听到回答。

蕾哈娜说道:"听起来就像鲸鱼在歌唱,很酷。"

"它已经这样有差不多三分钟了。每间隔十二秒就会重复一次。电脑检测不出它究竟是什么东西,但是它一定就在附近。"巴顿指着一处较低的屏幕说道,"在星系的边缘附近有什么东西……"

监控屏幕突然黑屏了。他们像是变瞎了一般愣愣地盯着屏幕,眼睛一眨不眨。

巴顿说道:"该死的电脑。"

屏幕闪了闪,突然又亮了起来,上面显出一个黑白的图像,图像中是一个巨大的大厅,大厅的形状明显是个圆形,墙上有许多棱纹。大厅的中央立着某种机器。

史密斯说道:"看起来很像噶斯特军,但是没有旗帜……"

W答道:"那不是噶斯特军。"

大厅中央的那个东西突然转过来,面向他们。那是一个炮塔、驾驶舱和王座的混合体,而且上面还坐了一个生物。他们盯着一个巨大生物的上半身,看着可能身体已经部分僵硬的它在一排控制器前重重地摔了下来。

卡尔薇丝低声说道:"它像是长在椅子上一样。"

扬声器里突然传来吼声:"这就是我坐着的方式。"

像是突然被一股大风吹过一样,卡尔薇丝踉跄后退了几步,说道:"该死!"

椅子上的那个东西扭头看了过来。光是它的头就有一辆小汽车那么大。它举起比大象鼻子还长的长鼻子,发出一声低沉而响亮的隆隆声。在那一刻,史密斯突然意识到了之前听到的声音的来源——对方的体型和声音高度一致。

那个生物说道:"我是克朗加尔最年长的人。我已经很久没和我的族人们联系过了!"

史密斯看了看W,W又看了看巴顿。"我是这里的管理员,"巴顿像是刚刚出现在房间里一样,说道,"我负责管理这个太空站。史密斯船长和这位绅士负责大会相关事宜,哦,就是和我们正在招待的客人们的相关的事宜。如果愿意的话,你也可以到这里来。我们这里提供自助餐。"

"套话!"椅子中的生物说道,"你们试图在银河系中组建智慧生命联盟,而这确确实实地发生了。我就说的简单点儿。这是一艘基于生物肉体的具有自我意识的星际飞船,我是它的大脑和飞行员。你们通常将其称为'沃达尼太空鲸'。你们当中谁知道神秘的克朗加尔在哪儿?"

史密斯踏上前来:"早上好。我代表不列颠太空舰队向您报告,克朗加尔代表团现在正处于我们的保护之下……"

一阵令人麻木的低音淹没了史密斯的说话声。那生物从椅子上坐了起来:"在过去的一个小时里,我收到了从你们空间站发出的一个信号。它提供了你们坐标的精确位置数据。通常我是不会介意这种信号的。然而,信号中还提到,我们物种中有五个人出现在了你们那里。"

"没错。为了和我们共同组成反对外星人暴政的统一战线，他们作为外交使团来到了这里。我必须得说，那几个小家伙的工作做得非常不错。"

坐在椅子中的生物说道："我还在星系边缘发现了一些飞船，据我所知，这些飞船来自对你们怀有敌意的力量。总而言之，这个地区现在就是一个战区。你有六个标准小时的时间。六个小时之内你们必须向我证明，克朗加尔代表团能够被确保安全。如果你们做不到，我将采取措施帮助他们安全返回。"

史密斯答道："我已经告诉过你了，他们很安全。作为一个不列颠男人，我的话已经是足够的证据。我希望你不要试图威胁我，先生。"

"威胁你？我当然不会威胁你。我威胁的是你们的太空站、太空站里的每个人。除此之外，我们还会研究一下你们的殖民定居地。你应该记得沃达尼研究其他生物形式时发生过什么吧？"

"你把他们吃了。"

"没错。若是代表团受害，你们就准备承受太空鲸的怒火吧！"

蕾哈娜朝监控屏幕迈出一步，说道："实际上，我是人类与沃尔人之间的联络官，或者说跟顾问的角色差不多，除了超自然方面的问题你都可以问我。"

对面的生物回答："好极了。那我相信你一定能够感受到我现在看到你有多开心。通话完毕。"最后一句话说完，随着王座转回去，监控屏幕上的图像也消失了。

蕾哈娜叹了一口气:"哎呀!"

W则嘟囔着:"完全是废话。"

巴顿说道:"他最好不要炸掉太空站。我花了好多年才把这里清扫出来。"

卡尔薇丝说道:"头儿,是我理解错了,还是说那个生物就是克朗加尔之父?"

史密斯点点头,但是视线依旧盯着监控屏幕,答道:"我倒宁愿是你理解错了。"

"哦,天啊!"蕾哈娜深深吸了一口气,"所以克朗加尔人真的受太空鲸保护。这真是改变了我对银河系的全部认知。"

卡尔薇丝说道:"对极了。它让事情比原来糟糕五十倍不止。"

"它们一定是像太空鲸的幼虫之类的存在。除去它们对我们所构成的死亡威胁,能接触到这样一种有灵性的生命真是一种荣幸。"

巴顿说道:"我没觉得事态有多大变化。"所有人当中,他似乎是最淡定的那一个。"我们只能在六个小时之内阻止敌军的行动。这和之前没什么两样,只是现在如果我们不这么做就只能全部等死。哦,实际上这确实挺糟糕的。我想,我最好还是快点回到谈判大会上去吧!"

W看着巴顿走开,突然说道:"巴顿说得对。先生们,我们的赌注增加了。我们不仅需要拯救太空站,还需要在太空鲸要求它们的朋友安全回去之前搞定这件事。当然,如果他们看到我们可以打败敌军,那与沃达尼达成联盟的可能性也会大大增加。"

苏鲁克说道:"那就开始战斗吧!我们还在等什么?"

史密斯说道:"说得好,苏鲁克。除了战斗,我们还有什么别的选择吗?紧握武器,狠狠地揍敌人一顿。如果自由的火炬落下,我们就会发现……"

卡尔薇丝说道:"我们就会失去克朗加尔盟军。别废话,快上飞船吧!"

03

土崩瓦解

菲茨罗伊舰长将自己扣在舰长座椅里——星际飞船船长培训的第一课就是使用安全带。喀迈拉号开始启动,电脑屏幕此起彼伏地闪烁着,指针在玻璃盘下抽搐,引擎也呻吟着动了起来。

戴夫的红灯在仪表板上亮了几下:"菲茨罗伊,日安。你昨晚过得愉快吗?你……和某个人有了进一步发展吗?"

她答道:"没时间聊天了,戴夫。快让我们从太空站离开,赶紧进入太空。全动力加速朝星系边缘行驶!"

"遵命,舰长。"

"查博先生,飞船武器系统的状态怎样?"

查博调整了六个刻度盘之后,拉下杠杆,对着传音筒大声喊道:"武器系统报告,现在我们的轨道炮比镜子还要亮,夫人。战斗组的所有船员都像馅饼店的孤儿一样渴望战斗,报告完毕。"

地板开始隆隆作响。屏幕上,惠灵顿主星越变越小了。"很棒。戴夫,通知飞行员们待命。"

红灯跳动了几下。"菲茨罗伊,我以为通知飞行员是你的工作呢!"

"那好吧!"菲茨罗伊舰长按下对讲机的开关,等着传音筒摇摇晃晃地就位,她吼道,"全体船员请注意,我们接下来将要进行一场寻找未知飞船的巡逻。情报介绍,四艘未知飞船极有可能是伊甸人的顶级殉教战舰。你们要时刻保持最高警惕。我们的敌人可能使用了实验性隐身技术。所以一旦在显示屏上发现任何蛛丝马迹,要马上释放跟踪炸弹,明白了吗?我们对抗的这些人根本不知公平对决为何物。所以,保护好你们的小腿,队员们。结束。"

喀迈拉号撕裂太空,飞快地蹿了出去,引擎的嘶吼声在船体中回荡。菲茨罗伊舰长靠着船长座椅的后背,交叉双腿,对着自己闪闪发亮的靴子尖欣赏了一会儿自己严肃而俊俏的面庞。"查博先生,往发射管里放两条反物质鱼雷。"

"是,夫人。"

"好极了。"菲茨罗伊舰长俯身凑向通信器,转了转键盘,说道:"温斯科特少校?你在吗?"

传音管中传来响亮的回声:"已经整装待发,我们为打入敌船做好了准备。战舰上的兄弟们能打开罐头,我们就能吃光里面所有的东西。"

"为你的精神点赞。"她将传音管推到一边,继续说道,"查博,登舰部队已经全部准备就绪,朝太阳出发,我们要好好教训下这些讨厌的家伙。"

卡尔薇丝转动点火钥匙时,史密斯坐到了船长座椅上。约翰·皮

03 土崩瓦解

姆号咳了咳，又咳了咳，突然咆哮着苏醒过来。指针在仪表盘中迅速旋转，尖端不停拍打在表盘上发出啪啪的声音。就在史密斯以为飞船马上就要撞破停泊系统冲出去的时候，引擎又沉寂了下来。约翰·皮姆号就像一位垂垂老人从梦中惊醒，惊慌了片刻又恢复镇定。

卡尔薇丝说道："抱歉，我的脚刚才被踏板卡住了。"前推进器点火，气闸耦合器后拉。史密斯感觉一阵惶恐在自己的胸口形成，像一个锥形的实心球，快速地越滚越大。他决定做些什么将恐惧压下来，于是他说："卡尔薇丝，带我们离开停靠港！蕾哈娜，我们需要你做一些通灵的事情。你试试看能否感受到那艘隐形的飞船。"

"是，船长！"她说着敬了一个礼，这让史密斯的信心迅速充实了起来。蕾哈娜一个转身，长发辫在空中舞成一个旋涡，便消失在了飞船中。

史密斯心想："现在这个样子，才真正的像个女人嘛！"

太空站在他们的视野中不断后退，在显示屏上越来越小，最后只留他们在黑暗的太空中。W通过对讲机大声嘱咐着："祝你好运，一路平安！还有，别把事情搞砸。"

史密斯对着扬声器敬了一个礼，说道："是，长官。"

"看在上帝的分上，别让噶斯特军得到那面镜子。看好镜子，别让它离开你的船，若是有必要，就毁了它。"

卡尔薇丝回过头来，说道："他说的是毁掉镜子，不是飞船。"

史密斯皱起眉说道："我知道。"

卡尔薇丝驾驶约翰·皮姆号朝太空深处飞去。他们的时间很紧迫了。

巴顿仔细地写了一张纸条，让一架无人机带着纸条飞过大厅，扔在了莫洛克代表团的面前。一名飞行员将纸条举起，摆到了鳃状舵手塞德里克的水箱前面。两分钟后，塞德里克在水箱里上下浮动，最后漂到了水箱顶部。

塞德里克的第一助手宣布："舵手生病了。他必须回去休息。"

"我现在已经非常难受了，"塞德里克呻吟道，"你们继续开会，我先回去了。"

巴顿对守卫在门口的两名步兵点了点头，步兵们便打开门让他们把舵手推了出去。巴顿对他们轻轻挥了挥手，然后门又关上了。

一位大使站起来说道："莫洛克使团首领现在已经离开了。没有他，我们的会议还能继续吗？"一名尤思安代表转了转通信杆，表示赞同。

一名莫洛克代表迅速站起来说道："先生们，我们已经为此次紧急情况做好了准备。我们中有一个人受过专业训练，他专门负责处理复杂的物种间外交。"

闪亮亮的黄铜控制台上，一根二极管亮起了红光。查博转头看去，红色的灯光映在他圆圆的脸上，使他看起来气色红润，散发出天使般的光芒："舰长，扫描仪收到了一个反馈信号。共有五艘飞船，呈直线型排列朝我们逼近。他们的目标是我们的太空站。"

菲茨罗伊舰长答道:"查博先生,准备将他们拦截在半路上。熄灭引擎。"她查看了一下显示屏画面:冰冷的太空中,阳光在对方冰冷的船体上反射、闪烁,仿佛五颗彗星汇聚在同一个撞击点上。灯光洒满喀迈拉号的舰桥。舰桥里每个人都静静地守卫在自己的岗位上,周围安静得只能听到操纵杆的咔嗒声和活塞发出的柔和咝咝声。"我们慢慢爬到他们上方,从这个角度发起进攻,然后再快速撤退——就像打曲棍球一样。"

"夫人,我真想大胆地赞叹一句,您的战术实在是太狡猾了。可是我从来没有练习过曲棍球。"

"那真是你的一大损失。查博先生,所有引擎保持安静。戴夫,为每发导弹都设置好参数。我们的攻击一经得手,你就马上撤退。"

电脑答道:"能为您服务是我的荣幸。啊,对了……敌人的飞船彼此间靠得非常近——每艘飞船之间大概只有一百千米的间隔。他们的战术也太原始了。菲茨罗伊,你知道凯撒的高卢大冒险吗?"

菲茨罗伊舰长答道:"我从来不关心这些。告诉沙托,让他的飞船准备好战斗。一旦对方发现了我们……"

猫跳到了菲茨罗伊舰长的大腿上。她咬了咬牙。球员们已经上场,白色长袜也拉得老高。战争,只有胜利者才能获得战利品,她想了想,问:"查博先生,我们现在离有效射程还有多远?"

查博答道:"一分钟,夫人。根据我的怀表读数——不,我认为我们已经进入射程内了。"

菲茨罗伊舰长露出笑容:"开球!看起来大歼灭者应该对世

俗的事物再多点儿关注。戴夫，攻击路线怎么样？"

"像巴顿的协奏曲一样流畅。"

"攻击！"

两个光点从喀迈拉号上飞射而出，冲向了显示屏的右方。它们呈拱形向上升去，虽然乍一看几乎是懒散地扭曲着向上攀爬的，但最后突然落到了最近的一艘伊甸飞船上，其结果像鹰扑到了一只兔子身上一样致命。爆炸的光芒在漆黑的太空盛开成一朵鲜花。下一刻，爆炸结束，闪闪发光的战舰残骸在太空中盘旋着飘远。两个看起来像火花一样的东西从伊甸飞船的残骸中冲了出来——逃生舱，但是战舰已经完全毁掉了。

导弹点火的那一刻，戴夫就修正了航线。像遭到古老战舰上的大炮射击一样，火焰从喀迈拉号的船身侧翼擦身而过。船的智能主机戴夫，马上发起了反击。

菲茨罗伊舰长喊道："小腿绷住，中锋离开球场！勇敢点儿，伙计们——干得好极了！现在给我们再添两条鱼雷吧！"

戴夫满足地哔哔了几声，说道："菲茨罗伊，你说的时候我就已经准备好了。"

查博突然转过身来，说道："夫人，我收到了一条新的敌舰预警报告。"

她从船长座椅中转过身来："哪里？"

"很近，船长。我没有收到扫描仪信息。"查博摇了摇头，"这样这条预警报告就毫无意义了——我们没办法锁定目标，并且——船长，我认为我们现在已经没有别的办法了，只能以最快的速度释

03 土崩瓦解

放那些鱼雷。"

"戴夫,新目标。查博先生,坐标?"

查博喊道:"没有坐标,哎呀!"

屏幕的最底端,在一个近的可怕的地方,空间自己撕裂开了。星星们像是要融化一般,扭曲得变了形。黑暗中突然爆发出一阵闪电,闪电的中央,一艘装饰着各种符号、吊着长链条的飞船横空出现。

查博吃惊大叫的同时,菲茨罗伊迅速反应过来:"调整航线!新目标出现——所有武器对准新目标!"

噶斯特军的飞船率先开了火。虽然它的飞船较小,限制了自己的攻击力,但是这已经足够了。三枚鱼雷击穿了六米多厚的烧蚀装甲,将喀迈拉号撕开了个大口子。当反击的导弹对准它的坐标同时发射时,噶斯特飞船白马号又瞬间消失了。

苏鲁克凑到史密斯肩膀边,张开大嘴,露出獠牙,在约翰·皮姆号飞射而出时,咆哮道:"呐呐—呐—呐—呐啊—呐,这就是瓦格纳驾驶护卫舰的声音。"

卡尔薇丝检查扫描仪的时候,说道:"他就不能安静点吗?"

史密斯答道:"好吧,苏鲁克,我们马上就要进入战区了。你能做一些更合时宜的事吗?"

苏鲁克顿了顿,说道:"当然可以。《火星曲》,古斯塔夫·霍尔茨作!呐呐呐呐……不过也许你说得对。在深空广阔的空间里,人们必须小心翼翼地跟踪猎物。"他眯起黄色的眼睛,"现在我们要为被毁的运输舰队去复仇了。我们要追踪猎物，打破他的飞船舱壁。啊，将我的长矛射到敌人的身体中吧！"

史密斯答道："这艘飞船就是长矛形的，我们可以直接撞向他们，不过我真不建议这样干！我们的飞船更像是一把枪，虽然没有子弹，但是仍然……"

卡尔薇丝说道："我正在减速。嘿，有飞船想和我们通话。是一艘莫洛克飞船。"

"把他们接进通信系统。"

扬声器中传来声音的同时，监视器上出现了一行文字：集体氏族飞船"智慧的饥渴之刃"号。

"人类们，你们好。是我，鳃状人塞德里克。为了和我们的敌人战斗，我请了一天的病假。在陆地上，我可能只是一个大的会说话的蝾螈，但是在太空中，我有着一名武士的灵魂。"

史密斯答道："很高兴你能来。"

"我们的战斗机已经做好了准备。我们都对战利品心存期待。等等，我收到了传输信息。"

广播中喊道："所有与我们同一战线的飞船都来吧！"

史密斯答道："你好，请问你是……"

"史密斯，是你吗？"

他答道："是我们。还有莫洛克护卫舰和我们在一起。"

菲茨罗伊舰长答道："多谢上帝。听着，我们正在回撤。我们遭到了严重的破坏并且已经毫无反击之力。那艘该死的隐形飞船不知道从哪里冒了出来，朝我们的飞船放了三颗鱼雷。你最好警告一下太空站。也许我们需要其他人来帮忙解决……"话未说完,她的声音突然断掉了。

向正在签署盟约的其他势力寻求帮助,不仅是承认了自己的失败,而且在未来的联盟中也将地位大降。史密斯心想:不行。他知道菲茨罗伊舰长也有同样的想法。那是他们自己的烂摊子。

卡尔薇丝说道:"雷达发现了飞船信号。我收到了一个ID……三艘小型诱捕飞船,两个捕获地雷——一定是从喀迈拉号射出来的。该死!检测范围内一共出现了四艘敌方飞船。"

"他们发现我们了吗?"

"我想没有。"

"好,我们把速度慢下来,悄悄地靠过去。"

"遵命!"

塞德里克说道:"菲茨罗伊舰长,请撤下来稍事休息。对那些击伤你的敌人,'智慧的饥渴之刃'将把他们挫骨扬灰。"

菲茨罗伊舰长答道:"谢谢你,蝾螈老兄。我们很快就能稳定下来。我们的船舱里还有些有纳米炸药。"

卡尔薇丝从座椅上转过身来:"我觉得,纳米炸药就像小甲虫,"她夸张地"咝"了一声,继续说道,"对我们非常友好的甲虫。"

塞德里克说道:"绕过去拦截他们。好好战斗吧,朋友们!"

卡尔薇丝将通信器关上时,苏鲁克跳了起来。"我为我们的不作为感到羞耻!我的同胞们要去战斗,而我却坐在这个生锈的澡盆里。如果我有办法登上那艘隐身的飞船,我就会叫那些卑鄙的船员知道我究竟有多么愤怒!"

"你说得对，苏鲁克。要是我们有一些称手的武器就好了。难道要把我的步枪从舷窗里探出去……不行。"史密斯在房间里环视一圈，寻找灵感。他看向杰拉德时，杰拉德也盯着他。

"老兄，这是一场比拼智力的战争，就像扑克或是乐透。太空就是一张棋盘，而我们的飞船只是游戏中的一颗棋子。但是伙计，狡猾的又不是只有敌人。"他朝太空瞥了一眼，一个灵感突然在脑海中出现，"只有把敌人诱进捕鼠器中，我们才能真正抓住他们。之后他们就只能被动挨打。"

卡尔薇丝插进来说道："先别胡思乱想了……船长，他们藏起来了。这不是一场战舰游戏。他们有掩护。"

"那我就让他们主动现身出来，飞行员！"那个想法突然间清晰了起来，史密斯低语道，"哦，我的上帝，我知道我们该怎么做了。"他的眼神从她身上挪开，从太空挪开，缓缓地转到了背后。一瞬间，他看到了苏鲁克，但是却没有对上他的眼睛。

卡尔薇丝在他身后说道："哦，不，你一定是在开玩笑……"

苏鲁克咯咯笑了起来，笑声随着卡尔薇丝的抗议越来越狂热。不约而同，他们三人都看向了走廊。

蕾哈娜从自己的房里探出头来："伙计们，你们在打什么鬼主意？这真令我感到很困惑，你们难道不应该打一场太空大战吗？"话刚说完，蕾哈娜突然意识到自己并不是他们关注的对象，于是她朝货舱看了看，说道："那面镜子？很重呢！"

史密斯打开通信器，说道："喀迈拉号，你在吗？"

菲茨罗伊答道："还在。"

"我需要马上进入你们飞船的内部。我有了一个计划。"

"最后的狂欢吗?好吧,我让小伙子们找找你们在哪儿。"

史密斯关掉通信器,说道:"卡尔薇丝,准备对接。苏鲁克,你的长矛还锋利吗?"

苏鲁克咧嘴笑道:"你说呢?"

白马号在伊甸战线后几百千米的地方进入了真实太空。462扭头对普朗说道:"我们能再跳一次吗?"

普朗的一名勤杂工低下戴着兜帽的脑袋,对他悄声耳语了几句。普朗点了点头,说道:"发动机需要充电了。三十八分钟。到那时,我们其他的飞船也会到达这里。"

462答道:"让你的飞船采取防护姿势。我们一准备好,就突然跃出去,从后面干掉人类的无畏舰。"

旁边一名技术人员抬起头来,拽了拽普朗的长袍示意自己有话要说:"普朗勋爵,我们获得了一个新的坐标。扫描显示那是一艘莫洛克飞船,它正沉浸在堕落与错误的愤怒之中。"

462说道:"是时候放出战斗机了。"

普朗盯着他的盟友说道:"我会做决定的。"

462的脚边,一号攻击犬的触角往脑后一弯,凶猛地朝普朗咆哮起来。

普朗低头看了看这只蚁狼,说道:"我已经决定把这个委托给你。"

"多谢，"462说着凑近了通信台，对着通信链接吼道："噶斯特军与尤尔战斗机中队请注意，你们准备好出击了吗？"

扬声器中传来刺耳的咆哮："别来无恙啊，一号！"

"死亡闪电中队？"

"服从就是力量，指挥官。"

"轻柔的春雨轻轻拍打在我们深爱的非完全种族灭绝的战神皮帕卡皮诺的寺庙屋顶上。"

"尤尔万岁！皮帕卡皮诺荣耀无比！"

当扬声器里传来噶斯特军的反馈与啮齿动物愤怒的尖叫声时，462迅速地退后了一些。他喊道："战斗机出击！"

462看向普朗，突然发现伊甸人的笑容和他自己真是相配——同样的猥琐。

约翰·皮姆号摇晃着进入了喀迈拉号的货舱，身后的大门静悄悄地关上。空气从通风口呼啸着穿过，绿灯一亮，史密斯就转开气闸门，冲下了台阶。

船舱里充满了汽笛的嘎嘎声。飞行员们背着飞行装备走了出来，跟在空勤人员和技术人员的身后。他们轰隆隆地从约翰·皮姆号旁边经过，来到了停靠着地狱火的大厅的最后方，这里，一艘艘飞船就像拉紧了绳子的战犬，整齐地排列在一起。一个声音大喊道："开动它，你这懒散的混蛋！"史密斯知道，这是一架战斗机的自动驾驶仪正在说话。"检查一下我的武器！我的飞行员在哪儿呢？"

03 土崩瓦解

菲茨罗伊舰长是最后一个跑过来的。约翰·皮姆号的其他船员进入货舱以后,她摆动着马尾一步跳到了史密斯身边。

她问道:"你们都还好吗?"

"我很好。你呢?"

"我也没事。至于飞船上的其他部分,那就是另一回事了。"

"受到破坏了吗?"

"是的……受到了一点破坏——还有一些伤亡。我正准备亲自去看看。轨道炮受到了冲击。一颗鱼雷射过来的时候,我们的干扰程序捕捉到了它:炸弹仍然还会爆炸,不过我们让它转向炸在了主装甲上。不过,这还不是最糟糕的。"

"这还不是最糟糕的?"史密斯身后,加油臂折叠到了天花板中,咕噜噜的加油声似乎都在哀怨。

一艘地狱火号嘶吼道:"上帝啊,快把我那该死的飞行员给送来吧!"

菲茨罗伊皱起眉,说道:"沙托受了一点儿伤,他们已经把他送去医务室了,这场比赛打得带劲儿。"她又摇摇头,继续说道,"现在我在射程内捕捉到了二十架敌军战斗机的踪影,我们有四个家伙正在和他们战斗。莫洛克人也派出六架战斗机加入了战斗。但是我们最好的球员退出了比赛,这样比赛想打赢就很困难了。"她面色紧绷,嘴唇抿成一条线,眼睛也紧紧眯起,所有的欢快表情都消失不见了。"听着,史密斯,如果你能找到那个伤害了我们的混蛋,我就接受你的计划。"

史密斯说道:"好。我们突袭'拯救'的时候,从那里得到了一项实验技术。我不能细讲,但是卡尔薇丝知道如何开启它。我们也许可以用它进入隐身飞船的控制器。只要他们一现身,就能正面交锋了。"

"你觉得你能做到吗?真的吗?"

"我希望能。虽然这会很危险——但是对于约翰·皮姆号的船员来说,危险就是我们的中间名。"

苏鲁克插嘴道:"我的中间名不是危险,是个点。"

"总之结果差不多啦!不过,我们还需要温斯科特和他的伙计们帮忙。这可能有点儿麻烦。"

菲茨罗伊舰长摇摇头,说道:"该死,史密斯,你们这些聪明的家伙真能搞事情。但我能拒绝你的要求吗?在这样一个令人绝望的时刻?"她转身就走,边走边说,"我去告诉温斯科特到这儿来。"

又一艘地狱火号吼道:"飞行员!该死的敌人就在这里,而我却像个柠檬三色堇一样坐在我的后轮子上一动不能动。谁来负责这场战斗?"

史密斯说道:"听起来它很想上战场。"

菲茨罗伊舰长停下来看了看他,说道:"你想要干什么?"

史密斯的心中瞬时升起一种感觉:那是一种混合着骄傲、决心与狂喜的感觉。他说:"该死,我来驾驶地狱火号。卡尔薇丝,你来驾驶约翰·皮姆号。好好干。"

"但是……"

"你?"菲茨罗伊舰长的表情就像是听到史密斯宣布自己怀

孕了一样。"你知道如何驾驶地狱火号?"

"当然了。我有一本册子,那上面有关于地狱火号的一切。"

蕾哈娜说道:"伊桑巴德……你的行为非常勇敢,到那时,哦……别这样。"

史密斯答道:"别胡说。蕾哈娜,我们每个人都可以追求自己的梦想。嗯,自从我组装了第一个地狱火号的模型,我就一直梦想着有一天能驾驶一架真的地狱火号战斗机……"

卡尔薇丝插进来说道:"不是打击你,头儿,你不行的理由就是你那本册子上只在侧边上写了'12 条建议及注意事项'。"

菲茨罗伊舰长的视线穿过大厅,盯着史密斯看了看,然后摇头道:"抱歉,史密斯。飞行员卡尔薇丝说得对。我需要的是一位有真正飞行经验的飞行员。"

卡尔薇丝说道:"没错。你只不过——嗯,实际飞行过三个小时了?关于如何操作飞船,你必须得接受更严格的训练。头儿,我无意冒犯,也不是在针对你。"

苏鲁克上前一步,说道:"她说得对,马祖兰。我们需要的是一位专家。菲茨罗伊舰长,我需要一个抓钩和一根锯链……"

那艘地狱火号再次吼道:"我的飞行员去哪儿了?"战斗机的机翼正在摆正位置,塑料玻璃的座舱罩折叠起来。悄悄地,地狱火号的电脑点燃了自己的引擎,着陆轮也开始转动。它咆哮道:"我需要一名该死的飞行员!"它将傲慢的鼻尖对准了约翰·皮姆号,说道:"谁驾驶这个生了锈的破午餐盒?"

卡尔薇丝说道:"嘿,那是我的飞船!"

地狱火号答道:"那就跳到我的登机板上来吧,小短腿儿。如果你能把我身上的一点小伤给修好,你就可以驾驶我飞行了。"

"哦,不。"卡尔薇丝惊慌地退后一步说道。地狱火号用鼻尖指着她,斜向上的机翼上一排排枪口和导弹都对着她,机身上杀戮的痕迹以及一个明显比她更凶猛的正张开大嘴吞食一只巨大蚂蚁的狮子图案,使她心中升起一股恐惧。

"你一定是在开玩笑。"

"我看起来像是在开玩笑吗?"

她尖叫道:"我?我?"

地狱火号说道:"对,一个飞行员级别的仿生机器人就在我的面前。"它的大炮旋转下来锁住了她的头,"这就是我指的那个人。"

史密斯向前一步,说道:"选我吧!"

地狱火号答道:"滚开,我只想要这个机器人。我的首席执行官不在,所以现在我自己就是首席执行官。我告诉你,我已经做出了决定。"

史密斯艰难地控制住自己的怒火,转身对卡尔薇丝说道:"好吧,那么……你……你这个幸运的小奶牛!"

"幸运?"卡尔薇丝的嘴像鱼一样蠕动着,"我会……"

地狱火号的推进器突然轰隆隆响起,把她的声音彻底淹没在咆哮的引擎发动声中。她试图通过肢体语言继续表达自己的观点,但是其中许多姿势都不是官方认可的旗语信号。

蕾哈娜双手做小喇叭状,放在嘴前,说道:"卡尔薇丝!我们都会在你身后的!"

"我宁愿你们在我前面,"卡尔薇丝刚喊完,地狱火号便转向她,侧翼着地,打开了驾驶舱。她停顿了一秒,想知道她从这里出来的时候会得到什么样的荣誉。下一秒,苏鲁克就走了过来,并且推了她一把,卡尔薇丝一屁股坐到了飞行员座椅上。随着身后驾驶舱门关闭,卡尔薇丝意识到自己是出不去了。突然间,周围变得安静并温暖起来。

地狱火号说道:"欢迎登船,小美女。多少个小时……等等……你的领带呢?"

"我的什么?"卡尔薇丝不知道到底哪件事才更可怕:令人困惑的几排控制开关,或是接下来通过挡风玻璃直面战机格斗这种更容易露怯的尴尬。她的下方,史密斯正像个活塞一样不停地挥手,他一定在咒骂她怎么能如此幸运地驾驶一艘太空战机。

地狱火号说道:"你的领带,女士。本飞船十分擅长格斗,因为我飞得也十分灵巧。"

卡尔薇丝说道:"你看,这真是个糟透了的错误。好吧,我是唯一一名闲着没事干的飞行员,但是真的——真的——我之前从没有驾驶过战斗机。"

地狱火号说道:"哦,我懂了。"飞船上的各个系统在卡尔薇丝周围亮了起来。她觉得自己就像一只老鼠,刚刚藏进了烤面包机中,开关就被人打开了。"你想快点逃走,是吗?你能轻轻按一下你面前的开关吗?"

"这个吗?"

"它下面的那一个,谢谢。"仪表盘上亮起了一盏灯,上面显示:弹射座椅现在处于自动驾驶仪控制之下。它旁边的显示面板也被激活,上面写着:弹射座椅的控制开关现在也处于自动驾驶仪控制之下。"你的本次驾驶就到此结束了吗?你想要让其他人代替你战斗吗?"

卡尔薇丝抗议道:"不,我不想。好吧,不那么想。"

"好吧!你驾驶过什么?"

"嗯……约翰·皮姆号……还在尤尔星球上驾驶过一艘太阳龙。我真的得……"

"尤尔的龙骑士,是吗?我喜欢!现在听好了,你将要和我一起出击,并且将所有挡在我们前进路途中的生命都炸掉。如果我相信防守,那我会告诉你最好的防守就是主动发起攻击——但是我不相信,所以无论如何,我们还是要攻击。敌人看到咱们,一定会后悔自己为什么要出生!"

温斯科特带着同伴们与德莱基特一起从地狱火号的机头处跑出。他们身着装甲,看起来彪悍极了。蕾哈娜对温斯科特说了几句话之后,他扮了个鬼脸,之后就和同伴们跑进了约翰·皮姆号。德莱基特紧随其后,但是却停在了气闸门门口处。他拿下自己的巴拿马帽子,把帽子翻过来朝卡尔薇丝挥了挥,大喊道:"把那些藏起来的家伙都打出来,宝贝儿!"卡尔薇丝从他的嘴型辨认出了他喊叫的内容,也朝他挥了挥手。之后,德莱基特敬了一个礼就消失在约翰·皮姆号中。气闸门摇摇晃晃地关上。约翰·皮姆号开始启动引擎。现在,无论是谁,都不要再躲躲藏藏了。

卡尔薇丝的脑子里一片纷杂:"我一定得驾驶着这个东西回来,回来之后,我就要进行一场盛大的狂欢,咖喱、葡萄酒、更多的葡萄酒……更多的咖喱……"

地狱火号打断了她的思绪:"你准备好了吗?我们要一起出发啦!我来控制系统,你来执行攻击任务。因为如果你还没准备好……你知道弹射座椅由谁控制吧?那么,飞行员,把你的手放到武器控制器上,我们要出发啦!"

一只机械臂从驾驶舱顶上展开落了下来,它的最末端是一个小小的插头。地狱火号介绍道:"神经分流。"

卡尔薇丝把头向后一仰,插头就滑进了她耳朵后面的插座里。

顷刻间,她的大脑中就出现了一大堆各式各样的示意图:武器布局、扭转力和重量比数据表。她的意识渗透到了飞船内部,飞船的部分意识也进入了她的体内,他们的神经系统链接在了一起。她感觉到了这艘飞船的狡猾与凶猛。那坚定的战斗意志让她害怕而又激动。她感受到了速度和危险,甚至还闻到了烟斗味。

地狱火号说道:"你的大脑里有普洛赛克葡萄酒的味道。"

他们面前的灯频频闪烁。机库大门摇晃着打开,对接夹具也翻了回去。约翰·皮姆号像掉进了地面上的一个洞里一样从喀迈拉号上面掉了出来。第一艘地狱火号也启动加入了战斗机队列。

通信器吱吱嘎嘎地响了起来:"嗨。我是艾丽,你的僚机驾驶员。新来的女孩,你跟在我们中间吧!你的飞船虽然没这么说,但它的确任务繁重。"

卡尔薇丝说道:"多谢。"她的话不怎么管用。地狱火号像个钢琴家伸展手指一样地灵活摆弄着各种飞行姿势。

机库顶上的对接臂折叠起来,他们便离开战舰进入了战斗机队列中。卡尔薇丝突然想到,等下局面可能会变得更加糟糕。毕竟,现在还没有人朝她射击呢!

约翰·皮姆号的货舱里漆黑一片。飞船已经开始保持静默。引擎关闭,只有一个复式推进器推动着飞船缓缓驶出。这种情况下,扫描仪扫描到约翰·皮姆号时就会将它认定为一块死气沉沉的金属。

温斯科特少校咆哮道:"这对我来说太疯狂了。相信我,我见到疯子,一定能一眼就认出来——虽然有时候我判断略有不准。"他环视一圈,又补充道,"但是现在,你听,他正和我讲话呢!"

"我也是这么认为的。他说得对。"苏珊指了指温斯科特,说道,"不过,虽然这计划听起来像疯了一样,但是如果它有效,那我还是会去尝试下。这总比坐在那艘无畏舰里等着火箭射到我们的屁股上要好。"

德莱基特利史密斯一起把镜子竖了起来,说道:"该死,整个计划提前了这么一大块,大到能赶上一个坚果加工厂的规模,但是这又能改变什么吗?"他后退一步,欣赏着镜子说道:"所以我们要怎么做?"

苏珊说道:"史密斯知道。有什么开关吗?"

史密斯右髋处别了一把手枪,左手拿剑,背后还背着一把猎枪:"好吧,兄弟们,我有个计划:敌军有一艘飞船,飞船的动力可能就是这面镜子。很明显,现在那艘飞船还可以使用。所以,我们要进入这个空间,征服它。在镜子的空间里,一旦发现重要的敌军头目,我们就抓住它,问出隐身飞船的方法。计划就是这么简单。"

温斯科特答道:"好极了,我们开始吧!"

德莱基特说道:"只是有一个问题:史密斯,如果你和我们一起进去,而蕾哈娜做她的防护工作,那谁来驾驶这艘破飞船呢?"

四周响起一阵阴险的笑声。

史密斯说道:"没关系的。我们正在规划一条远离战斗的航线……实际上,我会去检查一下的。"

史密斯向驾驶舱走去时,苏鲁克大步走了出来。苏鲁克喊道:"我准备好了。我们去新的狩猎领域试试手吧!"

史密斯和苏鲁克将蕾哈娜从冥想状态中唤醒。她给自己配备了一个书包和一双磨损严重的靴子。这是史密斯见她用过的最实用的设备了。苏鲁克扯扯脸,看向一边时,史密斯上前吻了吻她。

蕾哈娜说道:"我们走吧!"

他们一起回到了货舱。史密斯说道:"好了,我们开始吧。温斯科特,你的伙计们能散开一些吗?我们需要一点活动空间。"

温斯科特说道:"当然可以了。"士兵们都后撤了一些。

史密斯弯下腰开始摆弄镜框。卡尔薇丝告诉他要转动一个表盘,而现在,当他转动那些小符号的时候,一切疑惑都自己解开了。方块咔哒一声合上了,他又去移动梅花。整个机制迅速地旋转起来,似乎要把他吸进去一样。苏鲁克小心翼翼地吼了一声:"空气改变了。"

蕾哈娜说道:"我感觉到了。有点冷——这感觉不太好。"

德莱基特答道:"没什么,女士。只是你的想象罢了。"虽然如此说着,德莱基特还是拿起了手枪。

史密斯站起来,开始调整右上角的黑桃,动作看起来就像在打开电台广播一样。他非常不高兴地意识到自己的腹股沟碰到了镜子上。

他说:"还有一个。"苏珊检查了一下射线枪。史密斯掀起小碎片,转动每个区域将它们合在一起。他把桃心推下沟槽一直到达角落中。最终,四个部分都回归到了原位。他朝旁边踏出一步,蕾哈娜站在房间的边缘盯着他,眼中的眼白看起来格外大。

他们站在货舱里,静静等待着变化的发生。整整十秒钟,房间里一片沉默。

温斯科特说道:"那该死的女人说的信息根本不靠谱。史密斯,这就是机器人。你应该让她看看——给她换换油或是做点别的什么吧!"

苏鲁克上前一步,将长矛对准镜子,平静地用长矛的末端穿过了玻璃。没有遇见任何阻力。他收回长矛,看了看长矛的末端有没有损伤,然后对蕾哈娜做了个手势,说道:"女士优先。"

史密斯说:"我先来。绅士们,跟我来!"他走到镜子跟前,做了个深呼吸,然后猛地冲进了镜子中。

突然一声巨响,史密斯双手抱头踉跄着退了回来。蕾哈娜跑到他身边,把手压到了他的手上,说道:"可能遭到了精神上的反噬。哦……有人有芦荟吗?生海带也行。"

史密斯摇摇头:"是我的头撞在了镜框上。来吧,伙计们,这边!"

他拿着手枪,弯下腰朝镜子走了过去——穿过了——他的影子。一阵寒潮从他身上掠过,就像发烧了一样的感觉,然后他就到了另一边。

史密斯站在一个石头大厅中,这里格外宽敞、空旷。墙壁上钉着金属板,不过这都不过是模仿约翰·皮姆号货舱的小把戏罢了。史密斯缓缓转过身来,环视了一下大厅四周:这里是一个教堂正厅,它应该属于一个大教堂,地面是瓷砖铺成的棋盘。他头顶上方的拱顶中央嵌入了一个外星生物——看起来非常像一只长着翅膀的海象。楼梯从天花板上延伸下来,这让整个房间像是倒着建的一样。房间里闻起来有一股灰尘味,还微微有一点汤味儿。

他说:"咳,哎呀!"

苏鲁克跟在史密斯身后,紧接着穿过了镜子。他四处看了看,之后从自己身上拿了一顶折叠大礼帽。他拍拍礼帽使之成形,然后将它小心地戴在了头上。

史密斯说:"你还戴上了装备。"

苏鲁克答道:"入乡随俗嘛。帝国必胜!"

蕾哈娜紧跟着也进来了。她凝视着长长的拱顶说道:"不列颠的垂直哥特式建筑,大部分是日耳曼风格,但是也受到了维多利亚中期的影响……奇怪!"

接着进来的是温斯科特,其后是苏珊,然后她一直守在入口处,直到突击队的其余人全部进入大厅。

德莱基特说道:"现在呢?"

史密斯把手伸进大衣,拿出一个通信器。他展开了通信器边上的小腿儿,拉开了伸缩天线。

德莱基特说道:"那东西在这里不好用。"

史密斯从屁股口袋里拿出干净的不列颠国旗手帕,系在了天线的顶端。"它现在好用了,"说着,他把通信器放到了地砖上,"我以不列颠太空帝国的名义宣布,这里,现在是我们的了。"

德莱基特小声说道:"你就是个疯子。"

史密斯答道:"不,我是不列颠人。"

"差不多。"

苏鲁克补充道:"现在我们所有人都疯了。"

温斯科特"哼"了一声,说道:"和心理失衡者的桑尼维尔之家相比,这可无趣多了。"他检查了一下武器侧面的弹药计数器,说道:"我敢打赌,他们这里没有任何有趣的东西。"

苏珊严厉地看了一眼温斯科特,说道:"任务第一,找乐子第二,可可第三。"

"没错,我们去探索这个地方吧,扫荡完之后再把这里炸掉。你说呢,史密斯?"

史密斯说道："嗯，既然我们已经替帝国认领了这个地方，我们就应该将这个消息告知给当地的居民。我们走吧！"

温斯科特敏捷地用胳膊做了一连串动作，深空作战小组就分成了两队。他们沿着大厅一路前进，用柱子作为掩护，始终靠着墙小心翼翼地移动。他们的靴子踩在石头地面时，几乎没有发出一点声音。

蕾哈娜悄声说道："之前这里的人都去哪儿了？你肯定以为他们会守住入口。但是卡尔薇丝说她看到了很可怕的东西。"

苏鲁克笑着答道："也许他们正在等我们呢！"

克雷格——温斯科特的电脑专家，在大厅另一边朝他们招了招手。他们穿过大厅，重新聚在了一起。他说："我找到了进去的路。我想你最好看看这个。"

那是一扇宽大的橡木门，门上镶嵌着铁，门框则是雕刻着骑士的石头。门楣的上方有一个石雕像，正在低头对着他们微笑。雕像的脑袋和身体看起来就像一个巨大的鸡蛋。苏鲁克吸了一口气，说道："多好的骷髅啊！"

"还不止这些。"苏珊说着打开了门。

一眼望去，门内是一座巨大的城堡。台阶一直延伸到一个花园中：花园的右边是一片树篱，左边则是一片茂密的针叶林。一堵高墙将两者围了起来。墙外的一边是一望无际的田野一直延伸到地平线上，另一边耸立着一幢幢高塔，直冲晴空万里的天空。空气闻起来很是新鲜。花园里飘浮着大剪刀修剪树木的声音。

德莱基特倒抽一口凉气，说道："我们——这里是英格兰吗？"

史密斯伸出手,手掌向上,没有感受到下雨,因此他说:"我觉得可能不是。"

温斯科特激动地说道:"我的老天爷!另一个维度世界。我竟然真的疯了。"

史密斯又靠近一点儿看了看,这个场景就像是开启了一场幻觉。一只鸟儿在高高的天空飞翔,因为离云朵太近,一根卷须突然从云朵中伸出,将它拖了进去。远处,可以看到人们正在修理灌木林。城堡前的院子里,竖立着十二尊像是用黏土制成的雕像。塔楼和建筑的外形都设计得格外精妙,有的像一顶礼帽,有的像用卡片建成的房子。它们并非静止不动,而是像有轮子一样不停地变换位置,只是移动得太过缓慢以至于不能轻易被察觉。史密斯想:这是一个表盘,或者说它的移动就像一个该死的表盘。

他说:"我们走吧。温斯科特,我们分成两队,然后在中央塔集合——就是那座处于中央位置的塔,行吗?"

温斯科特说道:"好主意。就是处于核心的那幢塔?"

"就是那里。"

"两面夹攻,中央汇合。我的小伙子们会从迷宫的侧翼包抄的。"

史密斯点点头,说道:"那么我们就从那片小树林穿过去。我们在约好的地点见,温斯科特。"

温斯科特答道:"好的。"

史密斯匆忙走下台阶时,心想:"希望这是个正确的决定。"苏鲁克、蕾哈娜还有德莱基特都跟在他身后。如果在他们不在时,约翰·皮姆号被毁了,那他们就会被永远困在这里了。不过,幸运的是,至少这里没有下雨。

现在,电梯成了一堆冒着电火花的扭曲的钢铁制品。菲茨罗伊舰长走上楼梯,一蹦三个台阶。应急灯在黑暗中一闪一闪。她幸运地蹦到了台阶底部,而没有落进旁边的大窟窿中。

他们把左舷炮甲板上的伤员收治起来,用车子将他们推到食堂接受治疗。菲茨罗伊舰长紧贴在墙上,以便空出道路让轮床经过。轮床的脚轮嘎吱作响:在飞船的深处,伴随缓慢的金属呻吟声,似乎有什么东西坍塌了。一位医生叫来一名勤务兵,让他把医疗装置拿过来。

"舰长?"

她闻声低头一看,认出手推车上满脸雀斑的女子正是恩赛因·德里斯科尔,她得有好一会儿不能看曲棍球比赛了。

菲茨罗伊舰长说道:"亲爱的,你对自己做了什么?"

恩赛因·德里斯科尔正注射着镇定剂以克服疼痛。她艰难地说道:"你知道餐厅墙上的那个大黄铜狮子吗?"

菲茨罗伊点了点头。

"是的。就是它,掉在了我身上。我不能……"

"别说了,恩赛因·德里斯科尔。你的舰长在这儿呢!你会没事的。"

"我想……我想我已经失去了一条腿。"

"失去了一条腿?别胡说,恩赛因·德里斯科尔。"她向下指着走廊说道,"看,它就在这下面。你看到了吗?什么都别担心。只要去医务室里,快点儿把它拼上,你很快就又能上场了。我们会在分战场好好打球的,到时你就会说……会说……外科医生!"

医生答道:"夫人,她晕过去了。"

"把她的腿接好,该死的!"

她匆忙赶到飞船的炮仓,靠在一根托梁下面,仔细观察里面的混乱情况。

巨大的船舱一直以来就像一座大教堂和一个泵站的混合体。而现在,它已经完全被炸毁:巨大的舰炮已经完全被毁坏,应急维修系统根本无法弥补损失。敌人发射来的大多数火力都在气闸处爆炸了,但是冲击波掀翻了炮仓屋顶,地面上到处散落着雷达计算器和测距仪的残骸。爆炸的冲击波使得齿轮从对面的墙上突了出来,看起来就像掷出的飞镖。一条束起来的电缆像蟒蛇一样盘旋在她的脚边噼啪作响,还不时地冒几个火花。

炮仓里挤满了人:受伤的人和那些试图让他们活下来的人。三个身穿防护装甲的技术员正在向一小堆火上喷洒冷却泡沫。两个水兵抬着他们的战友从她身旁经过。头顶的椽子上悬挂着一名炮手的尸体,爆炸的冲击波将他甩到了上面。几米开外的地方,科林伍德站在一架轨道炮的残骸旁边,费力地从炮筒中往外拖一根倒下的大梁。

他大喊道:"过来,你们这些懒蛋,过来帮把手!奥哈尔先生!"他伸出一根手指指着圆脸的奥哈尔说道,"快去引擎室……告诉长官我想再要三个技术人员,以及两盏探照灯。这是我的命令,告诉他,没有商量的余地!"

话一说完,他便风一般跑了出去。他从菲茨罗伊舰长身边经过,但是似乎根本就没有注意到她。菲茨罗伊不得不喊道:"科林伍德先生,报告现状!"

她发现他满身灰尘,穿着工作裤的左腿因为涂满泡沫材料而有些僵硬。

"夫人,现状似乎不太明朗。"

"还要多久我们才能再次投入战斗?"

他摇了摇头,表示不知道。

"嗯,剩下的武器至少要多久才能发挥作用?拜托了,伙计。"

"四十分钟,夫人,不过也可能需要一个小时。"他擦去额头的汗水,继续说,"还不只是这样,夫人。船员们都精疲力竭,一些小伙子认为既然有了蝾螈帮忙,那他们就不想去与噶斯特军的飞船对抗了。"

"什么?我不想听到那种言论。带我去播音室。"

"好的,好的,夫人。"他走到通信台,启动了飞船上的播音系统,并敲响了它旁边的大铜铃。

"舰员们请注意!"菲茨罗伊舰长并没有凑到麦克风前,而是把手放在屁股上,提高了嗓门,喊道,"敌人已经处于领先地位。他们选中我们,给了我们一个小小的打击。但是我们还没有从游戏中出局。伙计们,这艘飞船是人类的——人类的一个特殊战场,在人类的土地上，所有战争我们都会赢得胜利。我知道你们都受了伤，如果你们心灰意冷，我也不会责怪你们。但是作为你们的舰长，我问你们：你们愿意看到女巫将皮卡迪利大街烧毁吗？你们愿意称呼一群一米多高的啮齿动物为勋爵或是主人吗？你们愿意让你们的孩子生活在一个蚂蚁农场里吗？"

飞船各处传来的吼声几乎将她周围的嘈杂淹没。

"舰员们，将你们的力量聚集起来。让那些不能战斗的人暂且休息，让那些仍能战斗的人在正义的血色战场上重新鼓起勇气。把你的袜子拉高，抓起你的棍棒，女孩们，游戏还远远没有结束！"

人们欢呼起来，甚至还有人喊着"好哇"！

菲茨罗伊舰长转身对科林伍德中尉说道："二十分钟后能做好准备吗？"

"什么？用不了二十分钟！十分钟就够了，夫人！"

"很好。"她轻轻把麦克风放下，"查博先生，带我们四处转转。我们马上就要回去了。"

苏鲁克有着丰富的狩猎经验，所以走在众人的前面开路。小树林中散发着针叶林的芳香。瞥一眼树叶间隐现的高塔，史密斯心里笃定了一些，因为他们还在正确的路线上。

实际上，这个新的维度与现实世界没有太大差异，至少现在看到的这个部分是如此。这与史密斯上学时的那些旅行没什么不同，除了头顶冒着烟的蜻蜓，灌木林中朝他们咆哮的东西——看起来既像獾又像一个螺钉,以及那些始终盯着他们看的花儿。

地面上铺着厚厚的针叶,踩上去十分松软。史密斯非常庆幸蕾哈娜穿了靴子,虽然她提起裙摆时他看不到她的脚踝了。他想到:"太奇怪了,她的脚踝怎么会那么吸引人?它真是太……"蕾哈娜突然喊道:"看!"

树林分开,露出一片空地,在一丛史密斯前所未见的大蘑菇丛旁边,摆放着一张长桌。长桌上堆得满满的,有成堆的盘子、蛋糕盘、茶壶、茶杯,以及银餐具,其中有一些银餐具甚至已经开始氧化。也许曾有一支军队在这里用过餐。

德莱基特说道:"竟然有人在地狱里大快朵颐。"

史密斯答道:"嗯,他们还有茶杯,应该不算太糟糕。"

苏鲁克突然举手示意:"等等。"

史密斯知道他那种语气意味着什么,因此马上停在了原地。苏鲁克停在一片树荫下,似乎思考得已经出神。德莱基特拿着手枪开始环顾四周。蕾哈娜皱眉站在那里,把头歪向一边,似乎想要把耳朵里的水给放出来。

苏鲁克悄悄说道:"我听到了一种声音,一种水分流的声音。"

史密斯答道:"你确定不是一条小溪吗?小溪才会分流。"

"恐怕不是小溪,马祖兰。还有树叶摇动的声音。"

"树叶摇动的声音和水分流声?听起来糟透了,伙计们。"

德莱基特将帽檐拉低,说道:"以我的经验看,唯一能同时发出水分流的声音和树叶摇动声音的,只有在老实人背后搞诈骗的流浪汉。见鬼,我真高兴在这个地方我们当中没有人叫'多萝西'①。"

史密斯答道:"多谢你的分析。你能不能说的更简单一点……"

树林中突然传来一阵嘶吼,史密斯的说话声便被淹没其中。一些体格巨大的东西从冷杉树后面蹦蹦跳跳地跑了出来。它们每一步都沉重地落在地上,震得树木不停颤抖。一个长着鳞片的巨大背部扇动着小小的翅膀的生物出现在针叶林上方。一条比男人的腰还粗的脖子在树干间蜿蜒。史密斯瞥到一张丑陋的脸,它长着尖角,龇牙咧嘴,眼睛亮得惊人。它看到他们,再次咆哮起来。

史密斯说道:"这里,蕾哈娜。你可以和这些像恐龙的家伙谈谈——告诉它们,我们是朋友。"

"好的。"她把指尖按在前额上,说道:"我可以感受到它的想法,但都是些没用的内容——某人想要杀死一些东西之类。不过无论如何,这个想法是很清楚的。"

"我,"苏鲁克说着从她身旁走过,试验性地挥舞了一下长矛,"可以和这个东西谈谈。这是一场我必须独自进行的战斗。就算不能单打独斗,我也希望你们能让我第一个来。"

史密斯摇摇头,说道:"抱歉,老兄,这是一场我们一起参加的游戏。"

那个怪物还在蜿蜒前进。它的腿很短,但是疯狂拍打的翅膀

---

① 译者注:多萝西是《绿野仙踪》的主人公。小姑娘多萝西被龙卷风刮到了一个陌生而神奇的国度,她与陆续结识的小伙伴们一起遇到许多稀奇古怪的事情。

能够帮忙减轻身上的负重。它拖在地上的胡须像鲶鱼一样拂过树枝，眼睛烧得通红，嘴巴里不停地嘟囔着。

德莱基特检查了一下自己的手枪，喊道："好一条出去的路。我活了二十五年，竟然在一条狭窄的路上被一只恐龙大小的火鸡给吓了一跳。"

蕾哈娜答道："也许是因果报应吧！你知道的，就像感恩节或者是什么……"

怪物将爪子伸到桌上，抓起一堆餐具噼里啪啦地朝他们扔过来。蕾哈娜举起双手形成防护罩，将四位探险者保护起来，一瞬间空中到处都是乱飞的瓷器碎片。它的头——介于一条鲶鱼和一只秃毛兔子之间的某个形象——从它蟒蛇一样的脖子上晃晃悠悠地低下来，瞧了瞧他们。

史密斯举起手枪，低头看了一眼枪管，然后向它的眼睛开了枪。

怪物踉跄了一下，似乎想要把子弹给清理出来，然后它猛地冲了出来。史密斯闪向一边，但是速度慢了一些，怪物的巨手直接将他按在了桌子上。史密斯在一个三层的大蛋糕残渣中扭动着身体，破碎的瓷器在他身下嘎吱作响。史密斯又开了两枪。子弹穿进怪物的胸膛，就像落进了麦片粥里——没有掀起任何波澜。它伸出手抓向史密斯的头……

苏鲁克及时伸出长矛挡在了怪物的手下面。它嘶吼一声，反手击向苏鲁克，一掌把他拍飞了。苏鲁克向上飞了一小会儿，就"砰"的一声砸在旁边大树的树干上。德莱基特朝它开了两枪。怪物退回到了长桌子的另一端。

德莱基特吼道:"它对我的手枪免疫。"

怪物跃上长桌子的一头,重压之下,长桌另一端飞了起来,桌子的边缘差点撞上史密斯的下巴。怪物的周围下起了一阵碗碟碎片形成的碎片雨。

苏鲁克揉着头从树林中踉跄地走了出来。

蕾哈娜喊道:"苏鲁克,小心!"听到喊声,怪物的眼球好像要从眼眶里瞪出来了,它转过它的大脑袋看向了她。

值得称赞的是,她并没有尖叫。更加值得称赞的是,她还对它说:"嘿,我都能看到你的扁桃体了。大伙都来看看吧……"

史密斯捡起一块桌布,拍了拍桌布,喊道:"这里!看这里!"

他侧过身子,像个斗牛士一样挥舞着桌布。怪物尽管长得十分怪诞,动作却极为敏捷与轻盈。看到它转过头来,史密斯大喊道:"跑呀,各位!我来吸引它的注意力!"

德莱基特问道:"那接下来你怎么办?把自己喂到它的肚子里去吗?"

史密斯没有理会他。怪物后退几步,然后猛地冲上来。小小的翅膀飞快拍打着,似乎想要从它的后背上脱离开自己飞走。它升到空中时,巨大的身形遮住了太阳,树木和塔尖也全都消失不见了。它长长的脖子像眼镜蛇那样缩了回去。

怪物猛扑过来。

"跑!"史密斯大喊着抱紧蕾哈娜扑到了一边。怪物的两只大爪子像两只愤怒地挥舞着钳子的蜘蛛蟹一样从史密斯身旁掠过,狠狠抓住一块巨大的蘑菇,像是要把它用力掐死。它飞快地低头,从蘑菇上咬下牛排大小的一块,然后又在一片孢子云中将它吐了出来。

回过神来,史密斯发现自己和蕾哈娜在一片密实的草坪上,而他正压在她的身上,这比他私下想象的状况要好得多。他抓住枪,蹭地站起身来,然后又把蕾哈娜拉了起来。他身边的德莱基特也同样拿起枪。苏鲁克虽然仍旧站得不太稳,却还是拿起长矛准备向前掷。

"那么……"史密斯说着举起了自己的步枪。

蕾哈娜碰了碰他的胳膊,说道:"等等,伊桑巴德。你看。"

怪物站在离他们不远的地方,一只胳膊像是要打人一样高高举起,但是它待在那里没有动:它巨大的眼球一眨不眨地盯着自己的爪子,不再关注下方的人类。它像中世纪艺术家发现了透视画法的奇迹一般,充满敬畏地盯着自己的爪子,缓缓将爪子从自己的脸旁挪到了一边。

它在发呆?此时攻击是最完美不过的时机了。只要这颗子弹射得准,它就准备被拿去装饰奖杯墙吧!但是它表情中的一些东西使史密斯停止了动作,那是一种既好奇又迷惑的表情,熟悉得使人害怕。

蕾哈娜说道:"它吃掉了那一大块蘑菇。"

史密斯说道:"兄弟们,放下武器。我们在这儿的工作已经完成了。"

苏鲁克微微摇晃了一下,说道:"你一定是在开玩笑。想一想光荣的奖杯和我们杀掉这个野兽会获得怎样的荣耀!更不要说它还把我扔到一棵树上了。"

史密斯摇摇头说道:"不,我不能杀它。"

"为什么不能,马祖兰?"

怪物眨眨眼睛,四处看了看,好像不明白自己怎么会到这儿来。史密斯转身看向蕾哈娜,说道:"因为它让我想起了你。"

她答道:"哦……是因为你想起了我不赞同杀戮无助的动物吗?"

"没错。还因为它的脸刚从蘑菇中出来。"

苏鲁克盯着怪物看了看,然后又盯着蕾哈娜看了看,说道:"实际上,现在你一说,还真是有些相似……"

史密斯补充道:"它只是一只愚蠢的动物罢了。"

德莱基特说道:"还是我见过的最蠢的动物。走吧,我们去找那位总管女士,然后跟她聊聊。"

地狱火号像水果中的果核一样从喀迈拉号中飞射出来。因为失去了大气压力,引擎点火时它在太空中转起了圈。突然间,卡尔薇丝一下子陷入了前所未有的无助状态:她看不到其他任何一艘战斗机了,约翰·皮姆号更是连个影都没有。她的前方只有星星,像碎玻璃一样在太空中闪闪发光。驾驶舱十分狭小,引擎在她身后嘶吼,她十分想念约翰·皮姆号上的其他人。唯一让她心安的是,她发现杰拉德也和她在一起。

自动驾驶仪无比兴奋:"所有系统都已经启动。将吨位计数器重置为零。我们开始干活吧！"

她有点迟疑："应该做什么？我以前从没这样……"

"很简单。找到敌人，干掉他。然后重复以上行为，直到胜利。"

她说："好。"她真希望地狱火号不要自己飞得那么快。她必须得紧紧抓住操纵杆，以保证自己在战斗的时候不用双手捂住眼睛。

卡尔薇丝度过了艰难的八分钟飞行之后，才找到了敌人。她看了看表盘，又检查了一下周围的战斗机，想知道是否有机器人神的存在，如果有的话，它究竟在搞什么，怎么会让她卷到这场激战中。她的目光在各个仪表板之间穿梭，感受着自己对飞船的控制程度。"史密斯和德莱基特现在在做什么呢？"她心想。

视野中突然出现了物体。三艘灰色石块一样的飞船飞在前面，其后紧跟着一艘黑黝黝的噶斯特军飞船。她可以看到离她最近的那艘飞船上伊甸人画的燃烧世界的符号，然后一个东西从她的视野中一闪而过。

"那是什么？"

地狱火号说道："敌人。调节引擎，减速到战斗速度。我们不想错过这次行动，对吧？好计划，那么，先开始钓大鱼吧！我喜欢你的风格。"

恐慌突然涌上卡尔薇丝的心头。她喊道："我没有看到那艘小的飞船！"

"睁大你的眼睛看好了，因为它们就要来了。武器就位。准备好给几个大家伙的屁股里塞几枚导弹了吗？"

通信器吱吱嘎嘎响了起来："新来的女孩儿直接参战吧。打破战场僵局，与他们交战，伙计们。"

沉默的敌人像成群的苍蝇一般扑了上来，飞船上突然爆发出一阵火光——导弹在火光中飞射而出。地狱火号们一闪就躲过了导弹的攻击："反击。飞船后方发现敌军目标。"屏幕右边的一盏灯闪了闪。"艾丽取得第一滴血。杀得好！3946号地狱火号。飞行员？三点钟方向，攻击！"

"真的吗？哪里？"地狱火号在卡尔薇丝的操纵下迅速掉了个头——它移动的速度也太敏捷了！突然间，前方出现一盏灯，紧接着噶斯特军战斗机的引擎也出现在眼前。干掉他！卡尔薇丝这样想着，同时按下了左边的拇指扳机。激光枪打开，将她身后的夜空切割成了四块条纹。噶斯特军的飞船一个急转扭向了右下方，然后又回到她身边开始打圈。她使飞船急转，向左偏离九十度，然后切断了引擎。地狱火号仍然处于航线上，只不过现在是在绕着轴线打转——噶斯特军的飞船突然间就出现在了她的面前。"开火！"她大喊着攥紧了手中的控制装置。定位炮、激光和导弹像流星一样飞射而出，其中一枚导弹被干扰外壳弄晕，最终落了下来，而第二枚导弹像钢铁吸引到磁石上一样，准确撞上了噶斯特军的飞船。它在一阵耀眼的光芒中炸开，将飞船瞬间炸成了灰烬。

"我干掉它了！我干掉它了！你看到了吗？"

"干得漂亮。"仪表盘上的吨位计数器飞快旋转着，"现在，攻击战舰。"

"好的，没问题。"她恐惧地摇摇头，脸上带着狂野的笑容，"我干掉它了，我竟然干掉它了！"她将飞船拉高，灰白色的护卫舰突然出现在视野中。飞船的隐形外壳上布满了炮塔，地狱火号经过时，炮塔飞快地旋转着喷射出防御火力。"他们的火力太密集了。"说完，卡尔薇丝突然发现自己的声音听起来胆怯极了。

地狱火号答道："我们需要更多的弹药。"

"我不确定。"卡尔薇丝的头旁边，一个显示板亮了起来：上面除了二十盏一闪一闪的灯光，还有敌军战舰的模糊格子图像，像圣诞树上的小装饰一样转来转去。

飞船咆哮道："宝贝儿，你最好不要自我放弃，因为你如果现在就开始觉得寒冷，那你飘浮在太空中时会觉得更冷。现在，我们要让这些外星混蛋知道，到底谁才是这个银河系真正的主宰！飞行员，准备好所有的武器。我们一定要和其他飞船紧紧靠在一起……很好。"

通信器突然响了起来，发出一阵令人惊恐的尖叫声。卡尔薇丝吓得一抖："那该死的是个什么玩意儿？"

飞船答道："什么也不是。只是噶斯特军的广播罢了，他们试图恐吓……"

就耽搁了这一小会儿工夫，一枚毁灭者炮弹从下方击中了飞船的左翼，地狱火号的腹部被犁出一道深深的大沟。遭到重创的地狱火号旋转着偏离了航线，他们急速转身朝喀迈拉号飞去。驾驶舱里爆发出刺耳的警报声，卡尔薇丝吓得大声尖叫起来。

地狱火号吼道："该死的故障！"从挡风玻璃向外看，飞船们还在互相追逐，像洗衣机中的衣服一样纠缠在一起。"混蛋们击中了……安排……一个飞翔的马戏团……该死的混蛋处理器……一个小王子,独自待在一枚星球……"

地狱火号熄火时,卡尔薇丝也晕了过去。

史密斯突然从丛林中跳出来,德莱基特和蕾哈娜也紧随其后。蕾哈娜停下来缓了缓呼吸,德莱基特拿帽子给自己扇了扇风。史密斯嘀咕道:"该死的森林,他们就不能在里面开一条小路吗?"

德莱基特补充道:"没错,要是用砖铺一条小路多好!最好是黄色的。"他们所在的地方是一个宽阔的楼梯间底部。这里的楼梯是用一种看起来既像砂岩又像牛轧糖的东西修建而成的。他们的面前就是城堡那慢慢升高的主要建筑。呆笨的鸟儿围着塔楼飞来飞去。史密斯拔出手枪时,蕾哈娜轻轻拍了拍他的肩膀。

她指着一个地方说道:"那座塔,就在那儿。"

塔顶的每块瓷砖都被画成了扑克牌。它看起来就像滴水兽的栖息地,将城堡与大教堂的建筑风格壮观地混合在了一起。这里没有任何护卫。他们的上方,有一个木匠正坐在一个木架上看工作计划。他伸手到帽子底下挠了挠头,然后把计划翻了过来,可是没一会儿,他又开始挠头了。

苏鲁克说道:"我怎么没有看到任何一点温斯科特少校的踪影。"

史密斯点了点头。这地方明亮得令人十分不安:"不,至少,这个地方还立在这里。我本以为温斯科特现在应该已经把这里给占领了。"

德莱基特说道:"他也许是去申请居住在这里的绿卡了。我说,难道离开了那家伙,我们就完不成任务了吗?"

蕾哈娜说道:"没错。我们可以休息下,然后把活干了!"

史密斯踏上台阶,来到比他身高高一倍的宫殿门前。其中一扇门半开着。他说:"跟紧我。"他走进宫殿时,里面的灯亮了起来,一道红色的灯光突然出现并照亮了墙面,使得他们看清了墙上的壁画——似乎是用刀片刻出的字母:W.Kt 为 R.Q. 所作。

苏鲁克突然意识到这里就和卡尔薇丝说的一样:有卡片链条,以及女王和国王的画像。但是她没说空荡荡的塔楼中央有一个王座,也没有提那个像扭曲的锚一样悬挂在他们头顶的巨大烛台,更没说那个烛台上还钉了许多扑克牌。

一个女人坐在王座上。这里闻起来有牛脂和老卷心菜的味道。门"砰"的一声关上了。

桃心女王站了起来。她的外形看起来就像一个长着角的恶魔:虽然她戴的金属王冠被钉在了她的脑袋中,这点也没能让他们放心多少。她似乎是从王座上滑下来的一样,脸色和月亮一样苍白。

她吼道:"白皇后把她的骑士派来了,还有三个小兵。"

史密斯左右瞟了瞟。阴影处开始出现许多向前移动的人影。他们就和卡尔薇丝所说的一样:狰狞的持镰收割者黑桃 A,拿着棍棒的梅花王,嘲讽地仰着自己尖下巴的刀子脸方块 K。史密斯心想:"这一定是个噩梦。"他用尽了所有的勇气才能直视面前的女王:她虽然是个外国人,但是给人的感觉却与女神相近。

他答道:"女士,我们可不是小兵。"

德莱基特说道:"没错,女士。我受够了这疯狂的谈话。我们的废话已经扯得够远了。"

刀子脸方块 K"嘘"了一声,说道:"哦,不……我们的废话还几乎没有开始呢!"

苏鲁克环视了一圈房间,说道:"有趣。你头上的那东西是你头盖骨的一部分吗?"

女王盯着苏鲁克说道:"安静,小青蛙!我还以为护卫已经在森林里把你给杀死了。"

苏鲁克毫不示弱地瞪了回去。他耸耸肩膀,说道:"我们打败了它,但是我们放它走了。总有些事情太过美好,让我们不忍破坏,历史上最大的龙——火鸡就是它那样的了。"

女王愤怒地瞪着他,任何一个头脑清醒的人此刻都能感受到这是一个非常糟糕的信号。她向前踏出一步,说道:"那么,你们想从我这里得到什么?一场下棋的游戏吗?我可以轻松赢一个助教,对付一个像你这样的人更是不成问题的。我喜欢小兵,但是偶尔也当当女王。"她似乎开始慢慢变大,脸上露出一种极为饥饿的表情,"我是棋盘的女主人,高赌注女士……"

史密斯说道:"够了。我是不列颠太空帝国的史密斯船长,这些人都是我的同伴。我们来这里不是和你下棋的。"

"那你们是来玩牌的吗?"女王举起白色的双手,掰了掰手指,说道,"那我们快点洗牌吧。还是不玩吗?"

蕾哈娜盯着她说道:"绝对不玩。是哪个该死的竟然让你当了皇后?"

女王笑了起来,灯光突然洒落,留下一地颤抖的阴影。"谁也没死——因为，这个地方不是我继承来的，我就是这个地方。我是这块领域的主宰，欢乐与游戏的夫人，卡牌游戏女神。"

苏鲁克看着她的头顶说道："我在地球的电话亭里见过这种纸牌。"

女王说道："胡说八道。我和我的朝臣们一直在都待在这里，寻找新的……娱乐工具。"她将手伸进长裙中摸出一个小盒子。她的手指移动，盒子边缘渐渐展开："就像这个魔方、鸦片剂、药水、槌球……你喜欢玩什么？"

史密斯说道："我们想要普朗。"

史密斯的右边突然响起一阵钢铁的嗡嗡声。方块 K 拿起一个尖端逐渐变细的邪恶装置，说道："你们别瞎说！"

史密斯补充道："普朗勋爵，这就是他的名字。"

"哦。"K 耷拉下肩膀，将钉子挪到了一边。

女王说道："啊，普朗。继续说。"

"我们需要穿过镜子，或者其他什么东西，总之能够找到他就行。他是人类的敌人之一。而你，现在已经加入了人类的不列颠太空帝国。祝贺你！"

蕾哈娜补充道："他是一个邪恶疯子组成的邪教组织的大主教。他不尊重人类的权利，并且试图阻止银河系的文明形成一个促进和平与统一的联盟。"

德莱基特说道："那家伙就是个微不足道的小混蛋。"

女王若有所思地说道："大部分小混蛋都微不足道。不过，你们所说的应该就是我想找的那个人。普朗找到了操控这里的方法。他不仅能进入这里,还能让一个物体在你们的世界和我这里之间飞快地穿梭。"

史密斯说道:"我们已经看到了你所说的普朗的那个物体。事实上,它的确很可怕。"

女王说道:"普朗每使用一次机器,就会对我们造成一次伤害。它耗干了这里的生命力,使这里变得和你们的世界一样了。"她身体抖了抖,"更不要说,"接下来的话似乎非常难以启齿,她俯身向前,皇冠像一个金属悬崖一样突兀地显现出来,"我认为我的海象是被他杀死的。"

蕾哈娜说道:"没错,他的确不爱护环境。"

"我明白了。"史密斯瞥了一眼墙壁,上面的油漆颜料已经略微有些发霉。他本以为那就是房地产经纪人所说的"个性",没想到这种衰败竟是由普朗造成的。"那么这架机器是如何工作的?"

女王说道:"别问我。我只负责管理这个地方。"

史密斯说道:"好吧!"

他突然想起之前他跟卡尔薇丝探讨超光速旅行的感受时的场景。她的解释是,有些东西的运行没有什么道理,只是因为他们喜欢那么做而已。

女王说道:"跟我来。你们要想抓住普朗的话,也许需要找几个苦工帮忙。"

"我们已经找到了朋友帮忙,我们回到花园就能见到他们。"

她皱起眉:"也许现在已经见不到他们了。护卫重新出现了,并且他这次不太开心……"

门口处突然传来一个声音:"你错了。"众人回头一看,温斯科特在装甲的叮叮当当声中大步踏进了大厅。他的脸上带着一个大大的笑容。他身后,苏珊和小队里其他人脸上的表情看起来都十分坚毅,像是下定了什么决心。他说:"我是 A.P. 温斯科特。很抱歉我们来晚了。我们在路上停下来喝了一会儿茶。女士,你似乎把一个棋子钉在了头顶上。史密斯,现在情况怎样了?"

"我们正要进入普朗的飞船。"

"那还说什么?走呀!"

"好吧!女王,现在你需要打开回到我们世界的入口。快,立刻就打开。"

女王朝阴影处做了个手势,一扇门打开,两个胖墩墩的男人推着一面镜框巨大的镜子走了出来。它和约翰·皮姆号上的那面镜子长得很像,只不过这面镜子的镜框设计更加流畅、更加精妙。胖乎乎的双胞胎和他们打了个招呼。

女王指着它说道:"入口就在这儿。普朗将他那一端的入口设置为只能单向通过——否则我很久以前就去找他算账了。你们一旦从这里穿过去,就再也回不来了。"

史密斯答道:"这个难题我们自己会解决的。"

"那么,我的贵客们,你们看到普朗之后,请告诉他:游戏已经开始了。"女王转身面向入口,长袍的边缘扫在石头上,发出咝咝的声音,"再见了。还有你,史密斯船长……如果你想找一个交往对象的话,请随时联系我。"

蕾哈娜说道:"实际上,他已经有交往对象了。再见。"

温斯科特说道:"我们快走吧,这地方太疯狂了。我居然有一种想脱下裤子的冲动。"

史密斯点了点头。镜子中只有一片黑暗,他的影子不见了。他们现在只需要从镜子中穿过去就行。他微微鞠了个躬,说道:"女士,希望您能原谅我们的唐突,我们现在要去赶飞船了。"

女王点点头,左右的卫兵们都退了回去。"你们都太过好奇了。"说着,她疲倦地坐回了王座中。

突然惊醒时,卡尔薇丝恰好看到一根针从她的大腿上滑落。尖叫声出口的瞬间,她突然意识到刚刚是地狱火号的急救系统唤醒了她,并且她还记起自己正身处一场太空大战之中,于是她更大声地尖叫起来。

"警告。"机载电脑大声报警。地狱火号用了一个新声音,那是一个合成的女人的声音:"起落架严重受损,着陆发动机被毁,伪神经反馈最大化,系统正在停工。"

灯光渐渐暗下来,周围一片漆黑。在低沉的嗡嗡声中,引擎也渐渐熄了火。卡尔薇丝坐了起来,她觉得自己就快要疯了。飞船已经死寂,她被困在了里面,被困在了这座金属棺材里。

卡尔薇丝喊道:"不,不,等等!"

"所有系统已经关闭……"

"收起你那张可恶的嘴脸,你这个愚蠢的胆小鬼!"随着地狱火号的一声大喊,驾驶舱再次启动,灯光闪了闪之后亮了起来。

"如果真的要停止工作,我会主动提出的,你听明白了吗?好了,你还好吗,飞行员?"

"你还活着!"

"当然了。该死,这里好疼。我这里被撞得好严重。这个笑话怎么样?"

"糟透了!"

飞船发出一声恐怖的大笑:"我就是这样,总喜欢开个玩笑。好女孩儿。现在,我再做最后一次检查,我们又不是遇见了WI——除非WI代表着笨蛋自焚,所以我希望看到你将大拇指从屁股底下拿出来,然后放到那些该死的控制器上。"

"嗯,你的起落架没了。"

"没错,如果你真的靠近了看的话,你可能还会看到我根本就不在乎。炸掉太空中的那些败类根本用不上起落架!"

"但是你不疼吗?反馈测量仪说最大值……"

"如果非要说实话,没错,我确实很疼。你绝对想象不到我到底有多疼。但是我不会停下来,你听明白了吗?我不会停下来。直到我死去的那一刻我都不会停下来,因为我们要赢得这场战争的胜利——你也一样!现在我们就回去吧,该死!"

"我觉得我们应该回家。"

"飞行员,你相信仙女吗?"

"不相信。"卡尔薇丝的声音在颤抖。

"我相信。因为我的驾驶舱里现在就有一个活生生的小仙女。那现在,你是想糟蹋太空还是被太空糟蹋?"

她抬起头来，试探地回答道："糟蹋太空？"

"很好。把手放到油门上，我们回去。没人能够击中了我们然后再跑掉！没人能！你相信我吗？"

一个小小的声音尖叫道："我相信你！"对于一个不相信仙女真的存在的人来讲，卡尔薇丝的回答此刻听起来跟小仙女无异。

"就是这样！太空是我们的，是你和我的。那个肥胖的伊甸板条箱是你的。你只需要锁定它的位置，然后我们就冲上去干掉它。"

卡尔薇丝紧紧盯着系统监视器。她的心脏怦怦直跳，她的喉咙在发紧，但是她的手中和脑海中有一些东西已经迅速地准备好了，就好像地狱火号的思绪渗入了她的脑海中一样。她慢慢拉动控制杆，慢到引擎几乎点不着火，直到伊甸护卫舰的灰白色船身出现在她的面前。

她说："看，我能做到的。但是我们没有导弹了。我们需要一些有威力的东西穿透它的装甲。""也许我们应该问问周围的伙伴。"卡尔薇丝觉得自己似乎从地狱火号的声音中听到了邪恶的奸笑。

通信器吱嘎吱嘎地响了起来。地狱火号问道："莫洛克兄弟们，你们的战况如何？"

一个声音回答："战斗十分激烈。我们已经为战利品库拿下了一艘飞船的头锥。但是智慧之刃号受到了旅鼠人的疯狂追击，旅鼠人看上去想要与我们同归于尽。"

"收到。我们正在增援的路上。并且我这里还有……"在卡尔薇丝用颤抖的小手设定坐标时,地狱火号说,"还有你们想要的所有装甲穿孔器。"

史密斯检查了一下手枪,然后拔出佩剑。他看着镜子,镜子里面那个穿着红色夹克的男人也在看着他,似乎想要向他宣战。他深吸一口气,大步踏进了自己的影子中。

他感到一阵寒冷从头顶浇灌下来包裹了全身,之后他便穿过镜子进入了一个黑暗的房间。房间里挤满了穿着红色长袍的技术人员。"举起手来!"随着史密斯的大喊声,伊甸人都举起了自己的枪。

史密斯闭上一只眼睛,朝其中一名武装人员射了两枪,又打死了一名正要举起猎枪的勤杂工。侧门被突然打开,一个伊甸人抱着步枪冲了出来,可下一秒,一柄长矛从镜中飞出,射进了他的胸膛。苏鲁克紧随其后跳了出来。

温斯科特、苏珊和德莱基特也依次从镜中走了出来。温斯科特少校一脚踢在一个戴着锥形帽、身穿长袍的暴徒腿上。在这个野兽喊出"不信教者"之前,一拳将他揍晕了过去。

史密斯说道:"好了。下面让我们占领这里吧!"

话音刚落,地面上突然传来一阵尖细刺耳的笑声。

蕾哈娜的脚边躺着一个勤杂工。他的脸在昏暗的光线下像蜡一样苍白,悬垂的头发使他看起来就像一个死去的幽灵。他笑着说道:"你们死定了,异教徒。这艘飞船上的人数是你们的数百倍。即使你意志再坚强,也完全无法抵消我们的胜算。你的亵渎行为即将被抹除干净。"

苏珊说道:"他似乎说得有道理。我们占领控制室也许还能有胜算,但那时如果他们想要夺回控制室……"她摇了摇头,"不论计划怎么做,我们都得速战速决。一旦让敌人知道我们在这里,他们会炸掉气闸门并把我们吸入太空的。"

德莱基特说道:"那么,接下来我们怎么办?"

史密斯答道:"我们打开镜子入口时,女王说它被敌人设置为只能单向通行。那我们能不能把它改改呢?"

苏鲁克咯咯笑道:"那地狱里所有的恶魔都会被释放出来。聪明!"

史密斯转而对德莱基特说道:"我们能做到吗?"

他耸耸肩膀,答道:"如果我能得到密码,那就很容易。如果没有密码,那就完全不可能。"

苏珊瞥了一眼那个勤杂工,他正坐在他们面前,摇晃着受伤的手臂。"他知道密码。"苏珊抓住他的肩膀说道。

"女人,别碰我!"伊甸人朝地上吐了一口口水,说道,"你可以折磨我的肉体,但是别想让我说出一个字!"

史密斯说道:"不,我们不会折磨你的肉体。我对这么低端的刑讯手段完全看不上眼。蕾哈娜,你能不能准备一些草药酊剂?"

"不,不要对我使用草药酊剂!别让那种巫术靠近我!你们难道不知道那玩意儿会对我造成什么样的伤害吗?"

"不大知道。"史密斯心想。

"大歼灭者诅咒你们,我告诉你们怎么使用它。"

03 土崩瓦解

伊甸人挣扎着从地上缓缓爬起身来，身边没有了同伴们制造出的噪声，他显得气势虚弱了许多："打开它。然后要怎么做都取决于你们——尽管我建议你们赶紧逃命。"

舱门突然被撞开的时候，462就在舰桥的另一端。一个身材矮小的大胡子男人冲了进来。一开始，462以为那只是另一个伊甸废物罢了，因为他认得大胡子男人身上穿的制服。

"怪物，举起手来！"温斯科特少校话音未落，枪声便响了起来。

下一刻，462的护卫们也冲了进来。一扇侧门打开，一群长得像人类与河马杂交的产物一样的基因改造食人魔轰隆隆地冲了进来。其中一个食人魔拿着一把斧头在头顶晃来晃去，成功把它晃到了天花板上。温斯科特的一个下属，一个脸比他刮得干净，皮肤比他黑一些的人，在高大的食人魔的侧脸上扇了一个耳光，在食人魔抛出武器前又飞速躲到了一旁。在爆炸造成的冲击波将他炸飞之前，462唯一来得及做的事情就是认真思考了一下——在这种拥挤的环境里，身材巨大可真不是什么好事。

他睁开双眼时，发现自己正躺在一个伊甸士兵的身边。这个已经死去的士兵仍然戴着他的战斗护目镜，看起来就像个傀儡。462一个鲤鱼打挺站了起来，正好看到站在他身边的禁卫军被一枚裂解炮炸飞。一号攻击犬跳过来舔了舔他的手，发现他还没死之后失望地发出了一声怒吼。

墙上，一排排监视器中闪过疯狂的画面。整艘飞船陷入了一片混乱之中。长得像地球象棋一样的人正在摧毁伊甸的大歼灭者的神圣祭坛。一只巨大的野兽旋风一般冲进舱室，将教徒们铲进了自己长着刺的胃中。其中一个监视器中闪过一张女人的脸，金属的王冠似乎被钉进了她的头中，一只长着条纹的猫乖乖卧在她的怀中。女人和猫对 462 阴森森笑着的时候，监控屏幕黑了下去。

舰桥的另一端，一个姆拉客人举起一个砍下的头颅，正在屋顶上兴奋地嘶吼。一个女性人类拿着重型激光枪晃来晃去。三个旅鼠人冲进房间，正好被射出的激光切成了两半。

462 趴在地板上大吼："带我离开这里！"禁卫军抓住他离自己最近的地方——他的脚踝——在裂解炮的火力掩护下，拖着他朝电梯跑去。462 的身体蹲在地毯上，大衣在他身后像失败的超级英雄的披风一样乱抖，他在脑海中尽可能地记下所有他要杀掉的人——伊甸人以及其他人。

他们在电梯前停了下来。462 爬起身，按下了电梯按钮。战火在他的身后肆虐。他的贴身护卫躲在大歼灭者的雕像后面，用猛烈的射击阻挡着袭击者的逼近。462 看着指示灯光缓缓下降，电梯越来越近，他在心里默默喊道："拜托！拜托！快一点！你难道不知道我有多么重要吗？"

电梯没有停下来，而是直接降了下去。462 用自己的小拳头疯狂砸门，他把自己好用的那只眼睛趴在门缝上，看到里面有一张脸：一张皱巴巴的脸，看起来像是被巨大的大檐帽给压垮了一样的别扭的脸。在发动机的隆隆声中，普朗勋爵被匆匆带走了。

462嘶吼道:"普朗!回来!别走——你可以牺牲自己,让我搭上电梯。你这忘恩负义的……啊,该死!"他低头看着一号攻击犬,叹了一口气,"只剩你和我了吗?"一号攻击犬用一声愤怒的咆哮回答了他。

一声枪响,一号攻击犬倒了下去。462转身抬头,看到史密斯刚好放下了他的"开化者"手枪。他们直视着彼此,一瞬间仿佛都不知道该怎么办了,接着两人同时喊道:"是你!"

如果他现在是伟大的噶斯特一号,他会怎么办呢?对噶斯特帝国来说,最好的选择是什么?462知道,那一定就是牺牲自己。如果他现在是一名禁卫军,那他就会咆哮着冲上前,希望拉几个敌人垫背。如果他现在是一只雄蜂,那他可能会躲在一边,以图在他们经过时咬住他们的脚踝。

一瞬间,462的脑海中闪过了数以千计的宣传画面:无数个噶斯特士兵为自己的领导者英勇就义的画面。也就在那一刻,462意识到为领导者牺牲这种事,的确只能让其他噶斯特军来做。他能给予自己的种族最好的礼物,就是活下去。

史密斯喊道:"老兄!462!从那个狗怪旁边挪开,你这个小坏蛋,快举起手来!"

462在心里问自己:"现在我该怎么办?"却不料身后的电梯像是回答他的问题一般,突然打开了。

伪神经反馈计的指针疯狂拍打着表盘,似乎想要从里面冲出来对人类来说，这就是痛苦的象征。卡尔薇丝开着地狱火号从姆拉客人的战舰旁绕开，雷达开始闪烁。

她的声音震耳欲聋："你这个疯子！那个旅鼠人现在就在我们的尾翼上。"她将操纵杆向前一滑，又向右一偏，开始朝喀迈拉号返航，但是接着她又觉得被一个旅鼠人紧紧跟在后面不是一个好主意，所以她问道："我们现在应该怎么办？"

"你觉得呢？躲开，女人！"

"你说得可真容易。"她说着掉头朝敌军的飞船飞去。扫描仪上出现了一个闪光点，一艘飞船正向着显示屏的中央缓缓爬行。她掉头晃出一个大大的弧形，再回到最初的航线上。闪光点消失了一会儿之后，再次出现，并继续朝着显示器的中央爬行。

地狱火号说道："敌袭，释放干扰。"

"什么？你没告诉我他能向我射击。他不能有武器，也不能撞人——那不公平！"

"那我们就除掉他。"挡风玻璃上亮起一盏绿色的灯，一个瞄准器出现在挡风玻璃的右上角，随着卡尔薇丝的晃动逐渐滑向挡风玻璃的中央。十字线随着地狱火号旋转，那个一闪一闪的斑点也随之增大。地狱火号的自动驾驶仪说道："前面是'大屠杀的天使'，伊甸的重型护卫舰。真是前有堵截后有追兵。似乎唯一公平的事就是让这水火不相容的两人见个面，你说呢，飞行员？"

她的脑海中突然闪现出旅鼠人的影子，他愤怒地嘶吼着朝她走来，离得越近，音量和音高也越大；她还想到了伊甸人，他们发

03 土崩瓦解

现她时会发出邪恶的咯咯笑声。"我希望听你的没错。"

"听我的,绝对没错。现在,我已经用掉了一半的干扰带了,所以我们现在就去炸掉他吧!准备好武器,飞行员。"

"哦,好极了。"卡尔薇丝说完,屏幕中的护卫舰吹气一般越变越大,像是要吞掉他们一样。她使劲倾斜和扭动着战斗机,机翼上的前推进器已经快要着火了。他们看起来就像墓碑,她这样想着的时候,"大屠杀天使"那白色的船身上闪耀起了反太空飞船的火焰。

地狱火号咆哮道:"高功率激光,外加重炮弹。迂回,宝贝儿,迂回!"通信器的灯光突然闪了起来:"比阿特丽克斯·波特,你还跟着我们吗?"

"你们死定了!"旅鼠人的吱吱尖叫声通过他们的通信器传来,"在火焰中死亡吧,外星人!"

卡尔薇丝咬紧牙关,将地狱火号推得离敌军飞船更近。"大屠杀天使"的侧船身已经冒出了防御炮火。地狱火号说道:"就这样,就这样。我们的飞船尾翼上现在有两个旅鼠人,他们越来越毛绒绒的了。"

"我知道!"卡尔薇丝说着,将飞船调转了九十度,像是要用机翼刮蹭护卫舰一样冲了过去。通信器中响起来旅鼠人的尖叫声。她喘着气说:"停下!"

"这就照办,飞行员。将所有动力转向刹车。"

"刹车!"

前推进器突然启动,飞船的前部变成了一根火焰柱。地狱火号摆动尾翼，将他们呈弧形甩了出去。突然间，他们不再和伊甸飞船并驾齐驱，而是面对着面。"停止干扰！"随着地狱火号的一声大喊，卡尔薇丝一脚踢上了踏板。

他们笔直地冲向敌军，两艘旅鼠人的战舰紧紧跟在后面。"大屠杀天使"犹如灰白色悬崖一样的船身隐约出现，卡尔薇丝用尽全力往前推操纵杆，地狱火号落了下去。护卫舰从它的挡风玻璃前擦身而过，地狱火号也弹出了它的最后一道反击。

旅鼠人飞船驾驶舱里，飞行员农克几乎与战神同在。机载计算机宣布："勇敢的尤尔星球战士，扫描仪确定目标飞船为人类。"

农克嘶吼道："为了皮帕卡皮诺而战！外星战舰，你们现在就去死吧！"

一个陌生的人类的可怕声音说道："你这只该死的体格过大的麝鼠！我们是伊甸……"

旅鼠人的战舰笔直地撞到了"大屠杀天使"船身上。

爆炸声传来。地狱火号胜利的喊叫声足足持续了五秒："干掉你了，你这个小混蛋。"仪表盘上的数字开始旋转，"看看吨位计数器，飞行员！头奖！"

"该死！"卡尔薇丝成功地活了下来。

地狱火号答道："对于一个新手女飞行员来说，你做得很不赖。"一分钟后地狱火号说："我收到了来自总部的信息。他们已经干掉了那些飞船，并且成功逃了出来。感谢上帝。"

卡尔薇丝跌坐回座椅中，突然有些想家的她十分想哭。

地狱火号说道："回喀迈拉号吧，路上我会放你下来，让你回到自己的飞船上去。"

"好,"她尽量维持自己的声音平稳,"等等?你是说,你要放我下来?你是说你没有飞行员也可以飞?你本来可以自己执行这次任务的!"

"抱歉,但是执行作战任务的时候,我必须有一个飞行员,以免出现电脑死机的情况。你知道的,我也得保持健康和安全。"

"谁的健康,谁的安全?"

费莉希蒂·菲茨罗伊舰长看着"大屠杀天使"在眼前爆炸。随着它的沉没,其他伊甸飞船也被打破了队形,乱成一团。地狱火号趁机冲进去开始骚扰敌人。伊甸飞船调整航线想尽快躲避攻击,没想到恰好进入了喀迈拉号的攻击范围。

在无畏舰的隆隆炮声中,一艘伊甸战舰被暴风雨般密集的轨道炮弹炸得四分五裂。它在一阵小火花中解体,船身像陶瓷一样渐渐裂开,从船身上缓缓脱离的碎片螺旋上升到空中。费莉希蒂·菲茨罗伊舰长在扫描仪前眉飞色舞,笑得合不拢嘴,禁不住自己鼓起了掌。

最后一艘伊甸飞船"尘埃之手",也在"智慧之刃"的炮火齐射中变成了破烂。塞德里克发来投降请求:只要姆拉客人不登上飞船,伊甸人就同意无条件投降。趁无人注意,一艘比伊甸飞船更小更快的噶斯特军飞船悄悄掉头逃离,一艘穿梭舰在引擎发动的前一秒悄悄进入了它的货舱,直到有人认出了飞船的名字:系统毁灭号——462的座舰。

喀迈拉号和智慧之刃号围着白马号转圈,将瞄准器锁定在船身上,像在看一个待标记的包裹一样等着看里面究竟有什么东西。

地狱火号在约翰·皮姆号旁边停下时,说道:"好吧,你的飞船在这儿。我已经见过了各种各样的沙丁鱼旅行,但是它们都有自己的特点,对吧?"

卡尔薇丝答道:"天呐,你真讨厌。但是你也是我曾见过的最勇敢、最坚强的、具有自我意识的机器。我以前确实也见过一些像你一样的机器。我该问谁帮你要个奖章?"

地狱火号答道:"谢谢你,飞行员,敲锣打鼓的欢呼只会让我慢下脚步。"它叹了口气,与以往一样,即使感觉疼痛,也一点儿都不表现出来,"总有一天,这场战争会结束。到时候你就可以退休,到乡下去过安安稳稳的生活,而我会把自己改造成一辆红色的大赛车。同时,无论何时,只要丑陋的外星人抬起了它丑陋的头颅,我就一定会再拿起武器的。飞行员,你记住:虽然你不是个专家,但是最后没有被弹出去或是死亡的人都是幸运儿。"

卡尔薇丝答道:"谢谢你,这真是我的荣幸。"

"我也是。现在,滚出我的驾驶舱吧!"

舰桥上很安全,但是白马号的其余部分都陷入了一片混乱。史密斯检查了一下仅存的几个还能使用的监控,发现里面出现了一些他不是很愿意看到的东西。他望着舰桥里一排排的敌军尸首,明白他们该离开这里了。

"伊桑巴德?"

他回头一看,蕾哈娜就站在自己的后面,在身边身穿装甲的高大士兵的映衬下,她显得如此柔弱。士兵的一只胳膊下面夹了一个死去的旅鼠人,他正盯着屋顶心不在焉地轻轻拍打着。

蕾哈娜说道:"我找到了一个俘虏。这是利纳特,普朗勋爵的贴身护卫。他有一点儿——你懂的……"

利纳特说道:"我抓到了一个旅鼠人,你想摸一摸他吗?"

史密斯说道"嗯,好极了。那么,他们的抵抗也该到此为止了。"

蕾哈娜耸耸肩膀,说道:"你打算怎么处置他?"

利纳特说道:"我要进监狱,那里面有农场。"

史密斯说道:"好极了。也许,你没想到他们会有逃生舱吧?"

利纳特非常迅速地点了点头。"哦,对。他们不让我用它,所以我被抓住了。"他又低头看着蕾哈娜说道,"为什么你的毛发看起来像些死掉的东西?"

蕾哈娜答道:"这是辫子。"

利纳特说道:"我的旅鼠毛发可好了。"

突然从通信器中传来一阵笑声,一个声音嚎叫道:"一切都改变了!"紧接着一个女人回答道:"快把它放下!"

史密斯不想知道那个"它"到底是什么东西,所以他说:"温斯科特,你准备好了吗?"

房间的另一头,温斯科特少校从一名禁卫军的大衣上拽下来一个徽章。他将它举起来看了看,然后点了点头。

突击小队乘坐电梯下了六层楼,到达了一个名字听起来乱糟糟的地方。利纳特一直想去拽蕾哈娜的辫子,而她温和而成功地阻止了他的这种行为。史密斯突然想到,若是自己敢去拽苏珊的辫子,她应该会拿制服腰带勒死他。

门缓缓滑开,大歼灭者的巨幅照片下,吊舱门静静立在那里。看到逃生舱,史密斯像走进了一家酒吧一样,突然感到一阵轻松。

温斯科特说道:"好吧,就这样。俘虏跟着我们走。你们去左边的逃生舱。"他突然凑到史密斯身边,悄悄说道:"我是觉得你和你的女朋友可能会想要一点单独相处的时间。她一定会很庆幸她能够和你一起逃出来,希望你能听懂我的意思。"他似乎脸部抽筋了一样——实际上是他在眨眼睛,"我知道女人的所有想法,对吧,苏珊?我都是在詹姆斯·邦德的电影里学来的。现在,我该回到菲茨罗伊舰长那里做汇报了。"

史密斯想驾驶约翰·皮姆号返回惠灵顿主星:部分原因是因为他希望约翰·皮姆号在战斗中发挥的作用能够得到认可,还有一部分原因是除了约翰·皮姆号他不知道该如何驾驶其他的飞船。船员们坐在驾驶舱内,以往他们也常常这样聚在一起,一边喝着杜松子酒,一边讨论着他们不能理解的那些奇迹。

扫描仪上有个东西闪了闪,突然发出一阵蓝光。电流在白马号的船身上肆虐,链条在真空中疯狂地舞动,紧接着它就突然消失了。

卡尔薇丝说道:"它不见了。两千年来最伟大的发现,永远地消失了。感谢上帝。"

苏鲁克叹了口气说道:"恐怕他们不会回来了。在回到现实和被斩首之间选,如果是我,我也会选前者。"他啜饮了一口杜松子酒——按照姆拉客人的习俗,他没有在酒中加奎宁水,"下棋其实和击剑很像,因为你必须在移动前仔细思考。不过,面对一个骑木马的敌人,要干掉他真的不容易。"

蕾哈娜的眼睛开始变得空洞并略带警示之意:"哇,一想到被困在这个逻辑和比例都毫无意义的地方,像疯狂的潮汐一样涌来退去……太感谢上帝了,幸亏这两周这种事情没有发生在我身上。"

有时候史密斯真想知道,她是不是思维跳跃太频繁了。他将宇航护目镜向上推了推,给自己又倒了一杯酒。不过一切还算进行得十分顺利:"卡尔薇丝,你的空战游戏情况如何?"

"地狱火号回到母舰做了检查,正在维修。他们把这些事情弄得烦琐极了。"

史密斯说道:"你做得已经很好了。"

"说真的,我很怕死。"

史密斯说道:"好吧!不过你一向很幸运。"

她看起来很受伤:"船长,说真的,我能活下来靠的是技巧,不是运气。"

"我是说,你能驾驶地狱火号经历一场战斗,真是很幸运。我唯一做的事就是去了另一个维度。拜托,你已经做得非常好了。"

现在，我们把镜子锁上，然后就回家吧！"

他们一起走进了货舱中。镜子还立在他们离开时的那个地方，看起来竟让人荒谬地觉得无害。史密斯关上货舱门——以防万一，然后将手伸向了镜子。

"别那么着急嘛。"阴影处突然传来一个嗡嗡的低沉的声音。

普朗勋爵拿着一把手枪，从阴影处走了出来。装饰用的头盖骨在他头盔顶上闪闪发光。他看起来比以往任何时候都要矮小，也更卑鄙，就如同邪恶已经将他们面前的这个男人压缩成了一枚邪恶的葡萄干一样。

"哎呦，哎呦，"大狒狒普朗说道，"你们忘记关上另一面镜子了。"

史密斯摇了摇头。维度旅行和杜松子酒对他的脑袋真是太不友好了——对睡眠也不十分友好。他说："天呐，我没想到你会打开一扇通往地狱的门。"

"为什么不打开呢？"普朗开始说遗言了，如果不是遗言的话，大概就是某条教义吧！这条教义说了什么呢？"烧死更多的女巫！那样就皆大欢喜了。"

蕾哈娜插嘴道："除了女巫。"

"你们应该已经知道，"普朗刺耳的嗓音让史密斯觉得很难受，"我本以为我可以像462的飞船一样逃出去，但是我却没能逃出去。回到这里似乎与我的信仰更加一致。我的信仰告诉我，我的职责包括杀死所有跟我不对路的人。就是说，我要杀死你们。受死吧，你们所有人。"普朗的语气突然有些悲伤，"你们人类都是些废物。

你们应该受到神圣的打击……"

史密斯说道:"听着,老兄,我觉得你现在很愤怒,但是……"

"我不老!你再叫我老兄,我就揍你!"普朗微微颤抖着举起了手枪。史密斯想:"他的手指一定很弱,也许应该让他再多讲一会儿,这个老家伙可能会跑向厕所或是拿不住武器,不过还是希望这两种情况不要同时发生。"

史密斯瞥了一眼苏鲁克,对方活动活动手指,朝他点了点头。

普朗尖厉的声音再一次响起:"好了,把门打开,带我去驾驶舱。之后,你们就驾驶这个不神圣的垃圾箱回到新伊甸并面对神圣的正义的审判吧!如果你们不这样做的话,我就打死你身边的这个情人。"

一瞬间,所有人都大喊着行动了起来。史密斯跃到旁边,拿起了"开化者"手枪。苏鲁克拿出一把砍刀,朝普朗抛了过去。蕾哈娜朝门口跑去,却不小心踩到裙角,绊倒在地。卡尔薇丝大喊道:"笨蛋!"普朗体内的仿生装置使他动作惊人的迅速。他闪身躲开砍刀,手中的枪开始不停射击。他瘦骨嶙峋的手抓住卡尔薇丝的夹克衫,瞬间将枪口对准了她。普朗咆哮道:"全都不许动!"然后他又加了一句:"哦,我的膝盖。"

他缓缓站起身,拉着卡尔薇丝和他一起向前慢慢挪动:"不错的尝试。"

蕾哈娜说道:"我发现'情人'这个词实际上真的很令人恼火。"

普朗低下头,苏鲁克的砍刀穿透了他的胸膛,而那里的器官很久以前就已经废掉不用了,因为他装了仿生器官来代替那些东西:"打开门,不然我就杀了这个女人。"

卡尔薇丝喊道:"照他说得做!你们这时候千万不要好奇他是否能说到做到。我告诉你们,他是说真的!"

史密斯说道:"放弃吧,普朗,一切都结束了。我告诉你……你在监狱里把邮袋缝完之后,可以去做平民测试,只要你不再像之前那样像个傻子似的走进黑暗时代,你就可以生活在不列颠的太空中。难道你不觉得这样更值得向往吗?"

普朗说道:"闭嘴。"

"你可以获得一张免费的公交卡,并且在国民健康服务中心得到一副新的假牙。"

"闭嘴!现在就把门打开,不然我就动手了!"

史密斯摇摇头,说道:"那好吧。卡尔薇丝,你先把门打开吧!回头咱们再解决普朗先生的问题。"

卡尔薇丝慢慢地朝货舱门踏出一步,普朗紧紧跟在她的身边,像粘在她的屁股上一样。他咯咯笑道:"我战胜了不信教者,而且还成功地抓住了一个女孩儿。好极了。"

蕾哈娜清了清嗓子,说道:"打扰一下。哦,卡尔薇丝?"卡尔薇丝回过头来。

"那扇门不对。"

卡尔薇丝说道:"不,就是这扇门。"

史密斯不知道蕾哈娜怎么会犯这么低级的错误。当然了,女人和地图,但是真的……事实突然像砖块一样击中了他。他说道:"她说得对,卡尔薇丝。应该打开的是那扇门。"

"确实,小女人,你应该打开的是那扇门。"苏鲁克也重重地点了点头。要是他点头点得再重一些,史密斯就要以为他的獠牙快掉下来了。

卡尔薇丝说道:"哦!哎!我在想什么呢?"

普朗推了她一把,说道:"你们这些人太蠢了,竟然连自己的驾驶舱都找不到。难怪你们会输!"史密斯几乎能够嗅到普朗话中的嘲笑。

卡尔薇丝艰难地咽下一口口水,拔出螺栓,说道:"我们走吧,希望你已经做好了准备。"

她打开门,史密斯对苏鲁克点点头,两人一起蹑手蹑脚地朝前走去。

普朗凝视着黑暗的房间,说道:"里面没开灯。等等——我看到了一些亮晶晶的东西,那是什么,星星吗?"

"实际上,那是眼睛。"苏鲁克说着,一把将普朗推进了房间中。大狒狒普朗踉跄着进入了引擎室。

苏鲁克"砰"的一声把门关上,插上了插销。

普朗发出一声长长的尖叫。他跳起来,撞在金属屋顶上,又掉下来蜷曲成一团,发出一声死亡的咯咯声。片刻间,房间里一片寂静。接着,门后突然传来一个新的声音:"青蛙!"

其他的苏鲁克幼崽也都开始呱呱地叫了起来。四名船员听到叫声,吓得一抖。卡尔薇丝说道:"我们是不是应该……我不知道……进去看看?"

苏鲁克摇摇头,说道:"现在它们应该已经把他吃得只剩骨头了。"他又瞥了一眼自己的手表,"而现在,它们应该已经把骨头都吃掉了。"

蕾哈娜说道:"我从没想到,我竟然会同情一个可恶的杀人狂。"

苏鲁克说道:"我不想你同——啊……对,我懂你的意思了。"

蕾哈娜转回身来,脸上的表情看起来十分迷茫,似乎刚刚从睡梦中醒来:"伊桑巴德,我做得对吗?"

史密斯答道:"你做得当然对了。蕾哈娜,你反应迅速,拯救了我们所有人。"

"但是我违反了自己的非武力准则,而且我还杀了一个人。"

"也许吧,但是你知道的,他就是个十足的恶棍,希望这样想能让你感到一些安慰。"

"嗯……好吧。"

卡尔薇丝说道:"对。有时候,你必须在两种邪恶中选择邪恶较小的那一种。你吃过可怕的节食餐,或是狼吞虎咽过蛋糕而害怕变胖吗?但是你依然每次都选择吃蛋糕。告诉我,你更愿意谁待在你的身边?是我,还是希望种族灭绝、厌恶女人、长着疙瘩脸的普朗?如果你的答案不是我的话,那你就不要回答了。"

蕾哈娜说道:"当然是你了。就这样吧!"

"她说得对。你做得很好。"史密斯说着将双臂环在了蕾哈娜的腰上。

卡尔薇丝走到他们面前,轻轻拍了拍蕾哈娜的胳膊:"谢谢你。你刚刚救了我们所有人。"

史密斯说道:"我们应该喝点儿杜松子酒庆祝一下!"

苏鲁克说道:"马祖兰,我们再一次取得了胜利。我们的敌人已经倒下,我的后代也吃得非常满意,而且现在就像你床下的那本女子精修学校的书里画的一样,一位女士正和另一位女士相亲相爱。我觉得我应该给你一点私人时间。也许穿过镜子来一场狩猎旅行会很有趣。"

他伸手去摸镜子,指尖却碰到了锃亮的镜面。

04

联盟

1863 年 8 月 28 日

今天我关上了入口,将它藏在了一个衣橱中。仪器的剩余部分会被伪装成业余摄影设备。毁掉研究日记似乎有些令人难以启齿,尽管做一点小小的改动,他们就会被当成儿童娱乐设施。我将封面故事包装得很完美:我看不到任何人会怀疑我做错了什么。

——道奇森

史密斯打开门,悄悄溜进了会议室中。赛奈斯情绪激动地打着手势:"我从没有见过这样的事情,太丢人了,实在是太丢人了。接下来,如果我们没有足够的坚持精神,这件事若想有好的结果,除非从我身体里穿过去。"

史密斯在房间的后面悄悄挪向一张椅子。菲茨罗伊舰长朝他挥挥手,站起来说道:"哈喽,史密斯。"她沙哑地耳语道,"我给你留了个座位。"她看起来非常高兴,毕竟她刚刚赢得了一场太空战。

赛奈斯的周围环绕着一些模模糊糊的东西。史密斯怀疑这有可能是一个压力场,直到他突然意识到这模模糊糊的东西环绕着整个房间,而他喝了太多的杜松子酒。当他的膝盖与一个废纸箱"砰"的一声进行了一次暴力接触时,他更加确信了这一点。

他吼了一声,骂道:"该死!"

赛奈斯听到声音,喊道:"你好,兄弟!"史密斯听到喊声,僵在了原地。在一阵微弱的隆隆声中,赛奈斯的大脑和对应的器官都转向他。"我们是来这里签署公约的,对吧?那个,你还好吗?你的脸看起来红透了。"

"我们只是处理了一下重要的舰队事务,"史密斯揉着自己的膝盖说道,"你知道的,帝国的舰队需要时刻警惕。"

菲茨罗伊补充道:"你们趁我们不在的时候偷偷庆祝!"

"我打赌他们没有。"赛奈斯说着眉头紧锁,还挑了挑眉。

史密斯说道:"实际上,我一直在做一些非常重要的事情。"

赛奈斯什么也没说,他似乎对史密斯的解释非常满意——既然讨论已经陷入僵局,史密斯想做的最后一件事也就是替自己辩解了。

银河系各大国的代表坐在自己的位置上,一起盯着史密斯看。他是个醉鬼、精神病还是被激光震傻了的老兵?他被发配到这里面来是为了表示帝国对自由事业的忠诚吗?尤思安大师的话筒开始闪起红灯——史密斯不知道这代表着笑声还是警告。

"现在请看这里,"话一出口,史密斯突然被自己巨大的声音吓了一跳。他突然想到代表们已经全都在看着他了:"我无法告诉你们我来到这里的原因,因为这是个机密,但是请你们放心,这件事对你们每个人都非常重要。"

"我认为你们应该签署这条公约。战争双方有两股对立的势力,难道你们不知道吗?现在你们是时候选择自己要站在哪一方了。毕竟,这里就是一场战争。噶斯特军和旅鼠人军队根本就不在乎你们到底是加入我们还是不加入我们。他们来到这里是因为我们所有人,他们会同时和我们所有人战斗。相信我,谁都无法置身事外……"

史密斯希望自己能够将事情解释清楚,但是代表们仍旧盯着他。管理员巴顿凑过来悄悄地对菲茨罗伊舰长说了几句话,她突然像子弹从转管炮中被发射出来一样开始哼哼起来。史密斯还站在原地。如果她认为他的处境滑稽可笑,那她可以再多哼哼几下。

"你们看……"他说着将一根手指放进了自己的衣领中,仿佛手指能够像大蟒蛇一样使他冷静下来,"……你们可能不喜欢不列颠人。在你们看来,我们可能有些可笑。我们不会正确表达自己的情绪,并且我还听说有些外国人编造了一些愚蠢的谣言说我们非常傲慢。但是你们听着……我们并不是你们想的那样!所以,各位代表,如果你们支持谋杀和暴政,或是你们会以不同的方式看待无辜的人被谋害,我唯一能为你们做的,就是给你们一个选择——怯懦地等待屠杀或者是反抗外星人的暴政,天呐!"

翻译机翻译得很好,只不过有点好得过了头。代表们纷纷起身准备离开座位,会议室中掀起一阵涟漪。史密斯决定平稳一下自己的说话语气,不至于使代表们担心。

"银河系的人们,"他的声音温和了些许,"归根结底,最关键的问题是绥靖。绥靖就是关键,因为一旦我们开始向那些大屁股蛋儿妥协,事态就会走向错误的方向。我杀掉的邪恶混蛋比你们以为的要多。如果需要的话,我会杀掉全部的混蛋。"

史密斯环视会议室,心里隐约希望房间内能够爆发出一阵掌声,如潮水般将他淹没,然后他就可以装晕,逃离这场混乱。这些人究竟想从他身上得到什么?该死的!他们是想跳场踢踏舞吗?他不知道自己在这儿的目的是什么。过了一会,他突然想起自己一直在讨论一些自己无法忍受的人,并且他还发现这个话题要继续下去很容易。

"你们知道吗?因为我的同伴们不够温顺或是不会拍马屁,伊甸人就要杀了他们。嗯,我是说,你们不能那样。噶斯特军和旅鼠人军队更坏:只要可以,他们会对我们每一个人都这么做。因此在这件事情上,我们必须立场坚定,手拉手,或是拉着触手。我不管你们对我挥舞着的那些东西是什么。签了公约,然后我们行动起来,好吗?"

有人拍了拍他的肩膀,他回过头,发现苏鲁克笑得很凶,蕾哈娜和卡尔薇丝站在门口处,而他身后的代表们开始嘀嘀咕咕。"好吧,看来马上就要毁约了。"史密斯说着,走了出去。

蕾哈娜说道:"嗯,你说的都是你的想法。但是,那难道不是事实吗?"

约翰·皮姆号的船员们坐在大厅外的长沙发上,就像在期待一个会给他们带来坏消息的医生的突然出现。

卡尔薇丝补充道:"你的讲话确实发自肺腑,至于它是怎么发出来的……"

苏鲁克说道:"这是一次大胆的演讲。就我个人来说,我更愿意用演讲的结束语挑起一场战争,但是每个人都有自己的想法。"

十分钟后,菲茨罗伊舰长打开门溜了出来。

她关上门后顿了一下,然后低头看着他们,突然发出一阵戏谑的笑声:"绥靖!好极了!"

史密斯说道:"没错,有趣极了。吼吼。"

"他们签字了,你知道吧?"

史密斯猛地挺直身子。"真的吗?他们真的签字了?"

她耸耸肩膀,说道:"嗯,告诉你实话吧,其实在你来之前十分钟,他们就已经签了公约。我本打算告诉你的,但是打断你的演讲似乎会让你感到尴尬。不过,在你的小演讲之后,我怀疑他们已经不敢改变主意了。"她打了个哈欠,又伸伸懒腰,说道,"嗯,我的工作就到此结束了。史密斯,我们稍后见吧!别惹麻烦,也别做任何我不会做的事。"她敬了个礼,"愿上帝保佑我们的国王!就这么愉快地拜拜啦!"

"所有的参会代表都签署了公约。"听闻 W 的报告,他面前的屏幕上,特工处的领导人笑着递过来一盘饼干。

乔治·班森擦了擦自己的眼镜,说道:"并且,我们还取得了空间装置。"

赫尔沃德·可汗说道:"做得非常好,真的非常好。"

"我们需要把它认真地保管下来。"

"就把它放在仓库里吧。方舟旁边还有一些空间。"

W关掉链接,看着屏幕渐渐变黑。

他心想,"现在,一切才真正开始。"帝国将会对敌军发起反击。考虑到会出现战争,他皱起了眉。噶斯特军愚蠢到会为了他们占领的每一寸土地而野蛮地战斗;旅鼠人会抓住任何为尤尔王国牺牲的机会,最好是从高处跃下;就连伊甸人都会在死前进行一场恶毒的表演。但是能够打败帝国普通人的士兵还没有出生、长大,或是被设计出来呢!"他们有数量,可是我们有质量。"他自言自语道。

"哈喽,老兄!"赛奈斯从墙边滑过来的时候,W转过头来。

"哎,很高兴会议终于结束了!"赛奈斯鼻子朝天地说道,"喋喋不休到那种程度——你看到那些尤思安人了吗?太讨厌了。他们足以让你变得结实起来,说真的。我没有冒犯的意思。"

W说道:"很高兴你上船了。"

"哦,我也是。"赛奈斯拍拍他的肩膀说道,"我知道人们都很质疑我们的动机,但是你别担心,当你们需要有人推一把的时候,我一定会在你们的身后。"

"我等不及了。"

赛奈斯想把手放在自己的屁股上，但是却发现自己没有屁股，所以他抱起双臂，说道："关于银河系的暴政，实在是庸俗得可怕。有些事情非常明显，非常愚蠢，非常……更不要说毁灭地球的传言了。但是你们人类，和我们一起——还有姆拉客人和沃达尼——嗯，实际上我们可能会让太空再次变得异常美好，你说呢？"

W 说道："你知道的，我觉得你说得对。"说完，W 打破了一辈子的习惯，露出了一个笑容。

史密斯站在大厅里蜘蛛抱蛋的阴影下，看着代表们边聊天边点头地从房间离开，他想尽量让自己看起来庄重一些。但是这并不容易：他的身体就像在风洞里待过几天一样的疲惫，大脑像是在搅蛋器里重新组合过之后被胡乱塞进了头盖骨中。他的脑海中闪过了一连串的画面：充满迷恋卡牌游戏的魔鬼生物的其他维度世界；卡尔薇丝赢得了一场混战；沃达尼决定不会毁灭地球；一个把象棋钉进头中的人……

也许一切都只是个梦？也许这一切都只是他自己的想象罢了。他喝了太多酒，过劳工作，还在蕾哈娜吸爵士烟的时候和她玩了一场棋盘游戏。

一个克朗加尔人摇摇晃晃地从他身旁走过，吹响了一个汽笛一样的东西之后，和他挥挥手作别。

史密斯努力让自己口齿清晰地说："好极了。我们下次见，嗯？"

他将手伸进大衣里摸了摸，发现手绢已经不在了，然后他才想起当时他宣称"仙境"为不列颠星际和平会所有时将它用作了国旗。不，他想，这不是一个梦。

史密斯疲倦地沿着大厅向外走，几个代表正在互相告别，巴顿站在一旁和凡多姆交谈。

凡多姆说道："这简直……用我们的话说，好极了。"

巴顿说道："对，没错，真的是好极了。联合起来对抗外星人入侵，这主意真是好极了。我想代表们应该给我们留下了一些三明治，也许我们应该找个时间再请他们回来。"

蕾哈娜站在窗边，望着太空。史密斯走到她身旁时，她从窗户中看到了他的影子，便回眸一笑。

他说道："嗯，我们做到了。"

蕾哈娜说道："对，我们做到了。实在是太戏剧化了。"

史密斯总是很喜欢她和他正常说话。"通过去做某件事而去庆祝已经做到的事情，这样合适吗？"

她答道："我觉得这个主意好极了。"

"你们好！"他们回头一看，苏鲁克拿着普朗的帽子大步走进了房间。他似乎一直在拍打帽子的顶部，就像在拍打一个小手鼓："好消息。舵手塞德里克已经同意让我的后代登上他的飞船。找到一个合适的潮湿的星球以后，他就会把它们放下来。现在只要我把它们围起来然后制服它们，它们就再也不会麻烦我们了。至少，在它们长大到能够来威胁我跟我要零用钱之前，都不会给我们造成麻烦了。永别了，父母的义务！"说完，他在帽子上重重地拍了一下，一只大蟾蜍从里面掉了出来："找到你了，没有人能从杀戮者苏鲁克手中逃掉。所以，朋友们，接下来我们要做什么？还要砍下谁的脑袋？"

"苏鲁克，接下来我们要休息一下。是的！我觉得我们都应当休息一下。"

"哦。"

"我们并非强制你休息。如果你想杀人的话，那就去杀吧，只要能让我和蕾哈娜安静一会儿就行，嗯？"

一个服务机器人穿过大厅，滚到了史密斯的面前。"伊桑巴德·史密斯船长？"它打开胸前的面板，拿出一部电话说道，"有人接电话吗？"

苏鲁克说着接起了电话："接电话是我的荣幸。喂……不，他现在不在这里，他正在做一些重要的事情。我是他在军队中的同伴，杀戮者苏鲁克……"他咯咯笑了起来，"对，很多头颅……我要再次声明，太空帝国不仅安全，而且还更大……多谢……此次胜利非常值得铭记……"苏鲁克的笑容渐渐褪去，"你说什么？为了一个殖民定居地？你怎么敢？……胖呆子，你是喝醉了吗？马上停止胡言乱语，不然我就不仅仅收割几个敌人的头颅了。下次我们讲话的时候，请你谨慎措辞，因为当你的脑袋从你的肩膀上飞出去的时候，你这个跟跟跄跄的醉鬼，就会知道是我——杀戮者苏鲁克，改变了你的命运！"他"砰"的一声扔下电话，然后看着其他人说道，"首相和我们打了个招呼。"

史密斯说道："哦，混蛋，你拿到他的号码了吗？"

苏鲁克耸耸肩膀:"十号?"

空气短暂地寂静了一会儿。史密斯说道:"好吧,撇开自由世界之领袖的死亡威胁不谈,我觉得我们做得非常好。"

蕾哈娜说道:"哦,也许我们该走了。"

"这计划好极了,姑娘。我们去太空,去冒险吧!你看,"他又指着大厅说道,"那不是我们的王牌飞行员嘛!"

卡尔薇丝穿着自己的飞行夹克衫,戴了一条白色的围巾,大步走到他们身边:"你好,船长,玩笑好笑吗?"

蕾哈娜说道:"我喜欢你的围巾。"

"多谢夸奖。"卡尔薇丝绷紧双腿,双手放在屁股上,显然她认为这个姿势很有英雄气概。史密斯在蕾哈娜做瑜伽的时候,见过同样的姿势。"航天飞机马上就要起飞了,你们知道了一定很高兴。这是史密斯的围巾。我带着这条围巾的意味已经很明显,我要跟着他的飞船走。如果我不这么做的话,地狱火号肯定会说它要用它的新起落架来踢我的屁股,直到我把自己的屁股从嗓子眼里咳出来为止。现在,"她说着降低音量,回头望了望,"另一个消息就是,峰会还剩下一些食材,大约有一吨重呢!既然现在货舱里已经没有青蛙了,是不是可以再次开始一场不醉不归的狂欢和太空旅行了?"

蕾哈娜说道:"嘿,等等。镜子怎么办?"

史密斯答道:"它现在放在安全的地方。特工处掌管着镜子,我相信一定已经有专家过去照看它了。"

卡尔薇丝说道:"嗯,好极了。毕竟,我确信特勤局不会遗漏银河系任何奇怪和危险的东西。"

　　苏鲁克把双手握在一起搓了搓,说道:"来吧,朋友。我们一起前进,然后沏茶喝。"

版权专有 侵权必究

图书在版编目（CIP）数据

战舰游戏 /（英）托比·弗罗斯特著；姚雅楠译. — 北京：北京理工大学出版社，2020.3

（史密斯船长大事记）

书名原文：A Game of Battleships

ISBN 978-7-5682-8161-4

Ⅰ. ①战… Ⅱ. ①托… ②姚… Ⅲ. ①幻想小说－英国－现代 Ⅳ. ①I561.45

中国版本图书馆CIP数据核字（2020）第 028821 号

北京市版权局著作权合同登记号　图字：01-2019-6001

Cpoyright © Toby Frost 2018

Toby Frost has asserted his right under the Copyright, Designs and Patents Act 1988 to be identified as the author of this work.

The simplified Chinese translation rights arranged through Rightol Media(本书中文简体版权经由锐拓传媒取得 Email: copyright@rightol.com)

出版发行 /	北京理工大学出版社有限责任公司
社　　址 /	北京市海淀区中关村南大街5号
邮　　编 /	100081
电　　话 /	（010）68914775（总编室）
	（010）82562903（教材售后服务热线）
	（010）68948351（其他图书服务热线）
网　　址 /	http://www.bitpress.com.cn
经　　销 /	全国各地新华书店
印　　刷 /	三河市华骏印务包装有限公司
开　　本 /	880毫米×1230毫米　1/32
印　　张 /	11.5
字　　数 /	234千字
版　　次 /	2020年3月第1版　2020年3月第1次印刷
定　　价 /	49.80元

责任编辑 / 刘汉华
文案编辑 / 刘汉华
责任校对 / 刘亚男
责任印制 / 施胜娟
排版设计 / 飞鸟工作室

图书出现印装质量问题，请拨打售后服务热线，本社负责调换